I0679656

LE JOUR OÙ
tu es apparu

MYCHELE S.

LE JOUR OÙ
tu es apparu

ALBERTA ROAD – 3

Ce livre est une œuvre de fiction. Les noms, personnages, lieux et incidents sont le produit de l'imagination de l'auteur ou sont utilisés fictivement. Toute ressemblance avec des événements réels ou personnes, vivantes ou mortes, serait pure coïncidence.

Tous droits d'adaptation et de traduction réservés. Toute reproduction en tout ou en partie, par quelque moyen que ce soit, graphique, électronique, manuelle ou mécanique, est strictement interdite sans l'autorisation écrite de l'auteur et de l'éditeur, sauf dans le cas d'une critique littéraire.

Tous droits réservés
© 2017 Sorel, Mychele

Dépôt légal – Bibliothèque et Archives nationales du Québec, 2018
Dépôt légal – Bibliothèque et Archives Canada, 2018

ISBN version imprimé : 978-29816889-6-5
ISBN version numérique : 978-2-9816889-7-2

Certificat inscription des droits d'auteur de l'OPIC numéro 1151143
Émission : 10 juillet 2018

Correction : MA Porte-Plume
Conception graphique : Virginie Wernert
Images originales de couverture : Fotolia / Shutterstock
Mise en pages : Emmanuelle Rousseau

*« L'obscurité restaure ce que la
lumière ne peut réparer. »*

Joseph Brodsky

Chapitre 1

Josh

Une main sur le volant, je m'engage sur la route à la suite du vieux camping-car de Cole et de sa remorque. Les dents serrées, je tente de supporter au mieux les élancements qui ne cessent de vriller mon épaule depuis ma chute, et je regrette déjà d'avoir vidé le flacon d'antidouleurs dans l'évier. Je me fais parfois l'effet d'un véritable abruti, à agir ainsi sous l'impulsion du moment.

Le plus grand silence règne dans l'habitacle du pick-up. Une tranquillité qui apaise peu à peu mes nerfs et mon esprit mis à rude épreuve. Les cauchemars, de plus en plus insoutenables, n'en finissent pas d'envahir mes nuits et l'épuisement me guette à nouveau.

Le ranch des Parker a disparu dans notre dos depuis bien longtemps, lorsque j'étouffe un énième bâillement et bifurque enfin après Cole dans un chemin de terre qui gravit une côte. Là-bas derrière se trouve notre nouveau chez nous.

Le *Heaven's Ranch*, niché au cœur d'un magnifique paysage montagneux, plus escarpé et sauvage encore que celui du père de Becca. Je découvre de vastes prairies vallonnées qui dévalent à l'infini au pied des Rocheuses majestueuses.

Une femme en tenue de travail nous indique où nous garer et me guide avec de grands gestes tandis que je positionne mon véhicule et sa remorque vide le long d'un immense hangar. L'odeur fraîche des bois et d'un ruisseau tout proche m'emplit les narines au milieu de la touffeur estivale à l'instant où je quitte l'habitacle climatisé pour rejoindre Cole près de son tas de ferraille. La personne qui nous a accueillis s'avance alors vers nous, sourire aux lèvres.

— Bonjour messieurs ! Je suis Tara Ridley, la propriétaire du *Heaven's Ranch*. Je peux dire que Lucas a eu une riche idée de vous recommander à moi, vous arrivez à temps… je suis surmenée cette année. Toi, tu dois être…

Elle s'approche de Cole en lui tendant la main.

Quand ce dernier s'en empare, je peux lire la surprise dans son regard. Nous n'avons encore jamais été employés par une femme, et je comprends soudain que, contrairement à moi, Lucas n'a pas jugé bon d'informer mon compagnon de route de l'identité de notre nouvelle patronne. La suite de cette journée risque d'être extrêmement divertissante…

Malgré son étonnement, Cole se présente d'une voix ferme.

— Cole. Cole McKnight, Madame Ridley.

— Appelle-moi Tara ! C'est un plaisir de te rencontrer, Cole.

Elle se tourne alors vers moi.

— Et tu es donc… Joshua, si ma mémoire est bonne ?

— C'est exact, Madame. Josh Walker, rectifié-je toutefois.

— Lucas m'a expliqué que tu allais devoir faire de la physiothérapie pour cette épaule, c'est bien ça ? me questionne-t-elle en désignant mon écharpe.

Pourquoi ai-je encore l'impression désagréable que tout le monde tente de me materner ?! J'ai trente et un ans, nom de Dieu, je sais prendre soin de moi ! Et quoi qu'en pensent Will et Cole, on ne survit pas à trois déploiements en Afghanistan sans un minimum de bon sens.

— Oui. Mauvaise chute, acquiescé-je en touchant mon membre blessé.

Qu'est-ce que je peux ajouter d'autre ? Ce n'est rien de plus, après tout.

Alors que notre hôtesse s'apprête à poursuivre, un bruit sourd provenant de la remorque de Cole interrompt fort à propos notre échange. Les chevaux piaffent d'impatience. Avec la chaleur de ce début d'après-midi, quoi de plus normal ! Je me dirige à la hâte vers la porte arrière en les remerciant silencieusement d'avoir détourné la conversation sur des considérations moins personnelles.

— Il y a des box libres dans l'écurie, nous annonce Tara à l'instant où son portable sonne. Excusez-moi… je reviens vous montrer ça !

J'observe Cole avec un demi-sourire. Comme lui, l'énergie débordante qui émane de sa nouvelle patronne me laisse un peu perplexe.

On peut dire que mère et fille se ressemblent sur ce point !

— Tu ouvres ? me propose mon ami.

J'opine et déverrouille le loquet pour faire basculer en douceur la grande porte montée sur vérins. Cole pénètre dans l'habitacle et en ressort quelques secondes plus tard avec Fire. Ma monture me pousse gentiment du nez, heureux de me retrouver alors que nous marchons vers l'écurie. Le bâtiment est moderne et spacieux.

J'entends Dexter qui hennit dans la cour et sa silhouette se profile bientôt dans l'encadrement de la grange. Le tatoueur installe son cheval dans le box près de celui où je viens d'entrer avec Fire. Je prends quelques secondes pour retirer son licol à mon hongre et m'assurer qu'il a tout ce qu'il lui faut, avant de sortir.

— Je suis désolée, les garçons, je devais prendre cet appel ! s'exclame Tara dès qu'elle nous voit revenir dans la cour. Laissez-moi vous montrer où se trouve l'aile des invités. Tous les repas sont servis dans la salle à manger de la maison, pour le reste, vous faites comme chez vous.

Cole lance un coup d'œil désolé à son camping-car. Comment ce type peut-il aimer autant vivre dans ce tas de tôles rouillées ?!

— Laisse, tante Tara ! Je me charge de leur faire faire le tour du propriétaire !

Une voix féminine et enjôleuse dans notre dos nous pousse à nous retourner d'un même mouvement. Une jeune femme aux cheveux blond platine et au regard acéré se pavane non loin de nous sans quitter Cole des yeux. Je me retiens de pouffer devant le spectacle désolant. Toutefois, je ne m'inquiète guère, mon ami est un grand garçon ! Je me détourne en grimaçant de douleur et porte une main à mon épaule. Il est vraiment temps de faire quelque chose pour remédier à ce problème.

— C'est très aimable à toi, Megan, mais je vais m'en charger, rétorque alors Tara d'un ton sans appel.

Cole lâche un infime soupir de soulagement, alors que la dénommée Megan le détaille une dernière fois de la tête aux pieds. Nous emboîtons le pas à la maîtresse des lieux jusqu'à un petit bungalow près de l'habitation principale. Je ne prête pas grande attention à ce qu'elle nous explique. J'aurai le temps plus tard de découvrir notre logis en détail. Pour le moment, je fouille frénétiquement mes poches à la recherche de l'adresse du physiothérapeute que Lucas m'a remise. Une fois le morceau de papier déniché, je me tourne vers notre hôtesse.

— Tara, je me demandais si vous… tu pourrais m'indiquer l'itinéraire pour me rendre jusqu'à cet endroit ?

Elle m'observe un instant avant de me lancer, interloquée :

— Tu n'as pas de GPS sur ton portable ?

Je dévoile avec un grand sourire mon vieux téléphone désuet. Un joli appareil à clapet sans aucun gadget. Je suis loin d'être à la pointe de la technologie !

— Ce dinosaure est simple et basique. Parfait pour moi, avoué-je.

Je déteste cette manie de la modernité qui nous pousse à rester connectés à chaque instant de la journée et de la nuit.

— Sans problème, suis-moi.

Nous sortons de l'annexe et j'avance dans son sillage jusqu'au centre de la cour où elle pointe l'allée du doigt avant de m'expliquer.

— Quand tu redescends la colline, tu tournes à gauche. À partir d'ici, il n'y a qu'une route qui mène en ville. Tu en as pour une trentaine de minutes. Une fois que tu auras atteint le premier feu rouge, tourne à droite. L'adresse que tu cherches est dans ce quartier. À partir de la rue principale, tu trouveras la rue *Warren*, sur ta droite, et ce sera dans les environs, m'indique-t-elle d'une traite.

Le bruit de la porte du bungalow qui claque dans notre dos me fait sursauter.

— Très bien, je vais aller faire un tour, histoire de repérer les lieux…

— Une dernière chose, Josh… Lucas m'a demandé si tu pouvais résider ici avec Cole et, comme tu l'as sans doute compris, c'est avec plaisir que je te propose le gîte et le couvert, en contrepartie cependant d'un petit coup de main sur le ranch, dans les tâches les moins contraignantes. Tu me parais apte à juger par toi-même des limites à ne pas dépasser. Ceci bien sûr, le temps que ta situation soit plus claire et que tu décides de ce que tu veux faire.

— C'est très gentil, Tara ! Tu peux compter sur moi…

Ma voix se perd dans la légère brise, alors que je tourne les talons pour regagner l'annexe. Cole est déjà en train de récupérer ses affaires dans le camping-car. Une fois à l'intérieur, je retire l'écharpe qui maintient mon épaule en place et la dépose sur la petite table en bois. Je n'en peux plus de sentir mon bras entravé. Je ressors à la hâte et sans bruit avant le retour de mon compagnon de route. J'éviterai ainsi ses questions et remarques. Même si Cole est beaucoup moins envahissant que Will, je ne supporte pas de voir mon indépendance bridée.

Arrivé près du pick-up rouge, je détache la remorque tout seul, malgré la douleur.

Quelques minutes plus tard, le chemin défile sous mes roues, et je laisse mon regard et mon esprit se perdre à nouveau dans le décor environnant. Toute cette verdure et ces montagnes vertigineuses n'ont rien de comparable au sable et aux roches désertiques de l'Afghanistan. Ce simple rappel suffit à me faire replonger malgré moi dans mes sombres souvenirs. Je suis rentré de ma dernière mission au milieu de l'année 2012. Plus déboussolé et traumatisé que jamais. Une large part de moi n'est jamais revenue de cet enfer. Non, j'ai laissé bien plus que cela là-bas, en fait…

Après une petite demi-heure de route sinueuse, j'arrive enfin au feu rouge dont madame Ridley m'a parlé. Après avoir tourné à droite, je découvre le poste de police de *Black Valley*, quelques échoppes collées les unes aux autres et un bar. L'enseigne clignotante du *Black Horse* ne manque pas d'attirer mon attention. Je m'étonne qu'un tel établissement soit déjà ouvert à cette heure de la journée. L'après-midi est tout juste entamé. Je poursuis mon chemin et, conformément aux indications de Tara, je prends la première petite rue qui se présente sur ma droite. Sur ma lancée, je tourne derechef à droite et cherche le numéro 401.

Je me gare finalement devant un immeuble de trois étages en briques rouges. Sur la porte, quatre plaques indiquent les noms des divers occupants du bâtiment. Un notaire, un avocat, un bureau d'assurances et le cabinet médical *Andrews*. C'est bel et bien le bon endroit. Je repère des bancs épars ici et là dans la rue, m'installe sur l'un d'eux et sors mon portable pour appeler le numéro inscrit sur mon papier.

La tonalité résonne longtemps à mon oreille.

— *Bonjour, vous êtes bien au cabinet Andrews, nous sommes fermés pour le week-end. Laissez-nous vos coordonnées et nous vous rappellerons dès notre retour. Veuillez noter que les rendez-vous de la semaine à venir sont donnés le lundi. Bonne journée...*

Après le *bip* signalant la fin du message, je laisse mon nom, la nature de mon appel et mes coordonnées. Je referme le clapet de mon téléphone dans un soupir. Encore deux jours de souffrance avant d'avoir un avis sur l'évolution de ma blessure. Afin de découvrir un peu mieux les lieux, je déambule un moment dans la rue ombragée, le long des petits magasins locaux. Un fleuriste, un coiffeur. Une échoppe pittoresque attire mon attention et, voyant la pancarte *Ouvert* sur la porte, je décide sans trop savoir pourquoi d'y entrer. Une clochette sonne au-dessus de ma tête.

Des meubles anciens, des chaises et des tas d'objets faits main envahissent la boutique. Une voix étouffée m'interpelle du fin fond de la pièce, et je m'approche en prenant garde de ne rien faire chuter sur mon passage. Je reste un instant bouche bée quand je tombe nez à nez avec un petit bout de femme toute rabougrie qui me sourit gentiment.

Ses yeux bleus pétillent derrière d'épaisses lunettes et ses longs cheveux gris, presque blancs, sont rassemblés en un chignon désordonné.

— Bonjour, jeune homme, me salue-t-elle.

Sans me laisser le temps de lui répondre, elle me contourne et se dirige vers la caisse.

— Comment puis-je vous aider en cette belle journée ?

Belle journée ? Sans doute... pour qui ne supporte pas du matin au soir le poids d'ombres menaçantes.

— J'ai seulement vu...

— Vous avez vu mon annonce ! Eh bien, je vous embauche,

vous êtes de toute façon la seule personne qui se soit présentée pour le poste ! s'exclame-t-elle.

Je fronce les sourcils.

— Non… je…

Déconcerté, je tourne vivement les talons sans trouver quoi répondre et gagne la porte. La clochette résonne de nouveau sur ma fuite.

— À la prochaine, jeune homme ! me lance alors l'étrange vieille dame.

Je fais demi-tour et m'immobilise une fraction de seconde face à la devanture de la boutique, *Marie's Antiquités*. Avec un demi-sourire, je m'apprête à retourner vers mon véhicule, quand j'aperçois la fameuse annonce. Ainsi, cette étonnante petite dame cherche de l'aide pour son échoppe ?! Je songe un instant que cela pourrait être un emploi parfait pour moi, puis je secoue la tête et repars vers le pick-up. Je dois d'abord connaître l'avis du physiothérapeute !

Sans trop savoir pourquoi ni comment, je me retrouve garé quelques minutes plus tard sur le parking du *Black Horse*. Je ferme les yeux et serre le volant à m'en faire blanchir les jointures – et crisper le visage de douleur quand mon épaule m'élance de plus belle. Je retire les clés du contact, sors et traverse le parking d'un pas rageur. Lorsque je pousse la porte du bar, quelques têtes se tournent vers moi. Je marche vers le comptoir sans leur accorder la moindre attention.

— Qu'est-ce que je vous sers ? m'interroge le barman tandis que je m'installe sur l'un des hauts tabourets qui longent le zinc.

— Une bière… *pour le moment*, ajouté-je pour moi-même entre mes dents.

Une fois la boisson devant moi, je savoure lentement chaque gorgée qu'elle m'offre.

Le temps et les bouteilles défilent. Mes paupières sont alourdies par l'alcool, pourtant je commande toujours. Quand j'éteins mon portable qui ne cesse de sonner, je ne regarde même pas l'heure. Je m'en moque éperdument.

L'endroit commence à se remplir lorsque je passe au whisky. Le nectar coule comme un baume le long de ma gorge, apaise la douleur de mon épaule et maintient les démons de mon esprit dans l'oubli.

Et puis je tourne la tête, et c'est là que je l'aperçois. Vêtue d'un petit débardeur noir et d'une jupe à volants, elle lève son verre à ma santé. C'est le genre de femme qui brille même dans l'obscurité la plus totale. Depuis combien de temps est-elle assise au bout du comptoir ? Je l'ignore. Nous nous observons longtemps. Elle semble aussi ivre que moi, contrairement à son amie qui la couve d'un regard amusé.

Comme dans un brouillard, je la vois se mettre debout et vaciller un instant sur ses hauts escarpins, trop chics pour cet endroit malfamé. Lorsqu'elle passe derrière mon tabouret, elle laisse traîner ses doigts fins de mon épaule blessée à l'autre en caressant ma nuque. J'aperçois son sourire timide, sa jupe virevolte autour de ses jambes et happe mon regard.

J'ai bien conscience que la suivre est loin d'être l'idée du siècle, tout comme je sais que je commets une énorme erreur quand je verrouille la porte des toilettes derrière mon dos. Pourtant, adossé contre le battant, je suis désormais en train de l'observer, debout et silencieuse à quelques pas de moi. Avec une telle allure, elle n'a clairement pas sa place dans un endroit pareil, mais cela ne semble pas la déranger. Comme moi, ses scrupules sont sans doute engourdis par l'alcool.

Je ne devrais pas… elle non plus… mais à quoi bon chercher des excuses dès lors que nos esprits ne répondent plus de rien ?

— Tu fêtes quelque chose ?

Seigneur, je ne reconnais même plus le son de ma voix !

L'inconnue hausse une épaule désinvolte en s'approchant. L'air autour de nous se charge d'une insoutenable tension électrique, quand soudain un violent coup donné à la porte me propulse à nouveau dans cet enfer que j'espérais avoir quitté quelques heures. Un second me fait complètement perdre pied.

D'une main douce posée sur ma joue, la beauté devant moi s'expose à ma fureur telle une proie. Ma respiration s'accélère et j'empoigne durement son visage pour coller mes lèvres aux siennes. Dans le fol espoir de me reconnecter à la réalité. On toque encore à la porte avec force, et je grogne contre la bouche de ma prise :

— C'est occupé !

Brutalement, je la plaque contre le mur. Il n'y a rien de romantique dans mon attitude, pas même une quelconque notion d'attirance physique. Seul le désir de chasser les ténèbres qui m'assaillent me pousse à agir de la sorte. Ça, et l'alcool qui circule en masse dans mes veines. Un gémissement franchit ses lèvres alors que ses doigts s'activent déjà sur ma braguette.

Peut-être a-t-elle ses propres démons à fuir ?

Seulement voilà, je ne suis pas comme Cole, à traîner une boîte de préservatifs avec moi chaque fois que je sors. Frustré, je balance mon poing contre le distributeur qui se trouve sur ma gauche. Ma compagne d'un soir me sourit au moment où le tas de ferraille rouillée s'écrase à nos pieds. Elle se penche et saisit la première capote qui s'en est échappée.

Tout s'enchaîne alors très vite, et un instant plus tard, je la soulève contre le petit meuble lavabo. La douleur de mon épaule n'existe plus. Seul compte son corps chaud contre le mien. Elle écarte sa culotte d'une main hâtive et je m'enfonce en elle. La tête enfouie dans son cou, je me laisse enivrer par son parfum de vanille autant que par le whisky que j'ai avalé.

Ses doigts se referment sur ma nuque, elle me supplie au creux de l'oreille d'accélérer la cadence. Je m'exécute et le temps semble tout à coup accéder à ma demande et se suspendre. Les bruits du bar derrière la porte s'estompent, ne reste que le chant de nos souffles erratiques. Quand elle atteint les sommets de la volupté, elle se cambre contre mon corps et je la suis dans sa jouissance. Combattant le Diable par le plaisir de la chair.

Quelques minutes plus tard, sa tête bascule doucement contre mon torse, puis elle se laisse glisser jusqu'à finir debout devant moi. Après avoir réajusté ses dessous et sa jupe, elle me sourit avec tendresse.

— Merci, me chuchote-t-elle avant de sortir de la pièce.

Je ne la regarde même pas s'éloigner. Je me débarrasse du préservatif et remonte ma fermeture Éclair. M'exhortant à respirer calmement, j'observe mon reflet dans le miroir fracassé, qui semble me renvoyer deux images complètement différentes. Face à ce tableau bien trop réel, je recule d'un pas et quitte les lieux en titubant. Je peine à traverser la salle du bar, désormais bondée. La musique m'agresse les tympans et je retrouve l'air frais du parking avec bonheur.

Je reste là quelques instants, immobile, à reprendre mon souffle peu à peu. Mais quand on m'empoigne à bras-le-corps, je manque d'oxygène à nouveau.

Malgré l'alcool, l'adrénaline prend le contrôle de mes gestes et mes pieds restent fermement campés au sol, ce qui surprend mon assaillant. J'appose mes mains de chaque côté de sa tête, pivote pour lui faire face en croisant les bras et lui envoie mon genou dans l'estomac. Il s'effondre tandis que je m'éloigne déjà sans lui adresser un nouveau regard. Cet abruti a mal choisi sa soirée et son partenaire pour déclencher une bagarre de comptoir.

Pourtant, il revient à la charge à travers le parking en me hurlant quelque chose que mon esprit embrumé ne parvient pas à saisir. Le sang pulse dans mes oreilles et l'ivresse me fait chanceler. Je ne suis pas assez vif pour éviter la droite qu'il me porte au visage quand je me retourne vers lui. Décidément, cette journée prend des allures de grand n'importe quoi !

La rage accumulée tout au long de ces dernières nuits me gagne et je riposte à l'instant où ses poings fermés percutent durement mes côtes. Des curieux sont sortis du bar et nous observent comme si nous étions des animaux de foire. Je ne ménage pas mes coups. Je laisse enfin toute la haine que je garde en moi depuis des jours se déverser sur mon agresseur.

Quand et comment me suis-je retrouvé au-dessus de lui à le rouer de coups ? Je l'ignore…

Tout ce dont je me souviens à mon réveil, c'est de la paire de menottes qui a brusquement entravé mes poignets, du sang qui me brouillait la vue et des flashs rouge et bleu des gyrophares de la police. J'ai également la brève image de ma tête appuyée contre l'épaule d'Abby. Le reste, c'est le néant total.

Quand la puissante voix de Cole me tire de mon sommeil d'ivrogne, je peine à me rappeler où je me trouve.

— Debout ! Je ne vais pas me taper le boulot tout seul, alors que ton bras valide te permet d'en faire une partie !

J'ai l'impression qu'un groupe de *Heavy metal* a élu domicile dans ma tête.

— Dégage, Cole ! J'ai mal au crâne.

— Mais je m'en fous que tu aies la gueule de bois ! Tu l'as bien cherché, vu ta dégaine d'hier ! Et puis, tu me dois des heures de sommeil, mon gars !

Je roule sur le dos, grogne de douleur au passage et pose doucement mon bras droit sur mon ventre.

— C'est bon, j'arrive…

Je me lève péniblement dès qu'il a quitté la chambre. Des bribes de la nuit dernière commencent à me revenir et je pose un regard étonné sur mes jointures à vif. Dans un soupir, et pour ne pas faire attendre Cole, je passe un tee-shirt en vitesse malgré les coups de massue que l'ivresse envoie encore à travers mon crâne. C'est à ce moment-là seulement que je remarque les plaques militaires qui reposent sur mon torse. De l'index, je les caresse délicatement et sors de la pièce. L'odeur d'alcool, de sexe et de sang mêlés me colle à la peau. Pourtant, la majeure partie de ma soirée d'hier n'est toujours qu'un vaste trou noir. Que s'est-il donc passé ?

J'attrape mon écharpe dans le salon, je dois la remettre tant mon épaule me fait mal.

Tout au long de la matinée, je suis d'une inutilité sans nom ! J'ai beau tenter d'aider mon ami dans ses tâches, je me traîne tel un canard boiteux, tant et si bien que Cole finit par me renvoyer dans l'aile des invités comme un gamin que l'on punit.

Après une douche rapide, j'essaie en vain de retrouver le sommeil… qui me fuit désormais comme la peste.

Je ne rejoins pourtant leur petit groupe dans la maison qu'en toute fin de journée. Mon crâne me fait toujours un mal de chien. Le regard effaré de Tara lorsque je débarque dans la salle à manger m'apprend qu'elle n'était au courant de rien et combien elle est surprise de me voir amoché de la sorte. *Dure soirée* doit figurer en lettres majuscules sur mon front.

Le repas me semble durer une éternité, dans une ambiance lourde et électrique.

Quand mon ami et moi regagnons enfin notre bungalow, j'ai la désagréable impression que Will a pris possession du corps de Cole !

J'ai toutes les peines du monde à me débarrasser de lui pour aller me vautrer en soupirant devant la télévision. Néanmoins, il semblerait que rien ne puisse m'être épargné ce soir, car j'ai tout juste le temps de sélectionner la chaîne sportive que la porte de l'annexe s'ouvre et Megan vient se poster face à moi.

— Où est Cole ?

Sa voix suraiguë me hérisse les cheveux sur la tête.

— Dans sa chambre, indiqué-je, laconique.

Puis mon attention se fixe à nouveau sur les images qui défilent à l'écran. Quelques minutes plus tard, j'entends Cole me crier depuis le couloir :

— Josh, tu montres la sortie à notre invitée, s'il te plaît ? Je crois qu'elle est perdue !

La porte de sa chambre se referme et je réprime un éclat de rire alors que la blondinette quitte le bungalow telle une furie en faisant claquer le battant de l'entrée derrière elle.

— Je crois que tu l'as froissée, mec ! hurlé-je à mon camarade.

— Tant mieux !

Zoé

Le soleil pénètre doucement par la grande fenêtre de ma chambre. Le beau temps est au rendez-vous en ce premier lundi de juillet et je souris en m'étirant paresseusement dans les couvertures. Mon chat sort de sous les draps et s'éloigne en se glissant sans bruit par la porte entrouverte. Il est encore très tôt, mais si je veux faire mon jogging matinal avant de partir travailler, je ne dois pas traîner. Une fois débarrassée de mon tee-shirt du département de la police de *Black Valley*, j'enfile le short et le débardeur que j'ai soigneusement préparés hier soir, et fais mon lit au carré. Mes cheveux remontés en queue-de-cheval, je descends au rez-de-chaussée où mon père boit tranquillement son café dans la cuisine. Je réponds joyeusement à son salut tandis que je lace mes chaussures de course.

Mon brassard bien fixé, ma gourde d'eau à la taille, je lance ma playlist et quitte la maison à petites foulées. Ma respiration se cale aussitôt sur le rythme de la musique. Un mécanisme parfait. Un léger *bing* résonne dans mes écouteurs, m'annonçant qu'Eli est arrivée au bureau et que mon emploi du temps est en train de se synchroniser au fur et à mesure de l'entrée des nouveaux rendez-vous de la semaine. Je n'y porte aucune attention et poursuis ma séance.

Mon humeur est au beau fixe. Cela fait un an désormais que mon divorce a été prononcé, que j'ai pu revenir auprès des miens à *Black Valley* et que mon ex-mari est tenu à distance par une injonction d'éloignement. Trois cent soixante-cinq jours que je respire enfin sans entraves, ne m'attendant pas à devoir endurer le pire quand je rentre du bureau. La liberté me sourit et je tente de profiter de chaque moment de bonheur qu'elle m'offre ! Cependant, ce mariage malsain a causé tant de ravages dans mon esprit et dans ma vie… je sais qu'il me reste un long chemin à parcourir avant de retrouver la sérénité à laquelle mon entourage et moi aspirons. J'ai longtemps cru que chaque personne avait une part de bonté en elle, de bonnes intentions envers autrui… Seulement, pendant ces trois années d'union infernale, Shane a su me faire déchanter.

On m'a toujours considérée comme la *petite fille modèle* de la famille. Celle qui a suivi la même voie que son père… celle que ses trois frères ont surprotégée. Et je dois reconnaître qu'il ne m'arrive de quitter le droit chemin qu'en de très rares occasions. Quelques écarts sans grande importance, tout compte fait. Ces frasques anodines restent généralement entre ma meilleure amie, Elisabeth, et moi. Eli est mon assistante au cabinet, mais également la femme de mon frère Jason, de quatre ans mon aîné. Elle a constamment veillé sur moi durant ces années difficiles. Tout d'abord de loin, déjouant avec une ruse exceptionnelle la surveillance malsaine de mon époux, puis de près depuis mon retour en ville.

Ma foulée avale le béton et mon rythme cardiaque augmente lentement. Je suis sa fréquence sur ma montre connectée. Mes actions s'enchaînent parfaitement ce matin, et Dieu sait que j'adore quand tout se déroule sans accrocs.

Mon parcours terminé, je repasse à la marche pour regagner la maison que j'aperçois déjà au loin. Mon souffle s'apaise tandis que je laisse mes muscles se détendre. À mon retour à *Black Valley*, après mon divorce, j'ai fait construire ma propre maison. Toutefois, incapable d'y résider toute seule tant j'étais encore traumatisée, j'ai demandé à mes parents de venir s'y installer avec moi… au moins provisoirement. Ils ont alors cédé la demeure familiale à Jason et Eli qui, depuis, hébergent également Dean, mon petit frère encore célibataire.

En prenant une gorgée d'eau, je grimpe les quelques marches de mon perron et pénètre dans la maison qui s'éveille à peine. Je retire mes chaussures et les range avec soin dans le meuble qui leur est destiné, avant de rejoindre la cuisine. Avec minutie, je remets ensuite ma gourde et le reste de mes effets là où se trouve leur place. Je n'aime pas le désordre. Ou plus exactement, je ne le supporte plus depuis le jour où je me suis retrouvée dans ce foyer pour femmes maltraitées. C'est là-bas que mon TOC[1] s'est développé. Ce trouble obsessionnel que j'éprouve vis-à-vis du rangement est un peu envahissant, je le reconnais. Mais au moins, quand tout est en ordre, les choses sont enfin sous mon contrôle. Ou plutôt, c'est l'impression que j'ai, comme me le disait sans cesse ma thérapeute et me le répète désormais mon frère aîné, Oliver !

Selon Eli, j'ai une trop forte emprise sur ma vie, et le seul moyen de me faire oublier mes inhibitions, c'est l'alcool. C'est pourquoi je n'en bois que très rarement, et en général, ma meilleure amie est dans les parages quand cela arrive, avec pour instruction de m'empêcher de perdre les pédales.

Mais ça ne se passe pas toujours ainsi, pensé-je en grimaçant au souvenir de ma dernière migraine.

Un verre de jus d'orange en main, je parcours mon emploi du temps des yeux sur l'écran de mon portable, adossée au réfrigérateur. Je manque de laisser tomber ma boisson sur le carrelage quand la voix joyeuse de ma mère résonne dans la pièce :

— Bonjour ma chérie, ton père voudrait savoir si vous passez chez *Joe's* avant d'aller au cabinet ? me salue-t-elle.

Mon cœur reprend lentement une cadence normale.

— Bonjour Maman. Oui, pas question de me priver de mon petit-déjeuner ! acquiescé-je en déposant mon verre vide dans le lave-vaisselle. Je monte me préparer.

— Très bien.

J'inspire un grand coup et grimpe à l'étage pour m'enfermer dans la salle de bains, où je commence par répartir mes vêtements sales dans les quatre paniers bien alignés en face de moi : couleurs foncées, couleurs pâles, tissus délicats et serviettes.

Une fois rafraîchie, je sèche mes longs cheveux bruns, avant de les laisser dévaler librement sur mes épaules, dégagées par ma robe tailleur. J'applique une touche de rouge à lèvres, enfile mes

---

1   Trouble Obsessionnel Compulsif. Les TOC se caractérisent à la fois par des obsessions, qui sont des pensées envahissantes qui génèrent peurs et angoisses, et des compulsions.

escarpins noirs et me détaille un instant à travers le miroir sur pied, posé dans un coin de ma chambre. J'aime que mon apparence reflète une personnalité droite et affirmée. J'attrape ensuite mon sac et rejoins le docteur Malcom Andrews, qui m'attend déjà devant la porte d'entrée.

— Prête, Zoé ? me questionne mon père.

— Oui. Je meurs de faim, vivement qu'on arrive chez *Joe's*.

— Croissant ?

Je souris à cet homme que j'idolâtre.

— Croissant, ris-je en le suivant après avoir embrassé ma mère et lui avoir souhaité une bonne matinée.

C'est agréable d'être de retour dans ma ville natale. J'ai décidé de revenir m'y installer juste après ma séparation. Ma maison se trouve toute proche du centre. Ainsi, nous n'avons pas besoin de prendre la voiture quand la météo nous permet de faire le chemin à pied. Les gens commencent à ouvrir leurs commerces, et d'autres, à partir au travail. L'oreille attentive aux paroles de mon père, j'avance à ses côtés vers le troquet situé dans la même rue que le cabinet. Une sensation de malaise, la même qui me harcèle chaque jour durant chacun de mes trajets, me pousse à lancer quelques regards inquiets autour de moi. Rien… personne ne m'accorde d'intérêt particulier… cette paranoïa cessera-t-elle donc un jour ?

Je sursaute lorsque mon père ouvre la porte du café devant moi.

— J'ignore comment tu fais pour marcher avec ces souliers toute la journée, marmonne-t-il quelques minutes plus tard en croquant dans sa viennoiserie.

— À Vancouver et à Calgary, ça avait tout son sens. J'en ai juste gardé l'habitude.

Portant un bout de croissant à ma bouche, je hausse les épaules, quand on est aussi petite que moi, il est souvent indispensable de prendre un peu de hauteur pour être entendue !

— Cela ne te manque pas ? hasarde-t-il.

Souriante, je pose sur mon père un regard lourd de sous-entendus… j'ai un frère psychothérapeute, je sais très bien où il veut en venir avec sa question d'apparence anodine. J'ai conscience que ma famille craint de me voir souffrir de mon retour à une vie plus calme que celle que j'ai menée jusqu'ici. J'ai fait toutes mes études de physiothérapie à Vancouver, où j'ai également été diplômée en ostéopathie. C'est aussi là-bas que j'ai rencontré Shane. Nous nous sommes fréquentés deux ans avant de nous marier. J'ai ensuite travaillé dans un grand cabinet à Calgary, où nous avons vécu pendant les trois années qu'a duré notre union.

— Tu ne serais quand même pas en train de me demander si Shane me manque, là ?!

Il me dévisage en silence.

— La réponse est non, Papa. Mon ex-mari violent, abusif et manipulateur ne me manque pas. Pas plus que Calgary. Je suis ici chez moi, et que Dieu me garde de revoir un jour Shane.

Je tente de mon mieux de conserver mon calme, mais à la simple évocation de ce nom maudit, la bile me monte aux lèvres. Je plie ma serviette en papier avec précision pour dompter la panique que je sens poindre en moi et me lève. Mon croissant termine sa courte existence dans la poubelle avant que je ne sorte du café en faisant claquer mes talons sur le trottoir pavé.

Mon sac à main serré contre moi, je me hâte de rejoindre la sécurité de notre cabinet. Pour quelle raison mon père a-t-il décidé de me parler de Shane, et pourquoi justement ce matin ? L'angoisse qui régit mon quotidien à l'idée de le croiser un jour au détour d'une allée n'est-elle pas suffisante ? Quel besoin avait-il d'en rajouter !

J'ai vingt-neuf ans, j'ai vécu un enfer au sein de mon couple, sous le joug d'un mari maladivement possessif, brutal et jaloux. Aujourd'hui, je suis célibataire, divorcée, donc libre, mais complètement névrosée. Comment pourrais-je songer à vouloir retourner à mon existence passée, quand je peine déjà à espérer retrouver une vie normale ?

Mon travail, ma famille, mon bonheur ! Voilà sur quoi je dois concentrer mon énergie dorénavant.

Bien sûr que je suis passée à autre chose ! J'ai même eu quelques aventures depuis ma séparation. Quoique je ne sois pas certaine qu'un rendez-vous foireux et un coup d'un soir soient à considérer comme des aventures… Pour être tout à fait sincère, Elisabeth craint de me voir finir vieille fille avec mon chat pour seul compagnon. Comme si ce pauvre Drogo était responsable de ma situation !

Devant le bâtiment qui abrite le cabinet Andrews, je m'étonne un instant de constater que la porte vitrée de l'entrée est déverrouillée. En général, Eli referme derrière elle, le cabinet n'étant officiellement ouvert qu'après la prise de poste de l'un ou l'autre des praticiens.

Je retrouve ma bonne humeur en pensant que mon père m'a vraiment offert une occasion en or le jour où il m'a proposé de m'associer à son activité médicale. Jamais je ne pourrai le remercier comme il se doit pour ce qu'il a fait. C'est l'une des raisons pour lesquelles je m'investis avec tant d'énergie dans mon travail. L'autre étant que cela m'empêche de ruminer mes pensées négatives.

Ignorant l'ascenseur – j'ai les endroits clos en horreur ! –, je monte les escaliers d'un pas rapide tout en vérifiant à nouveau mon agenda, qu'Eli met peu à peu à jour depuis son arrivée il y a une heure. Quinze minutes encore, et j'étais en retard pour mon premier rendez-vous de la journée.

Je pousse le battant qui mène au cabinet tout en replaçant une mèche de cheveux rebelle. Elisabeth est installée derrière son bureau, le regard braqué sur l'écran de l'ordinateur.

— Salut ! Ton premier patient a téléphoné pour prévenir qu'il aurait un petit quart d'heure de retard.

— Génial, soupiré-je en lui tendant mon sac, qu'elle range dans un tiroir fermé à clé de son caisson.

Je déteste que l'on bouscule mon emploi du temps.

Présente à mes côtés depuis mon enfance, Eli est une perle rare comme il ne s'en fait plus. Je remercie le ciel chaque jour de l'avoir dans ma vie. C'est elle qui m'a ouvert les yeux sur ma situation maritale dramatique et m'a aidée à m'en libérer, juste avant mon séjour en foyer. Avec ses courts cheveux châtains, son regard bleu malicieux et son visage aux traits aussi fins et délicats que sa silhouette, je comprends sans peine pourquoi elle a fait craquer mon frère. Même si j'ai d'abord voulu le tuer quand j'ai appris qu'ils se fréquentaient. C'était ma meilleure amie après tout !

— Je n'ai pas eu de tes nouvelles depuis que je t'ai ramenée à la maison samedi soir. Tout va bien ?

J'acquiesce en silence en feuilletant le dossier qu'elle vient de poser devant moi.

— Un nouveau patient ?

— Oui. Luxation de l'épaule, il y a quelques semaines, m'explique Elisabeth. Il a juste mentionné qu'il avait passé des examens à l'hôpital.

— Et il ne consulte que maintenant ?!

— C'est un homme, tu sais ce que c'est… il doit avoir sa petite fierté ! Demande donc à ton frère comment se porte son genou ?!

Malgré moi, je souris en l'entendant rouspéter contre Jason.

— C'est toi qui lui as passé la corde au cou. À toi d'endurer son mauvais caractère désormais. Pour en revenir à ce patient, je croyais t'avoir dit que je ne voulais plus prendre personne jusqu'à la fin de la saison estivale, ajouté-je en grimaçant.

— Il nous est envoyé par Lucas Reid.

Le nom me semble familier. Je lève un sourcil dubitatif pour la pousser à continuer.

— Un copain de Jason, marmonne-t-elle finalement. Je n'ai pas eu le cœur de lui dire non.

— D'accord.

Je saisis ma pile de dossiers et file en direction de mon bureau au moment où mon père passe le seuil du cabinet.

— Envoie-moi mon retardataire dès qu'il arrive, demandé-je à Eli avant de fermer la porte derrière moi.

— Ça marche.

Mon premier rendez-vous se déroule sans accrocs. Un cow-boy un peu trop confiant qui souffre encore de sa cascade du mois dernier. J'entends l'ironie dans la voix d'Eli lorsqu'elle lui propose un nouveau rendez-vous. Il est assez rare que mes patients repartent du cabinet avec le sourire. Toutefois, ils savent tous dès le début à quoi s'en tenir. S'ils désirent des soins apaisants, c'est en ostéopathie qu'ils doivent venir consulter, après l'avoir clairement spécifié. En effet, je n'utilise plus cette technique qu'auprès de quelques personnes, et toujours à mon domicile[2].

Je suis en train de compléter le dossier de mon patient quand ma

---

2   Au Canada, il n'est pas permis par la loi d'exercer la double fonction d'ostéopathe et physiothérapeute. Les séances d'ostéopathie de Zoé sont donc dispensées à titre privé à son domicile pour les besoins de l'histoire.

ligne interne se met à clignoter. Je décroche, mon stylo en suspens au-dessus de la feuille.

— Monsieur Walker est dans la salle d'attente, m'annonce Elisabeth sur un ton un peu trop enjoué.

— Dois-je déduire au son de ta voix que ce Walker n'est pas désagréable à regarder ?

— Tu verras ça par toi-même.

Puis elle raccroche.

Je termine d'annoter le document devant moi en secouant la tête. Puis je range mon stylo, ferme la chemise cartonnée et la dépose dans le casier des fiches traitées. Je remets la pile de dossiers en cours bien droite avant de quitter ma chaise pour aller changer le drap de mon lit d'examen, ainsi que le couvre-oreiller. Ici aussi, il y a deux paniers à linge sale. Un dernier coup d'œil sur la pièce afin de vérifier que chaque objet est à sa place, puis je me dirige vers la porte en lissant ma robe et passant mes cheveux derrière mon épaule.

Quand j'ouvre le battant, la première chose que j'aperçois, c'est le regard brillant d'Eli braqué sur moi. Apparemment, elle attend quelque chose avec impatience. Je fais un pas en avant et me fige, la main toujours posée sur la poignée.

Mon nouveau patient est plongé dans les pages du magazine *Chasse et pêche*. Pourtant, je n'ai aucun mal à le reconnaître ! La gêne me cloue sur place et tout me revient en mémoire.

Oh mon Dieu…

C'est ce même homme qui m'a prise sauvagement contre le mur des toilettes du *Black Horse*, lors de notre sortie, samedi soir.

Je suis littéralement morte de honte. Je n'ai toujours pas compris ce qui m'est passé par la tête durant cette soirée. Une telle façon d'agir n'est pas du tout dans mes habitudes ! Je fêtais ma première année de liberté et l'alcool m'avait embrouillé les sens. Je me rappelle juste avoir été portée vers lui par quelque puissance incontrôlable, comme hors de moi, et sans bien sûr qu'Eli, la traîtresse, tente une seule seconde de me raisonner. J'ai bêtement pensé ne jamais le revoir par la suite, car il était clair que ce type n'était pas du coin.

Je me souviens de la chaleur qui se dégageait entre nos deux corps. De sa force quand il a fait valser le distributeur de préservatifs à nos pieds. De la voracité de ses baisers, de la fougue de ses puissants coups de reins.

Mais surtout, je me souviens de son regard. Ce regard ravagé par Dieu sait quoi. Hanté par d'insondables ténèbres.

Ce même regard qu'il lève vers moi en cet instant précis.

— Monsieur Walker, le salué-je en tentant de garder mon sang-froid.

Je sens pourtant ma voix trembler légèrement.

Ce qui me surprend en revanche, c'est de découvrir son visage tuméfié. J'étais encore assez lucide samedi soir pour me souvenir qu'il n'était pas dans cet état à mon départ !

Chapitre 3

Josh

Couvert de sueur, à bout de souffle, je me dresse violemment dans mon lit. Il me faut quelques instants pour me souvenir de l'endroit où je me trouve. L'aube pointe à peine derrière les hauts massifs des Rocheuses. Aucun bruit dans le bungalow, j'en déduis que Cole est déjà sorti. Il a dessiné toute la nuit, j'ai pu entendre sa musique en sourdine lors de mes nombreux réveils. Je grimace en passant une main sur mon visage. Une douleur sourde irradie de mon arcade sourcilière, en plus de mon épaule qui me lance. Un magnifique coquard commençait à faire son apparition, hier soir. Je ne dois pas être beau à voir.

J'enfile un bas de survêtement et un sweat trouvés sur la commode. Puis mes chaussures de sport, dénichées dans mon sac de voyage. Quand je pousse la porte du bungalow, je suis accueilli par le calme apaisant qui règne sur le ranch. Repérant un sentier qui s'élève entre les pâturages vers la forêt, je m'y engage au pas de course. Le bruit de mes plaques militaires qui tintent l'une contre l'autre me stoppe net. Depuis mon retour, il y a près de cinq ans, je ne les avais jamais remises. Je les fais passer dans mon dos et poursuis mon chemin.

L'herbe humide étouffe le son de ma foulée et je respire enfin plus librement. Certes, mon épaule est douloureuse, mais j'ai vécu bien pire. J'accélère à cette pensée. Les cauchemars ne cessent de me harceler dès le moment où je ferme les yeux, pas question de les laisser hanter aussi mes périodes d'éveil. Au fil des mois et des années, les insomnies sont devenues mes seules compagnes nocturnes. Toutefois, la terreur de ce qu'elles impliquent désormais ne me quitte plus. Jamais je ne pourrai me pardonner mon geste envers Becca il y a un mois. Je dois apprendre à me contrôler et à reprendre mes esprits quand je perds pied. Malheureusement, dès que je m'assoupis, les visions d'horreur surgissent n'importe où et n'importe quand, je n'ai aucun moyen de prévoir leur arrivée ni leur impact sur mes réactions au réveil.

J'ai pourtant fait tout ce que j'ai pu à mon retour de l'enfer pour revenir à une vie civile normale. Le corps des Marines m'a référé à un thérapeute, et je n'ai manqué aucune des séances. Néanmoins, rien à faire, je n'ai jamais réussi à parler à qui que ce soit de ce qui s'est passé là-bas. Seul le rapport d'opération rédigé par mes soins ce jour-là a raconté les faits. Les images qui accompagnent ces mots posés sur le papier, je préfère les garder pour moi. À quoi bon pervertir l'esprit de quelqu'un d'autre avec mes souvenirs et mes erreurs ?

Mon erreur, qui *lui* a coûté la vie…

Quand je reviens au bungalow, j'ignore combien de temps j'ai bien pu passer à courir. Seul le calme procuré par l'effort m'a informé que je pouvais rentrer. Dans la petite chambre, je regarde l'heure en ouvrant mon portable. Huit heures cinq. Une icône sur l'écran usé m'indique la présence d'un message. Une voix féminine m'annonce la date et l'heure de mon rendez-vous avec le physiothérapeute.

Aujourd'hui, à neuf heures trente. Quelle efficacité !

Une douche rapide termine de chasser les tensions laissées sur mon corps par ma nuit agitée. Se battre sans cesse contre soi-même s'avère épuisant au fil du temps. J'ai l'éprouvante impression d'avoir perdu jusqu'à mon identité en revenant d'Afghanistan. Comme si le sergent Joshua Walker du corps des Marines des États-Unis n'existait plus désormais. Je suis devenu un homme sans visage, sans vie, qui ne reconnaît plus son propre reflet dans la glace. Je ne suis plus rien, depuis ce jour maudit.

Je gagne l'écurie afin d'annoncer à Cole que je pars en ville pour mon rendez-vous. Mon compagnon de route ne manque pas de me rappeler que je lui dois cinq cents dollars depuis mon bref séjour en prison. *Génial ! Ma dernière paie de Mitch va finir dans les poches de McKnight*. Je ne lui réponds pas et m'éloigne au volant du pick-up.

Une bonne demi-heure plus tard, je roule paisiblement dans le centre de *Black Valley*. La ville est animée. Beaucoup plus qu'elle ne l'était samedi. Je me gare devant l'immeuble qui abrite le cabinet *Andrews*. Il est un peu tôt quand je pénètre dans le hall. L'air conditionné fait contraste avec la chaleur extérieure déjà présente en ce début de matinée. Je dépasse l'ascenseur sans un regard et emprunte les escaliers. Je ne suis pas encore estropié !

Avant de pousser la lourde porte du cabinet, je retire mes plaques militaires et les range dans ma poche. Une jeune femme aux courts cheveux châtains me dévisage un instant derrière son bureau. Son expression est difficile à déchiffrer. Elle semble passer de la surprise à l'amusement.

— Bonjour, vous avez rendez-vous ? me questionne-t-elle enfin.

J'acquiesce en silence.

— Avec qui avez-vous rendez-vous, Monsieur ?

— Le docteur Andrews.

L'inconnue se lève de son fauteuil pour jeter un œil par-dessus le comptoir qui nous sépare.

— Et vous n'avez pas amené votre enfant ? ironise-t-elle.

Je la fixe, complètement perdu. Mon enfant ?!

— Eh bien, sans doute parce que je n'ai pas d'enfant !

— Le docteur Andrews est pédiatre, Monsieur.

— Je ne viens pas voir un pédiatre ! Vous m'avez téléphoné ce matin pour me donner l'heure de ma consultation avec le docteur Andrews, soufflé-je, un brin exaspéré par le sentiment que cette jeune femme se moque de moi.

La patience, ce n'est vraiment pas mon fort. Plus depuis un bon moment, du moins…

— Luxation de l'épaule. Walker, Joshua, l'informé-je plus formellement.

— Oh ! Vous venez voir *Mademoiselle* Andrews, alors ! me lance-t-elle innocemment. Vous pouvez aller vous asseoir, elle est actuellement avec un patient.

À l'instant de m'installer dans l'espace d'attente qu'elle me désigne, je me redresse pour questionner la secrétaire.

— Pardonnez-moi, mais je ne devrais pas remplir un formulaire de santé, ou un truc dans le genre ?

— Mademoiselle Andrews verra tout cela avec vous.

— D'accord.

Je prends place et commence à feuilleter au hasard l'un des magazines disposés sur une petite table devant moi. Il n'y a rien de bien intéressant. Quand j'entends un râle de douleur, à peine étouffé par la porte du bureau, je me demande vraiment ce que je fiche dans cet endroit. Quelques minutes plus tard, le battant s'ouvre sur un homme corpulent qui boite. Il laisse la porte à peine entrouverte et s'accoude lourdement au comptoir d'accueil. Je ne porte pas attention à leur échange.

— Mademoiselle Andrews ne devrait pas tarder à s'occuper de vous, m'annonce bientôt la secrétaire, après l'avoir contactée.

Je hoche la tête et me replonge dans ma revue.

— Monsieur Walker, m'interpelle bientôt une voix féminine.

Mes yeux se posent sur la jeune praticienne qui m'observe depuis l'entrée de son bureau. Elle se tient bien droite dans sa robe cintrée. De hauts escarpins lui donnent un semblant d'assurance. Elle ne doit pas faire un mètre soixante sans ses souliers, toutefois sa taille menue ne la rend que plus féminine encore.

J'ai beau être nul quand il s'agit de gérer mes émotions, je sais très bien interpréter celles des autres. Et j'ai la certitude en cet instant que l'inconnue devant moi tente de cacher un trouble surprenant. Mais en me levant de mon siège, je me dis qu'après tout, ses états d'âme ne me regardent en rien, puisque pour une fois, c'est moi qui ai besoin de soins.

Ces yeux noisette, presque ambrés, ne me lâchent pas un seul instant tandis que je m'avance vers elle, puis elle se détourne vivement et gagne son bureau. Elle s'installe aussitôt dans son fauteuil, me laissant refermer la porte derrière moi, et m'invite à prendre place sur l'une des deux chaises qui lui font face. Un diffuseur d'huiles essentielles est posé non loin de nous, et une forte senteur de lavande embaume la petite pièce, sans doute pour couvrir l'odeur médicale et aseptisée qui plane souvent dans ce genre d'endroits et pourrait stresser certains patients. La physiothérapeute prend alors une chemise en carton, replace discrètement celle qui a dévié de la pile et me regarde enfin en ouvrant mon dossier, quasi vierge pour le moment. J'ai soudain une impression de déjà-vu, qui me pousse à la détailler avec plus d'attention. Une image fugace nargue mon esprit avant de disparaître à nouveau.

— Elisabeth, mon assistante, m'a informée que vous avez été victime il y a quelque temps d'une luxation de l'épaule droite, suite à laquelle vous avez passé des examens à l'hôpital.

— C'est exact.

— Néanmoins, vous ne portez pas d'écharpe et ne consultez que maintenant...

Je sens un léger reproche poindre dans sa voix.

— Pardonnez-moi, mais je ne connais même pas votre prénom, éludé-je dans l'espoir d'échapper à son interrogatoire.

Son regard ne quitte plus la fiche posée sur le bureau. Ses cheveux bruns retombent devant son visage tandis qu'elle pointe du doigt le mur derrière elle.

— Zoé Andrews, comme c'est indiqué sur ces diplômes. Bien que je ne vois guère en quoi cela peut bien vous importer... Maintenant, pouvez-vous revenir à notre conversation et répondre à ma question, Monsieur Walker ?

Loupé.

— Je... je n'ai aucune réponse à vous apporter, en fait.

— Très bien. Dans ce cas, veuillez retirer votre tee-shirt et prendre place sur le lit d'examen, s'il vous plaît.

Incroyable ! Cette fille me donne des ordres à la manière d'un commandant... Je m'exécute pourtant pendant qu'elle se lave minutieusement les mains, avant de revenir vers moi avec sa fiche. Son regard s'attarde sur mon visage, mes épaules et mes côtes. Puis elle passe derrière moi, après avoir déposé mon dossier sur le bout de la table recouverte d'un drap blanc.

— Votre épaule droite est légèrement affaissée, m'indique-t-elle en déplaçant lentement ses doigts dans mon dos.

— Cela ne date pas d'hier... C'est ma seconde luxation, en fait.

— À quand remonte la première ?

Je respire un grand coup.

— À mon deuxième déploiement, Madame, en 2010.

Je la sens se figer, sa main ne bouge plus.

— Quels soins avez-vous reçus ?

— Aucun. On a remis mon épaule en place, c'est tout. J'ai repris mon poste quelques jours plus tard. Je pensais que ce serait la même chose quand c'est arrivé ici, avoué-je.

Zoé soupire et vient se poster face à moi.

— Lorsqu'il y a luxation, la capsule articulaire, les ligaments et les muscles autour sont étirés. Dans votre cas, ils n'ont pas dû se remettre du premier traumatisme par manque de soins appropriés. Ce qui explique sans doute pourquoi vous ne guérissez pas « tout seul » cette fois-ci.

— Très bien. Que dois-je faire pour y remédier ?

Nous nous observons un moment en silence. Je remarque que ses yeux s'assombrissent lorsqu'elle réfléchit intensément. Et une nouvelle image vient me percuter, bien trop fugace à nouveau pour que je puisse m'y accrocher.

— Je vais faire une demande à l'hôpital pour obtenir au plus vite le rapport des examens que vous avez passés. Cela m'éclairera sur la marche à suivre, me propose-t-elle en prenant des notes. Je vais quand même faire une première évaluation aujourd'hui et mesurer l'amplitude de vos mouvements, histoire de comparer vos deux épaules et préparer un plan de traitement adapté dès l'arrivée des résultats.

OK, c'est elle, la spécialiste !

Elle se saisit d'un coffret au sein duquel tous les instruments semblent avoir été rangés avec une précision millimétrée. Puis elle commence son relevé par les mesures d'angle de mon épaule valide. Quand elle passe à la droite, les gestes qu'elle m'impose m'arrachent quelques grognements.

Une mesure, des inscriptions sur mon dossier… et ainsi de suite.

Quand ses doigts frôlent les cicatrices qui parcourent une partie de mon flanc droit, par-dessus mon tatouage, mon souffle se bloque dans ma gorge et je m'éloigne vivement de son contact. Les images affluent dans mon esprit.

— C'est douloureux ? demande-t-elle.

Je tente de reprendre pied dans la réalité, au sein du cabinet. De chasser celle, en plein désert, qui se déroule sous mes yeux.

— Non.

— Vous réagissez pourtant…

— Ce n'est pas douloureux, je vous assure. Ce ne sont que de vieilles blessures, assené-je plus durement que je ne l'aurais voulu.

Un nouveau silence passe entre nous, je suis tendu.

— D'accord, murmure Zoé en revenant palper mon épaule. Allongez-vous sur le dos, maintenant, je vous prie.

Je m'exécute pour qu'elle puisse poursuivre.

Elle s'éloigne de moi quelques instants plus tard, afin d'aller chercher de la glace dans une pièce annexe.

— Maintenant, je vais devoir vous poser quelques questions sur vos antécédents, énonce-t-elle en plaçant délicatement sur la zone blessée un sac de glace enroulé dans une serviette-éponge. Vous pouvez rester allongé.

J'en déduis qu'elle a terminé son examen et, ignorant ses indications, je retourne m'asseoir en face d'elle à son bureau. Je laisse mon tee-shirt sur la seconde chaise et maintiens la poche glacée contre mon épaule.

Commence alors l'interrogatoire.

Âge, date de naissance, lieu de résidence…

Je me sens perdu face à tant de questions personnelles. Je n'ai même pas de lieu de résidence à lui fournir. Ses sourcils légèrement froncés démontrent que mes réponses ne lui plaisent guère.

— Votre lieu de naissance ?

— Texas.

Elle lève les yeux vers moi.

— Je ne suis pas du coin. Depuis mon retour… Cela fait quatre ans que je traverse les États, allant de boulot en boulot avec deux amis. Je ne suis que de passage en Alberta, lui révélé-je avec réticence.

— Très bien. D'autres problèmes de santé, mis à part cette épaule ?

— Des insomnies. En fait, je ne dors quasiment plus depuis…

J'ignore la pertinence de ma réponse, pourtant il me semble nécessaire qu'elle sache. Mais il m'est impossible de terminer ma phrase.

— Depuis votre retour à la vie civile ?

— C'est exact.

— Syndrome post-traumatique ?

Facile à déduire après ma réaction quand elle a touché mes cicatrices.

— Oui.

Elle note encore quelques mots sur la fiche. Je m'interroge sur l'importance de tout ce qu'elle semble avoir à écrire à mon sujet.

— Monsieur Walk…

— Josh. C'est simplement Josh, la coupé-je.

— Bien. Josh, pour aujourd'hui, je vous conseille de rester tranquille et de remettre de la glace pour calmer la douleur et l'inflammation dès que vous serez rentré. Je vais pour ma part faire cette demande de rapport à l'hôpital, j'ai seulement besoin de votre signature sur ce formulaire.

Elle tourne une feuille vers moi et me désigne un stylo sur le bureau.

— J'aimerais vous revoir mercredi. Les informations nécessaires seront alors arrivées à mon secrétariat, m'annonce-t-elle.

— Bien.

— Elisabeth fixera l'heure de la séance avec vous.

Je lui rends le papier signé, dépose la poche de glace sur la table d'examen et remets mon vêtement.

— Bonne journée, Zoé, la salué-je.

Elle m'accompagne jusqu'à la porte.

— Bonne journée… Josh.

Ce n'est qu'à l'instant où elle referme le battant sur elle, me libérant ainsi des vapeurs de lavande qui emplissent son cabinet, que la discrète fragrance de vanille qui l'entoure me percute. Tous les souvenirs et toutes les sensations du fulgurant moment de perdition que nous avons partagé me reviennent brutalement en tête.

Comment ?!

Eh bien… voilà qui explique ces impressions de déjà-vu !

— Vous avez oublié quelque chose dans le bureau ? me questionne Elisabeth, que la situation semble beaucoup amuser.

Je dois avoir l'air un peu idiot à fixer sans bouger la porte qui me sépare de la physiothérapeute.

— Non.

En m'approchant du comptoir, je sors mon portefeuille de la poche arrière de mon jean.

— Vous avez des assurances ?

— Non. Je ne suis pas du coin, en fait, expliqué-je.

— D'accord. Cela vous fait donc soixante-dix dollars.

Je fronce les sourcils. Je ne m'attendais pas à une telle somme ! Ce n'est certainement pas avec ma solde de vétéran que j'arriverai à bout de tous ces frais imprévus ! Elle suffit à peine à couvrir les dépenses de Fire et les miennes. Je soupire en sortant les derniers billets qu'il me reste.

— Vous devez prendre un autre rendez-vous ?

Elisabeth me tend mon reçu, un gentil sourire aux lèvres.

— Oui, mais… je n'ai pas les moyens de me payer de nouvelles séances. Je rappellerai quand ce sera le cas.

Sans un mot de plus, je tourne les talons et manque de percuter deux hommes de grande stature, postés dans mon dos. Sans en avoir l'air, ils semblaient écouter la conversation. L'un porte une blouse de médecin, et le plus jeune, un simple tee-shirt blanc. Je les salue d'un hochement de tête, une main sur mon épaule malmenée, et disparais dans la cage d'escalier, bien décidé à ne plus jamais remettre les pieds dans cet endroit.

En y réfléchissant bien, c'est le mieux à faire. Ainsi je n'aurai pas à croiser de nouveau le visage embarrassé de cette pauvre Zoé. Car il est désormais évident que ce qui la perturbait quand elle m'a découvert dans la salle d'attente, c'était moi.

Moi, le type ivre qui l'a prise sauvagement contre un mur dans les toilettes d'un bar malfamé ! Décidément, tout cela n'est pas fait pour moi. Cette région n'est pas faite pour moi. La vie de civil n'est pas faite pour moi… Vivre n'est peut-être même plus fait pour moi…

Cependant, seuls mes choix ont déterminé l'existence que je mène aujourd'hui, et je me dois de les assumer… jusqu'au bout.

Chapitre 4

Zoé

Ce n'est qu'une fois la porte de ma salle de consultation refermée sur lui que je retrouve enfin une fréquence cardiaque normale. Bon sang ! Et dire qu'il ne m'a même pas reconnue ! Les idées confuses, je débarrasse le lit d'examen de son drap et désinfecte tout sur mon passage. Mes pensées se calment elles aussi peu à peu. Ces actions mécaniques m'apaisent.

Immobile devant le petit lavabo qui orne un angle de la pièce, je me lave ensuite soigneusement les mains et passe un peu d'eau froide sur mon visage. En épongeant mes joues, je songe à la stupidité sans nom avec laquelle j'ai agi samedi dernier, au *Black Horse*. Je suis choquée de mon propre comportement. Fêter son divorce avec un coup d'un soir ! Non, mais quelle idiote ! Je me rappelle encore mes reproches à Elisabeth quelques minutes plus tard, dans la voiture, alors que je fuyais déjà *les lieux du crime*. Après tout, elle devait me surveiller ! Pas me laisser filer dans les toilettes avec ce parfait inconnu.

Inconnu qui ne l'est plus vraiment, maintenant, songé-je.

Je ne peux cependant m'en prendre qu'à moi-même… Je ne tiens pas l'alcool, j'en suis consciente, pourtant cela ne m'a pas empêchée d'en ingurgiter plus que de raison. Un an de célibat, cela se célèbre dignement, non ? Finir dans les bras de Joshua Walker n'était toutefois pas au programme ! Mais au-delà de cette erreur, ne jamais le revoir… c'était ça, le plan !

Je ne peux subitement m'empêcher de penser que son état

d'ivresse avancé a sans doute contribué à la fougue qu'il a mise dans…

Zoé, je t'en prie, sors-toi ces images de la tête ! m'insurgé-je.

Je sursaute quand on ouvre vivement la porte de mon bureau. Je me retourne vers l'importun avec colère. Quelle surprise de rencontrer le regard noisette d'Oliver. Du haut de son mètre quatre-vingt-seize, mon frère me surplombe de son imposante stature. Heureusement, son large sourire calme immédiatement la crise d'angoisse qui menaçait de me submerger.

— Tu sembles sur le point de perdre connaissance, puceron, s'inquiète-t-il en s'avançant dans la pièce.

— Je ne vois pas de quoi tu veux parler, Oliver.

Il ne manquerait plus qu'il commence à jouer les psys avec moi ! Comme si je n'avais pas assez donné en confessions au cours de cette dernière année. Cherchant à recouvrer ma sérénité, largement mise à mal par mon précédent visiteur, je m'applique à préparer méticuleusement mon prochain rendez-vous. Mon aîné m'observe avec attention, confortablement installé sur l'une des chaises de mon bureau. Je jette un coup d'œil à ma montre tout en plaçant un drap propre sur la table d'examen. Mon patient n'arrive que dans un quart d'heure. Je soupire avant de revenir m'asseoir devant la fiche de Joshua Walker. J'épingle soigneusement la demande de rapport à son dossier et laisse une note à Elisabeth pour qu'elle soit faxée dans la journée.

— Tu souhaites me parler de quelque chose ? questionné-je Oliver.

Comme il ne répond pas, je lève les yeux et le surprends qui m'observe en se tapotant le menton.

— Oli ?!

Mon ton plus élevé le sort de ses pensées.

— Papa aimerait savoir si Eli et toi voulez venir manger avec nous, ce midi, finit-il par m'avouer.

Je ferme d'un coup sec le dossier sur mon bureau et souffle un bon coup en m'appuyant contre ma chaise.

— Il t'a dit qu'il m'a parlé de Shane, ce matin, n'est-ce pas ?

Oliver hausse négligemment les épaules.

— On s'inquiète pour toi, Zoé. Quoi de plus normal après ce que tu as traversé ?

— Je t'en prie ! Tu ne vas pas t'y mettre toi aussi ?!

— Tu es ma…

— Ta petite sœur ! Je sais, merci !

Je me lève brusquement et me dirige vers la salle d'attente, lui signifiant ainsi que notre discussion est terminée. Il reste planté près de moi pendant que je confie la chemise cartonnée à Eli.

— Il y a une demande de rapport à envoyer à l'hôpital et j'aimerais connaître l'heure de son rendez-vous, mercredi.

Mon amie me dévisage un instant, étonnée par mon ton sec, avant de saisir le dossier.

— Il n'a pas repris de rendez-vous, en fait…

Je fronce les sourcils, puis hausse les épaules.

— Envoie quand même la demande, au cas où il changerait d'avis, terminé-je avant de repartir m'enfermer dans mon bureau, sous le regard soupçonneux de mon frère et d'Elisabeth.

Le reste de la matinée s'écoule rapidement. Deux autres patients réguliers se succèdent dans la salle d'examen. Alors que je finis de rédiger la fiche de madame Gallagher, Eli pénètre silencieusement dans mon bureau. Le petit sourire en coin qu'elle m'adresse quand je lève les yeux vers elle m'en dit long sur son état d'esprit.

— Tu aurais pu me le dire… soupiré-je sans lâcher mes notes.

— J'aurais pu. Seulement tu m'as fait la morale, à peine sortie de ta *petite pause pipi*, en me reprochant *ton* erreur. J'ai cru bon de te laisser gérer ladite erreur… petite revanche personnelle.

— Alors cesse de sourire bêtement, il n'y avait rien de plaisant dans cette situation, Eli.

Lassée, je ferme la chemise cartonnée et la dépose sur la pile qui lui est dédiée.

— D'accord… Et sinon, il a dit quoi ? m'interroge mon assistante, sans se départir de son sourire.

Un instant, je baisse les yeux sur mes mains, posées bien à plat sur la surface lisse de mon bureau.

— Rien. En fait… je crois qu'il ne m'a pas reconnue, avoué-je finalement. Je ne dois pas être un si bon coup que ça…

Ma meilleure amie éclate de rire. Et s'arrête net devant ma mine confuse. Je déteste la confusion.

— Je ne vois pas ce qu'il y a de drôle ! Pas une seconde, je n'ai songé que je le reverrais un jour ! Encore moins en tant que patient !

— Il t'a reconnue, ma belle, crois-moi ! Si tu avais vu l'expression sur son visage quand tu lui as fermé la porte au nez, tu n'en douterais pas une seconde.

— Mais…

Nous n'avons pas la chance de poursuivre plus avant, mon père nous interrompt en passant la tête à travers l'embrasure.

— Oliver nous attend chez *Joe's*, nous annonce-t-il.

J'acquiesce en silence et me lève pour aller me laver les mains avant de partir.

L'air est étouffant à l'extérieur. Nous marchons en silence, ce qui est plutôt rare. Ma conversation matinale avec mon père pèse encore entre nous. Qu'il s'inquiète pour moi est une chose, mais qu'il me demande si mon ex-mari me manque… c'est plus que je ne peux en accepter !

Arrivée au petit café-restaurant, je repère vite l'imposante stature d'Oliver qui nous attend sagement à l'une des tables en terrasse. La commande a déjà été passée… et servie.

— Tu n'as pas de séances aujourd'hui ? demandé-je à mon frère en m'installant à ses côtés.

— Non. Mes deux patients ont annulé.

— Peut-être les gens ne croient-ils plus en l'efficacité de la thérapie… lui lancé-je entre deux bouchées de salade verte.

Le ton est donné. Il ne fallait pas venir me chercher tout à l'heure !

— Apparemment, certains de tes patients ne croient pas non plus au pouvoir de la physiothérapie, s'agace-t-il.

— Tu espionnes les patients de ta sœur quand ils sont à mon bureau, maintenant ?! Tu as donc fort bien entendu que celui-ci n'a pas pris de nouveau rendez-vous, car il n'en a pas les moyens !

Rouge de colère, Eli n'a semble-t-il pas pu contenir cette dernière remarque. Mon frère baisse les yeux, alors que je pose ma fourchette en les dévisageant tous les deux.

— Elisabeth, se défend-il, c'est très indiscret. Ce n'est pas le genre de choses que tu as le droit de révéler à ton employeur.

— Je sais, mais…

— Mais rien… l'interrompt-il. Nous étions là, Papa et moi, et pourtant, nous n'avons rien dit.

Indignée par tant de mauvaise foi, ma meilleure amie le fixe.

— Tu l'as largement insinué avant même que j'en parle ! Cet homme a besoin de soins, Zoé ! Je ne suis pas la seule à l'avoir vu ! Seulement tes honoraires sont trop élevés pour lui, termine-t-elle en retournant sa colère contre moi.

— Il n'est pas le seul dans ce cas… je n'y peux rien ! assené-je d'une voix que je ne reconnais pas.

Plus personne ne parle autour de la table. Mon père, un doigt tapotant sa tempe, semble perdu dans ses pensées. Exaspérée par notre soudain manque de compassion, Eli se lève, saisit son sac et repart vers le cabinet. En soufflant, je dégage une mèche de cheveux de mon visage. Pendant un moment, je songe à tous les frais qu'une prise en charge en physiothérapie implique pour quelqu'un qui ne peut pas se faire rembourser par une mutuelle. Cent quarante dollars par semaine, entièrement à la charge d'un héros de la nation qui ne doit toucher qu'une rente de vétéran et n'a aucun travail…

En effet, le coût est élevé.

J'écoute distraitement mon père s'entretenir avec Oliver au sujet de ses petites-filles. Bridget et Emma sont deux anges, qui ensoleillent notre existence depuis respectivement six et sept merveilleuses années. Ces jolies poupées peuvent obtenir de moi tout ce qu'elles désirent d'un simple regard et faire fondre n'importe quel cœur au plus léger sourire.

Ma prochaine consultation étant prévue bien avant celle de mon père, je les laisse en tête-à-tête et regagne le cabinet. Eli ne m'adresse pas le moindre regard quand je franchis la porte, apparemment très occupée au téléphone.

La journée se poursuit sans encombre, et surtout, sans nouvelle bombe.

À seize heures, je range ma salle de consultation puis salue mon amie qui, cette fois encore, m'ignore superbement.

D'accord, elle ne m'a pas à la bonne à cause de cette histoire de tarif trop élevé. Mais qu'est-ce que j'y peux, moi, si les systèmes sociaux de nos pays ne viennent pas en aide aux défavorisés ?! Et s'ils laissent ces hommes, qui se sont battus et ont été blessés pour que nous vivions en paix, végéter dans des conditions déplorables ?

Le trajet de retour jusqu'à la maison me semble interminable. Je me retourne sans cesse, harcelée par ce sentiment d'insécurité que je ne peux m'expliquer. Je suis soulagée d'arriver enfin chez moi et souris en découvrant que tout le mobilier du salon a changé de place. Vivre avec une mère décoratrice d'intérieur sous mon toit, ce n'est pas toujours de tout repos !

— Salut, Maman ! Superbe, le salon ! Je file me changer et je vais faire un tour chez Oli, lancé-je en gravissant les escaliers.

— Tu rentres pour dîner ?

— Oui !

Ma mère est une merveilleuse artiste, au caractère extraverti. Tout comme mes deux autres frères, Jason et Dean. Oliver et moi tenons notre personnalité plus réservée de notre père.

Je retire ma robe que je vais déposer dans son panier à linge et enfile un simple tee-shirt blanc sur un jean délavé. Une fois mes cheveux remontés en queue-de-cheval, je gagne le vestibule, chausse mes baskets et quitte la maison. Oliver vit dans une grande villa résidentielle au bout de ma rue. Malgré la proposition de mon père de se joindre à nous, il a préféré installer son cabinet privé dans une partie non occupée de sa demeure.

Lorsque je frappe à la porte, c'est Amanda, sa femme, qui vient m'ouvrir, un grand sourire aux lèvres. Un tel accueil me réchauffe le cœur après avoir dû supporter la mauvaise humeur d'Eli tout l'après-midi.

— Entre, Zoé !

Je ferme la porte derrière moi quand je l'entends s'écrier :

— Chéri, ta sœur est ici !

Des pas précipités résonnent dans les escaliers au milieu de joyeux éclats de rire, et quelques secondes plus tard, je suis attaquée par deux irrésistibles brunettes.

— Tante Zoé ! hurlent-elles en chœur en s'accrochant à moi.

Je les serre tour à tour dans mes bras et les laisse m'entraîner vers le salon. Amanda nous suit en souriant.

— Les filles, laissez tante Zoé tranquille ! Allez plutôt jouer dans le jardin, leur intime-t-elle gentiment.

Bridget, la plus âgée, me tire par la main.

— Tu viens jouer avec nous ?

— Oui ! s'enthousiasme Emma.

Pieds nus dans l'herbe verte parfaitement entretenue, je regarde les fillettes gambader d'un bout à l'autre de la grande clôture en pin qui entoure la cour arrière. En attendant mon frère, je prends place sur la balançoire en bois accrochée à l'immense érable qui domine les lieux. Les rires de mes nièces m'apaisent peu à peu et j'ai sans doute un air rêveur quand j'aperçois mon frère qui marche vers moi.

— Qu'est-ce que tu fais là, puceron ?

— Je crois que j'ai été kidnappée, avoué-je avec malice.

— Encore ! N'apprendras-tu donc jamais à leur résister ?

Je m'esclaffe.

— Comme si, toi, tu en étais capable !

— Je plaide coupable, reconnaît Oliver.

Il m'observe un instant tandis que je me balance comme une enfant, silencieuse.

— Elle te fait la gueule ?

— Pas un seul mot de tout le reste de la journée, acquiescé-je.

— Et…

— Et j'ignore quoi faire.

Rattrapant au vol l'une de ses filles qui s'est élancée vers lui, mon frère me propose :

— Je peux en glisser un mot à Tommy, à la clinique publique. Il paiera moins cher là-bas.

— Tommy est un véritable tyran ! Je préférerais encore lui offrir mes services, je n'ai pas envie de savoir mes patients démembrés par ce sauvage ! m'exclamé-je.

— Eh bien, voilà, tu l'as, ta solution ! Offre-lui les soins.

— Je ne peux pas libérer un créneau dédié à mes patients payants, Oli. Ce ne serait pas raisonnable. La nouvelle se répandrait en ville comme une traînée de poudre, et ce serait la porte ouverte à toutes sortes de dérives.

— Alors, reçois-le en dehors de tes heures d'ouverture, argumente-t-il.

— C'est un ancien militaire, frérot. Hors de question que je me retrouve seule au bureau avec un homme souffrant de syndrome post-traumatique.

Conscient que je dévoile des informations confidentielles sur mon patient, Oliver hausse les épaules en me lançant un regard sévère. Néanmoins, contrairement à ce qu'il a fait plus tôt avec Elisabeth, il décide de ne pas relever.

— Je ne vois pas ce que tu peux faire d'autre, Zoé.

Je secoue la tête avec humeur en arrêtant la balançoire. Mais pourquoi diable est-ce que je me tracasse pour ce type ? *Pour faire plaisir à Elisabeth*, me rétorque aussitôt une petite voix intérieure. Après tout, elle supporte ma névrose depuis plus d'un an. Jour après jour. Elle a toujours été là pour moi, et surtout, elle ne m'a pas abandonnée, même dans les moments les plus difficiles de ma vie. Sans tenir compte des risques qu'elle encourait, c'est elle qui m'a sortie de l'enfer.

— Je vais demander son avis à Papa, décidé-je en me levant. Merci quand même, Oli.

— Tu es la bienvenue ici quand tu veux, tu le sais. Surtout pour du baby-sitting !

Mon frère me lance cette dernière remarque alors qu'il est assiégé par ses filles et roule dans l'herbe en riant avec elles. Je souris en regagnant la maison. Amanda observe sa petite famille depuis la fenêtre de la cuisine. Je la salue d'un signe de la main, un pincement au cœur, avant de quitter les lieux.

Bousculée dans la rue par un inconnu qui n'a même pas pris la peine de s'excuser, j'arrive chez moi au pas de course, en même temps que mon père. Devant mon air soucieux, il m'invite à prendre place près de lui sur les marches qui mènent à l'entrée.

— Tu te tracasses encore à propos du traitement de ce jeune homme, n'est-ce pas ? Ou à cause de ce que t'a dit Eli ?

— Il y a sûrement un peu des deux, avoué-je sans vouloir lui parler du dernier incident.

Après tout, des gens distraits et mal élevés, il y en a partout ! Et puis, cet homme n'avait pas la prestance de Shane, s'il en avait la carrure.

Pendant un instant, nous observons les environs en silence.

— J'aurais voulu lui offrir les soins dont il a besoin en dehors des heures d'ouverture, mais je ne crois pas que ce soit une bonne idée de me retrouver seule avec lui au cabinet. Cela se saurait forcément un jour, et tu peux facilement imaginer la suite ! De plus, c'est un ancien soldat… hasardé-je.

— Je comprends et approuve ton raisonnement. Néanmoins, j'ai pas mal réfléchi à ton problème depuis midi et j'ai peut-être une solution à te proposer, m'annonce-t-il. Viens, entrons pour en parler.

Lasse de cette journée bien trop erratique à mon goût, je suis pourtant mon père à l'intérieur, me demandant bien ce qu'il a encore pu trouver.

Le lendemain matin, pendant mon jogging, son idée me hante toujours. Elle est complètement démente, mais à quoi d'autre aurais-je dû m'attendre de la part d'un ancien membre des médecins sans frontières ?! Mon père a toujours eu le cœur sur la main et a pour règle de vie d'aider son prochain chaque fois qu'il le peut.

Et je suis fière qu'il ait su inculquer à ses quatre enfants ces valeurs qui lui sont si chères.

Je n'ai pratiquement pas dormi de la nuit, tant l'angoisse du coup de fil qui m'attend me ronge. Pourtant, la vie m'a appris à ne pas reculer devant la difficulté.

Enfin décidée, je ralentis ma course pour repasser à un pas rapide, le temps de saisir mon portable dans mon brassard et de rechercher la fiche de mon patient. Puis je compose son numéro. À cette heure matinale, je suis sûre de tomber sur sa messagerie. Le souffle court, je laisse s'égrener les sonneries.

— *Allo ?*

Merde !

Chapitre 5

Josh

Le soleil m'aveugle quand je sors du cabinet. La chaleur est déjà accablante et l'air irrespirable dans l'habitacle du pick-up. Je baisse les vitres et prends mon écharpe sur le siège passager avant de retourner sur le trottoir. Je la remets avec difficulté.

— Si j'avais su, je ne lui aurais pas rendu la poche de glace ! maugréé-je en me contorsionnant.

Une fois mon bras immobilisé contre moi, je m'éloigne du pick-up sans refermer les vitres, histoire de laisser refroidir un peu l'intérieur. Nous ne sommes pas dans une grande ville, je doute que quiconque tente de me le voler en plein jour.

L'esprit toujours préoccupé par mes problèmes financiers, je pile devant la petite échoppe *Marie's Antiquités* et fixe l'offre d'emploi toujours présente dans la vitrine. *Qu'est-ce que j'ai à perdre ?* songé-je en passant finalement la porte grande ouverte. La vieille dame est toujours là, elle me tourne le dos et semble concentrée sur une tâche minutieuse. Ne voulant pas lui faire peur par une intrusion silencieuse, je me racle discrètement la gorge. Quand son regard pétillant de malice se pose sur moi, je lui souris timidement. J'ai perdu l'habitude d'être aimable avec les étrangers.

— Vous êtes revenu, jeune homme, s'enthousiasme-t-elle en s'approchant.

— En effet… Je me demandais si vous seriez prête à engager quelqu'un, malgré le fait qu'il soit légèrement esquinté pour le moment.

C'est la seule chose que je trouve à dire pour me faire

embaucher. La franchise paie toujours, m'a-t-on assuré une fois. La propriétaire me sourit franchement et passe de l'autre côté du comptoir avant de venir se poster devant moi.

— Marie, se présente-t-elle en me tendant la main.

— Josh.

Ses doigts fragiles enserrent les miens avec une étonnante fermeté. Elle me tapote gentiment l'avant-bras et me fait signe de la suivre.

— Vous vous y connaissez en antiquités ?

— Euh… non, pas du tout, Madame, avoué-je.

— Ça tombe bien, moi non plus !

Son expression amusée me fait sourire.

— Je fais plutôt dans l'artisanal, en fait. C'est mon défunt époux qui aimait les vieilleries !

Derrière le labyrinthe de meubles imposants que j'ai pu voir la dernière fois, je découvre un petit espace de travail très épuré, où tout semble parfaitement rangé.

— Pour ma part, je préfère les choses faites à la main, me dit-elle en désignant son atelier.

Des bijoux, des paniers, des accessoires en laine… Il y a tant de merveilles !

— Le salaire ne sera pas faramineux, mais je commence à être un peu vieille pour tenir cette boutique toute seule, m'explique Marie.

— Je prendrai ce que vous m'offrirez.

J'ai besoin d'argent, tout autant que de m'occuper l'esprit. De chasser ces démons qui me hantent à chaque instant. Et cette petite bonne femme, pétillante de vie, pourrait bien m'aider à y parvenir ! Et puis, quel autre choix me reste-t-il ? Vu l'état de mon épaule, je ne suis pas stupide au point de croire que je vais rapidement pouvoir remonter à cheval !

— En quoi le travail consistera-t-il ?

— Entretenir les lieux, faire un peu de rangement et tenir la caisse. Cela me permettra de consacrer plus de temps à mes créations. Est-ce que ça vous convient ?

— Oui, Madame, c'est exactement ce que je recherche.

— Très bien ! Vous est-il possible de débuter lundi matin ?

J'observe un instant ce qui m'entoure et acquiesce.

— Oui, sans problème.

Nous regagnons l'avant de la boutique en silence. Je prends soudain conscience que je viens de dire adieu au travail en extérieur pour les mois à venir.

— Alors bonne journée, Josh ! me salue Marie quand je sors de la boutique.

Je lui adresse un signe de la main, tandis qu'elle retire l'annonce de la vitrine. *Une bonne chose de faite*, me dis-je malgré tout en prenant place quelques minutes plus tard en face du pick-up, sur l'un des bancs publics qui peuplent les rues de la ville. Assis tranquillement, j'observe un moment les passants qui défilent devant moi avant de fermer les yeux un instant. Juste un petit instant pour retrouver une certaine stabilité dans mes pensées.

Le soleil m'agresse et chauffe ma peau, pourtant je n'en ai cure. Tout ce que je voudrais, c'est pouvoir garder les yeux clos et dormir enfin d'un long sommeil réparateur. Une nuit, une seule nuit… Mais même lorsque je m'écroule inhibé par l'alcool, les cauchemars reviennent danser sur l'écran de mes paupières closes. Je frissonne en repensant au contact de la main de la physiothérapeute quand elle a parcouru les balafres qui ornent mon flanc droit. Les souvenirs de cette nuit d'horreur sont remontés d'un coup à la surface, m'empêchant une fraction de seconde de rester cohérent.

Avant de m'enfoncer trop profondément dans le néant, je quitte le banc et regagne l'ancienne voiture de Will d'un pas rapide. Je n'ai pas vu le temps passer, et midi s'annonce. Malgré la faim qui me taraude, je prends mon temps sur la route. Ce n'est pas comme si quelqu'un attendait mon retour avec impatience de toute façon. Je ne suis qu'un poids mort au ranch de madame Ridley.

Quand j'immobilise mon véhicule dans la cour, je remarque un pick-up déglingué et sa remorque, sagement garés près du bungalow. Un peu plus loin, j'aperçois Cole qui saisit Abby par les hanches pour l'aider à descendre de cheval. *Ces deux-là n'auront pas perdu de temps pour se retrouver*, me dis-je en souriant. Puis je découvre un homme plus âgé qui transporte ses affaires dans l'aile des invités.

Voilà donc le dernier employé de Tara ! Tandis qu'Abby entre dans la grange avec sa jument, Cole s'approche de moi et m'observe, les sourcils froncés.

— Tu as remis ton écharpe ?

— Ouais… Disons que cette évaluation était plus pénible que je ne l'aurais cru, avoué-je en grimaçant.

— Il en a dit quoi, le physio ?

Je n'ai pas vraiment envie de lui révéler que *le physio* est en réalité une femme. Et qui plus est, une femme avec qui je me suis envoyé en l'air dans les toilettes d'un bar deux jours plus tôt.

— Il a besoin du rapport d'examens de l'hôpital. Ensuite, on avisera…

Je reste le plus évasif possible. Je le connais… si je l'informe que je ne peux pas m'offrir les séances indispensables à mon rétablissement, Cole me traînera de force jusqu'au cabinet et déboursera la somme nécessaire pour que je guérisse au plus vite. Bien qu'il vive depuis quatre ans dans un taudis sur roues, ce type a su faire d'excellents placements après la vente de sa boutique de tatouages, ce qui lui permet d'être largement plus à l'aise que moi, côté finances. Seulement, il n'est pas envisageable pour moi de devoir quoi que ce soit à quiconque, c'est une question d'honneur… mon état me force déjà bien assez à piétiner mon ego !

— D'accord, finit-il par lâcher, suspicieux.

Quelques minutes plus tard, je fouille dans le congélateur de notre petit espace cuisine dans l'espoir d'y trouver un peu de glace. Maladroit avec mon seul bras valide, je fais tomber quelques sacs sur mon passage. Cole s'applique alors à mettre une poignée de glaçons dans un torchon à vaisselle, après m'avoir poussé hors de son chemin. Je m'en saisis en maugréant un vague merci et vais m'installer sur le canapé sous les rires moqueurs de mon ami. La situation aggrave encore mon humeur massacrante.

L'homme aperçu plus tôt dans la cour apparaît bientôt au bout du couloir.

— Aaron Decker, se présente-t-il en me tendant la main.

— Josh.

Je lui rends sa poignée de main sans même remarquer qu'il me dévisage.

— J'ignorais que nous serions trois à travailler pour Madame Ridley.

Avec un soupir las, je désigne mon épaule.

— Je ne suis pas de la partie, ça semble assez évident, non ?! Je ne suis que le misérable compagnon de route de Cole, expliqué-je en appliquant la glace sur ma blessure.

— D'accord… Eh bien, je vais aller voir comment se porte mon cheval.

Visiblement agacé par mon comportement acerbe, le cow-boy sort du bungalow sans un mot de plus. Je m'allonge après avoir envoyé valser mes bottes à l'autre bout de la pièce.

— Tu devrais essayer d'être plus désagréable encore, mon pote, mentionne Cole en plaçant mes souliers près de la porte.

— Mec, ça crève les yeux que je ne bosse pas, non ?!

Je fixe mon écharpe, puis Cole.

— Fais des efforts, Josh. Tu commences à ressembler à un grand-père aigri de la vie.

— Ça va, je lui parlerai quand on ira manger, grogné-je en fermant les yeux dans l'espoir de le faire taire.

Mon camarade marmonne une dernière remarque dans sa barbe en s'éloignant vers les chambres, me laissant seul dans le salon. Allongé sur le dos, j'essaie en vain de me détendre un peu. Une fois encore, mon corps est submergé par la tension provoquée par mes pensées. J'axe toute mon attention sur le froid que dégage la glace sur mon épaule, me forçant à ne plus songer qu'à cela.

Bien plus tard, le claquement de la porte d'entrée me fait sursauter comme un dégénéré. En deux secondes, je suis sur mes pieds, tous les sens en alerte. Mon tee-shirt me colle à la peau, je suis en nage. Je croise alors le regard stupéfait d'Aaron et me laisse choir sur le sofa.

— Je ne voulais pas te réveiller, s'excuse-t-il en avançant dans la pièce.

— Ça va, j'ai le sommeil léger.

— Et agité.

Il ajoute ces derniers mots sans attendre de réponse de ma part, tout en m'observant avec attention. J'acquiesce en silence et me passe une main dans les cheveux.

— Le repas est prêt, c'était mon tour de cuisiner… si tu veux te joindre à nous… m'annonce-t-il d'un ton paisible en faisant demi-tour.

— J'arrive dans un instant.

— Très bien.

Je l'arrête alors qu'il est sur le point de quitter les lieux :

— Désolé pour mon accueil de tout à l'heure. Je suis… dans une mauvaise passe, disons.

— Aucun souci.

Et il retourne d'où il est venu, me laissant seul. Je passe rapidement sous la douche et enfile des vêtements propres avant de gagner la maison voisine. L'ambiance est moins lourde que la veille grâce à l'absence de Megan et les discussions vont bon train durant toute la soirée.

Je décide même de me joindre à eux lorsque Cole propose de faire un feu sur la terrasse arrière et qu'Aaron sort sa guitare. Mon regard se perd dans les flammes. Une bière posée à mes pieds, je tente de me souvenir des détails de la soirée où j'ai fait la rencontre de Zoé.

Je suis obsédé par cette odeur de vanille qui flottait autour d'elle ce soir-là et qui m'a frappé aujourd'hui encore. Il va sans dire que nous n'avons pas beaucoup parlé, pourtant ma mémoire n'a pas oublié la chaleur de sa voix et la douceur de ses mains brûlantes passées derrière ma nuque.

Au son de la guitare de notre nouveau camarade, j'avale ma bière d'un seul coup. J'entends quelqu'un nous signaler que le ciel scintille d'étoiles, alors que moi, je n'y vois que le néant. Un noir total et infini. Cette même noirceur qui régit ma vie depuis ce fameux jour, dans le désert.

Plus aucun bruit ne règne sur la terrasse après que les dames de la maison ont regagné leurs chambres. Aaron range son instrument dans son étui, Cole éteint les flammes. La pénombre s'abat sur notre trio, tandis que nous avançons vers l'aile des invités. Cole me dévisage au moment où je m'arrête devant le camping-car.

— Je vais dormir ici, cette nuit.

— Tu es…

— Va dormir, Cole. Je gère, ajouté-je avant d'ouvrir la porte de la caravane.

J'ai vraiment besoin de me laisser aller au sommeil, mais pour cela, je dois être seul. Je ne veux plus prendre le risque de blesser qui que ce soit. Dans la petite chambre, je retire bottes, tee-shirt et écharpe avant de m'étendre sur le lit qui grince sous mon poids. Une main derrière la tête, je fixe le plafond un instant avant de fermer les paupières.

La crosse du M16 bien appuyée au creux de mon épaule, la joue pressée contre mon arme pour avoir accès à la visée, j'avance en silence avec mon groupe d'assaut dans les rues sombres d'une petite ville au sud de Helmand.

Un bruit derrière nous fait sursauter le soldat qui me suit, sa main quitte mon dos et je me retourne d'un geste vif pour lui ordonner du regard de reprendre sa position. Quelques secondes plus tard, un chien errant nous dépasse.

Je patiente désormais avec mes hommes, attendant de recevoir les instructions du QG par radio. Nous sommes trois unités à entourer cet immeuble. Une probable cache d'armes. Grâce à nos lunettes de vision nocturne, nous scrutons les lieux avec la plus grande attention.

Pourtant les tirs de AK-47 me surprennent, et mon coéquipier s'écroule au sol derrière mon dos. Je m'accroupis près de lui pour le couvrir avant d'ouvrir le feu.

Dès que j'aperçois la silhouette à la fenêtre dans mon viseur, ma balle quitte le chargeur et atteint sa cible. Un corps tombe du deuxième étage sous le son des projectiles.

C'est le bruit des balles qui me réveille. Par pur réflexe, je cherche mon arme de poing qui devrait se trouver sous mon oreiller, et mon fusil, près de ma couchette. Mais rien ! Je me lève en panique, à la recherche de mes seuls moyens de défense, avant de me heurter au mur tout proche. Le souffle court, je prends conscience de ce qui m'entoure. Ma peau est couverte de sueur et je respire avec peine. Je me laisse glisser entre le lit et la paroi du camping-car. Cherchant inconsciemment à me protéger du danger inexistant qui me guette derrière la porte close.

Je reste longtemps ainsi, acculé dans un coin de la pièce. Jusqu'à ce que les oiseaux commencent à chanter dans les bois tout proches. Torse nu, je décide alors de me lever, tentant encore de reprendre mes esprits. J'enfile mes bottes et sors de la caravane comme si j'avais le Diable aux trousses.

J'emprunte en courant le chemin qui monte près du manège. Je cours à en perdre haleine malgré la douleur de mon épaule, malgré le poids de mes bottes, à cause du cauchemar qui me poursuit. L'adrénaline qui dans mon souvenir faisait battre mon cœur à tout rompre m'accompagne. J'accélère l'allure, même si je peine à respirer.

Ce n'est qu'à cet instant que mon esprit se focalise enfin sur mes mouvements. Inspirer, expirer. Inspirer, expirer… Le reste n'apporte rien de bon. Et alors seulement, les pensées sombres se font de plus en plus lointaines.

La sonnerie de mon portable me fait stopper dans les hautes herbes. Je le sors de la poche de mon jean et l'ouvre pour le porter à mon oreille.

— Allo ?

Mon souffle est erratique, ma voix quasi inexistante. Aucun bruit ne me parvient dans l'appareil, sauf une respiration légère.

— Allo ?! insisté-je.

— Bonjour, Monsieur Walker.

Je reste un moment figé sur place en reconnaissant la voix de Zoé.

— J'espère que je ne vous réveille pas, je pensais tomber sur votre messagerie, s'excuse-t-elle tout d'abord.

— Non. Enfin… je ne dormais pas… je courais.

— Vous ne devriez pas courir avec une épaule dans un tel état.

Je perçois une pointe de reproche dans sa voix, ce qui me fait sourire.

— J'ai dit à votre secrétaire que je…

— Je sais, me coupe-t-elle. Je voudrais justement vous proposer une solution, si vous le voulez bien.

— Euh…

Je me passe une main dans les cheveux et observe l'étendue de verdure autour de moi. *Que suis-je censé répondre ?*

— Écoutez, venez à mon cabinet demain à seize heures. Je vous exposerai mon idée à ce moment-là, et vous prendrez votre décision, d'accord ?

— D'accord.

— Bien. À demain, Monsieur Walker.

— Josh… c'est juste Josh, murmuré-je, alors que la tonalité de fin d'appel résonne déjà à mon oreille.

Je regagne le ranch à petites foulées tout en me demandant comment agir, demain. Comment ne pas passer pour le dernier des salauds, je n'ai même pas été capable de la reconnaître ?!

Bonne question ! C'était un coup d'un soir, mais tout de même…

Chapitre 6

Zoé

Ce matin, j'ai décidé de doubler la longueur de mon parcours. La nervosité me ronge depuis mon appel de la veille. Je suis en nage, mais je poursuis ma course, cela m'aide à éloigner le stress. J'appréhende mon rendez-vous avec Josh, tout à l'heure. Encore maintenant, je suis loin d'être certaine que l'idée de mon père soit judicieuse. Il faut dire que je ne lui ai pas non plus révélé l'histoire de notre rencontre. Mais après tout, pourquoi cela devrait-il m'inquiéter ? Malgré l'affirmation d'Eli, Josh ne semble pas s'en souvenir lui-même.

Je me concentre sur ma respiration et accélère un peu la cadence après avoir jeté un coup d'œil à ma montre. À vouloir pousser mes limites trop loin, je vais finir par être en retard. Dans un dernier sprint, la maison m'apparaît. Je range mes effets avec tout le soin nécessaire, les mains légèrement tremblantes. *Satanée anxiété !* enragé-je en grimpant les marches vers ma chambre.

Machinalement, ma routine s'installe. Me doucher, enfiler mes vêtements, sécher mes cheveux. Quand je regagne le rez-de-chaussée, ma mère m'apprend que mon père est déjà parti et me tend un cookie à grignoter en chemin. Je me sers un grand verre d'eau fraîche avant de quitter les lieux à mon tour. Le soleil brille dans un ciel limpide et sa chaleur montante est propice à calmer mes appréhensions. Néanmoins, j'ai bien conscience que la situation échappe peu à peu à mon contrôle, et je n'aime pas cela. Je n'aime pas cela du tout…

Le son de mes escarpins m'accompagne dans la cage d'escalier mal éclairée du cabinet. *Encore une ampoule qu'il va falloir remplacer !* Un bruit sourd résonne soudain derrière moi. Je me fige un instant et jette un œil par-dessus mon épaule. Rien. J'inspire profondément et poursuis mon chemin. Un nouvel écho menaçant me rattrape. Je sens la crise de panique naître dans ma poitrine alors que je me propulse en avant pour franchir les dernières marches. Enfin arrivée au troisième, je pousse brutalement la porte du cabinet et m'y adosse, le souffle court, quand elle claque derrière moi.

Reprends-toi, Zoé. Tu n'es pas la seule personne à utiliser ces escaliers !

— Ça va ? s'inquiète la voix d'Elisabeth.

Mon cœur rate un nouveau battement, pourtant j'acquiesce en silence.

— Tu es sûre ? insiste mon amie en me dévisageant avec perplexité.

— Tu peux ranger ça ? éludé-je en lui tendant mon sac.

Aussitôt dit, aussitôt fait.

Sans plus d'explications, je pars m'enfermer dans mon bureau, ma pile de dossiers sous le bras. Mon premier patient ne devrait pas arriver avant une petite demi-heure, j'ai donc tout mon temps. Entre Eli et moi règne toujours une certaine distance depuis son coup d'éclat au restaurant, si bien que je ne lui ai pas parlé de l'idée de mon père. J'ai simplement noté le rendez-vous sur mon agenda. J'espère que mon amie sera heureuse de constater tout à l'heure que je fais de mon mieux pour aider Josh, au moins concernant sa blessure.

J'annote quelques fichiers et me replonge dans le rapport d'examens de mes patients en suivi. Ma première visite du matin concerne madame Stones. Elle vient très régulièrement depuis que je suis installée ici.

Quand elle entre dans mon bureau, je lui rends avec plaisir le magnifique sourire qu'elle m'adresse. C'est une dame si charmante ! Cela me fait presque de la peine de la voir grimacer lors de certains exercices d'assouplissement sur sa vieille fracture de la hanche. Toutefois, elle ne vient pas ici pour être dorlotée. Cette petite femme de soixante-dix ans déborde de vie et elle compte encore profiter pleinement de ses six petits-enfants !

Mes autres patients s'enchaînent jusqu'à midi. C'est ce que j'aime dans mon travail, je ne vois pas le temps passer. Pourtant, aujourd'hui, j'aimerais qu'il s'arrête afin de ne jamais avoir à affronter le regard sombre de Joshua Walker.

Profitant de la pause-déjeuner, je cherche son dossier parmi ceux que m'a remis Elisabeth ce matin, en vain. *Il devrait pourtant s'y trouver*, m'étonné-je en grignotant quelques amandes.

Je sors de mon antre et passe derrière le bureau d'accueil pour fouiller dans l'immense classeur des archives.

— Tu cherches un truc en particulier ? me questionne Eli en approchant, un sandwich à la main.

— Le dossier de Monsieur Walker.

Je poursuis mes recherches sans lever la tête.

— Je croyais qu'il y avait une erreur au planning, explique mon amie en me tendant la chemise cartonnée, posée près de son clavier. Je m'apprêtais à le ranger.

— Non. Il doit venir à seize heures…

— Mais…

— Les documents demandés à l'hôpital sont arrivés ? la coupé-je.

— Oui.

— Merci !

Je m'empare du dossier et retourne dans mon bureau. Elisabeth ne manque pas de me suivre et prend place sur l'une des chaises qui me font face.

— Comment se fait-il qu'il revienne, il n'a pas repris de rendez-vous ?

Je lève les yeux vers elle en prenant un stylo.

— Je lui ai téléphoné, j'ai une proposition à lui faire. C'est en grande partie une idée de mon père, avoué-je en la voyant se redresser sur son siège. Tu avais raison, tout le monde ne peut pas s'offrir ces soins, et il faut parfois savoir tendre la main à ceux qui le méritent vraiment.

— Tu…

Devant sa mine surprise, j'acquiesce en silence.

— Je vais travailler gratuitement, terminé-je.

Le sourire qui illumine le visage de ma meilleure amie me récompense à lui seul de l'angoisse que je ressens à l'idée de revoir Josh. Eli a un cœur d'or, elle aussi, et elle n'hésite jamais à donner de son temps pour les autres. Je lui dois beaucoup. Je lui dois surtout ma liberté... et ce n'est pas rien ! Elle a cette même bonté d'âme que mon père, celle que j'avais également autrefois... avant de croiser la route de Shane.

Nous passons l'heure du déjeuner à discuter de tout et de rien, heureuses de notre complicité retrouvée. En même temps, je prends des notes en feuilletant le dossier de Joshua. Les examens me confirment un problème que je soupçonnais déjà... et d'un petit imprévu supplémentaire.

Mon deuxième rendez-vous de l'après-midi n'est pas encore terminé que je ne sais déjà plus où donner de la tête tant je suis nerveuse. Et quand mon dernier patient, un peu grincheux, sort enfin de mon bureau, je me dépêche de remplacer les draps du lit d'examen. Puis je consulte une dernière fois la fiche de Josh. La sonnerie du téléphone posé près de moi me fait sursauter.

— Monsieur Walker vient d'arriver, m'annonce calmement Eli dans le combiné.

— Je suis à lui dans une seconde.

Ma voix tremble, j'en suis consciente. J'inspire et expire profondément avant de me lever et d'aller ouvrir la porte.

Mon patient se tient debout au centre de la salle d'attente. Un gamin de trois ou quatre ans joue dans un coin avec des blocs, tandis que sa mère est obnubilée par l'écran de son portable. Josh détonne dans cet endroit. Sa taille, sa carrure et son expression troublée me frappent à nouveau de plein fouet. Ses yeux noisette, habités d'une noirceur sans fin, se tournent alors vers moi. J'expire lentement et lui offre un timide sourire, l'invitant à me suivre d'un geste de la main.

Je manque de sursauter encore quand je l'entends fermer la porte derrière lui. Des images de notre moment d'égarement commun surgissent dans mon esprit. Tandis que je prends place à mon bureau, il s'installe sans un mot face à moi, là où Eli était assise un peu plus tôt.

— Monsieur Walker, commencé-je en ouvrant son dossier. Ravie de vous revoir aujourd'hui.

Il passe une main dans ses courts cheveux bruns.

— Josh… c'est Josh, Zoé, et le vouvoiement n'est peut-être plus vraiment nécessaire. Après tout… nous nous *connaissons* déjà… bibliquement parlant, termine-t-il avec un petit sourire.

Je sens mes joues s'empourprer et une chaleur incongrue monter dans tout mon corps. Eh bien, il n'y va pas par quatre chemins !

— Je suis désolé, j'ai sans doute eu l'air de me comporter comme le dernier des connards, lundi. Sans parler de mon attitude, samedi soir. Je… je n'étais pas vraiment dans un bon état d'esprit quand nous nous sommes rencontrés, reprend-il avec ce qui me semble être une réelle sincérité.

— Je n'étais pas au mieux de mes capacités, non plus.

Je murmure ces mots en plongeant mon regard dans la chemise cartonnée qui contient son dossier.

— Nous pouvons donc sans rancune mettre derrière nous cette brève parenthèse ? conclus-je sans lever les yeux.

— Oui.

Il me répond comme si j'étais son supérieur, et cela m'irrite sans que je comprenne bien pourquoi.

— J'ai reçu les résultats de vos examens.

— Vais-je survivre ?

Je lève brusquement la tête vers lui. Est-ce censé être de l'humour ?! Agacée, je dégage mes cheveux de mon épaule.

— Oui, lâché-je plus froidement que nécessaire.

Mais que m'arrive-t-il, bon sang ?!

En feuilletant les pages de notes devant moi, je tente de reprendre mon calme.

— En fait, ce sont les tendons de la coiffe des rotateurs qui ont subi les plus gros dommages. Ils ont été étirés durant votre dernière luxation, et probablement aussi la première fois que c'est arrivé. L'inflammation a également gagné l'intérieur de l'articulation. Mais ce que je n'avais pas détecté lors de mon examen, c'est cette déchirure sur le labrum[3]. Malheureusement, il m'est impossible de savoir de quand elle date.

Il me jette un coup d'œil indéchiffrable.

— Quelque chose ne va pas ?

— C'est du chinois tout ce que tu me racontes.

Un soupir m'échappe malgré moi.

— Nous allons devoir travailler ensemble pour que tes muscles reprennent du tonus. Je peux également faire quelque chose en ostéopathie pour calmer l'inflammation.

— Je croyais que tu étais physiothérapeute… m'interrompt-il calmement.

— En effet, mais je suis aussi ostéopathe, lui indiqué-je, avant de poursuivre : Le labrum, par contre… est hors de mes compétences. Néanmoins, je suis presque certaine que cette lésion date d'avant la seconde luxation et ne devrait donc pas t'empêcher de poursuivre tes activités, une fois les autres problèmes résolus.

— Bien, mais tout ça ne m'explique pas pourquoi tu m'as fait venir aujourd'hui… je n'ai toujours pas les moyens de m'offrir tes services, argumente Josh.

Son visage est totalement inexpressif, il me parle de mes honoraires comme il discuterait du tarif d'une *escort-girl*. Je referme sèchement son dossier et croise les bras sur ma poitrine en m'adossant à ma chaise. Yeux dans les yeux, nous nous affrontons du regard. Le silence le plus total règne dans la pièce.

— Je me rappelle pourtant t'avoir parlé d'une proposition à ce sujet, hier matin.

Je suis en train de perdre le contrôle de la situation et cela me déplaît fortement !

— Très bien, je suis tout ouïe.

Je n'ai pas le temps de m'expliquer davantage que l'on frappe doucement à la porte de mon bureau.

— Entrez !

Une pointe d'agressivité pointe dans ma voix, et mon père qui apparaît à la porte semble surpris.

---

3   Terme utilisé en anatomie pour désigner un cartilage fibreux en forme d'anneau qui permet de créer une adhésion entre la surface articulaire et la capsule articulaire de l'épaule.

— Je peux ? me questionne-t-il en désignant la dernière place libre.

— Bien sûr.

Il tourne légèrement la chaise vers Josh et s'assoit.

— Malcom Andrews, se présente-t-il en lui tendant la main.

Mon patient lui rend sa poignée de main, visiblement interloqué. Son regard acéré navigue à toute vitesse entre mon père et moi.

— Zoé vous a-t-elle fait part de sa proposition ?

— Pas encore…

Je les coupe dans leur élan.

— Nous y venions justement, expliqué-je.

— Et si nous parlions plutôt de tout cela autour d'un bon dîner, à la maison ?

J'en reste sans voix. *Mais qu'est-ce qui lui prend à lui aussi ?*

— Je suis certaine que Josh a des projets pour la soirée.

— Non. En fait, je n'ai absolument rien prévu, me reprend-il en me fixant.

— Excellent, alors !

Le sourire victorieux de mon père me fait grincer des dents. Toute cette journée me fait grincer des dents ! *C'est pour Eli que tu fais tout ça. Elle a tellement fait pour toi*, me dis-je à nouveau, sur le point d'exploser.

— Très bien, mais j'ai encore de la paperasse à remplir, accepté-je finalement.

— D'accord. Elisabeth est déjà partie. Je rentre à la maison, aussi. Je te laisse fermer le cabinet.

C'est le comble ! Alors que je m'attends à le voir proposer à Josh de l'accompagner, mon père quitte les lieux en nous laissant seuls. Il sait pourtant que c'est justement ce genre de situation que je voulais éviter à tout prix !

Je ferme les yeux un instant, je peux sentir le regard de l'ancien militaire posé sur moi. Je feins de l'ignorer, tandis que je m'applique à finir mes comptes rendus. Avec minutie, j'analyse chaque dossier traité dans la journée. Cela me permet au moins de remettre un peu d'ordre dans mes pensées, à défaut d'avoir l'esprit tranquille.

— Pour ce qui est arrivé au *Black Horse*... commence Josh quand je referme le dernier dossier d'un geste sec.

— C'est du passé. On y a tous les deux trouvé notre compte.

Mon ton est si impersonnel que je me surprends moi-même. Ce type me met les nerfs à vif depuis lundi.

— Je me demande seulement d'où te vient ce visage tuméfié, ajouté-je néanmoins.

Du coin de l'œil, je l'entrevois qui serre la mâchoire.

— Un type m'a un peu malmené sur le parking. Cette partie de l'histoire reste assez floue dans ma mémoire. Contrairement à une autre... ajoute-t-il, le regard brûlant.

Sans un mot, je me saisis de mes dossiers et sors de mon bureau pour aller les ranger. Quand je me retourne pour revenir sur mes pas, je percute violemment son torse.

— Nom de Dieu ! Mais ça va pas la tête de suivre ainsi les gens ! m'exclamé-je d'une voix suraiguë.

Sans un mot, il se décale pour me laisser passer et regagner mon espace de travail. Je l'entends à peine marcher derrière moi. C'est très déstabilisant ! Mon cœur bat la chamade. C'est comme être suivie par une ombre.

Il reste ensuite debout dans l'encadrement de la porte pendant que je termine en vitesse le rangement de mes affaires sous son regard persistant.

Son corps imposant me surplombe lorsque je m'apprête à quitter la pièce, il me donne l'impression d'être une fourmi qu'il pourrait écraser sous son petit doigt. Un sentiment de panique que je ne connais que trop bien m'envahit. Je mets aussitôt de la distance entre nous et ouvre la lourde porte d'entrée du cabinet pour qu'il sorte.

Dès qu'il s'éloigne, mon cœur reprend un rythme plus calme. J'enclenche l'alarme et ferme bien à clé, avant de le rejoindre en haut des escaliers plongés dans l'obscurité.

Chapitre 7

Josh

Dans un silence religieux, j'observe Zoé qui ferme à clé derrière elle. Quand elle me fait face, je lui fais signe de passer d'abord. Ma mère m'a appris à respecter les femmes. *D'accord, je n'ai pas toujours suivi ses conseils à la lettre !* Et je dois bien reconnaître que mon attitude ici est surtout due au fait que je déteste avoir quelqu'un derrière moi dans un espace exigu, comme cette cage d'escalier. C'est dingue la façon dont toutes nos certitudes peuvent changer après trois séjours en enfer.

Un sourire traverse fugacement mon visage lorsque mon regard descend jusqu'à ses escarpins. *Encore ?!* Cette pauvre femme ne connaît-elle donc pas le confort d'une bonne paire de baskets ou de bottes de cow-boy ? Son tailleur pantalon contraste également avec la chaleur qui nous accueille à l'extérieur.

Constatant qu'elle ne me suit pas jusqu'à mon pick-up, je rebrousse chemin pour la rejoindre.

— Tu préfères qu'on prenne ta voiture ?

— Non. Je marche pour venir au travail.

Malgré moi, je jette un nouveau coup d'œil à ses chaussures.

— Ma maison se trouve à deux coins de rue, m'éclaire-t-elle.

— Très bien. Je devrais pouvoir revenir plus tard sans me perdre !

Les mains dans les poches, je lui emboîte le pas. À nouveau, le silence s'installe entre nous. Quand nous passons devant la devanture de *Marie's Antiquités*, une interrogation me vient à l'esprit.

— Est-ce que je peux… travailler quand même ?

Tout en continuant son avancée, Zoé me lance un coup d'œil comme si j'étais dingue. Puis elle s'arrête.

— Attends, tu es sérieux ?!

J'acquiesce en silence.

— Tu ne portes pas ton écharpe, tu cours avec cette blessure et tu crois être en mesure de travailler ?! De toute façon, qui voudrait engager un… un type dans ton état ?!

— Je ne suis pas un incapable non plus, répliqué-je d'un ton sec. Et puis, tenir une caisse et passer un coup de balai me paraît être dans les cordes d'un *type dans mon état*, non ?

— Qui de nos jours demande aussi peu à un employé ?

Du doigt, je désigne l'enseigne de la boutique que nous venons de dépasser.

— Marie Howard ? Marie Howard t'a offert un boulot ?!

— Oui.

Zoé m'observe désormais comme si je sortais de la quatrième dimension. À croire qu'un truc vient de me pousser au milieu du visage. Aux dernières nouvelles, il ne restait ce matin que quelques marques infimes de mon accrochage de samedi…

— Est-ce que je peux travailler, alors, Doc ? insisté-je en souriant.

— Ne m'appelle pas Doc ! Oui, pour un travail aussi léger, cela devrait aller. Mais tu dois porter ton écharpe encore au moins un mois.

— C'est hors de question !

J'en ai plus qu'assez de porter ce truc par cette chaleur. C'est très désagréable et contraignant.

— Vous êtes une vraie tête de mule !

— Tu. On a convenu que le vouvoiement était superflu depuis notre petite soir…

— Ça suffit ! rugit-elle. Je ne veux plus t'entendre parler de ce qui s'est passé ! Terminé, c'est compris ?!

Elle est aussi crédible qu'un chaton en colère. Néanmoins, je parviens à rester stoïque, malgré le fait que j'ai une envie folle de rire. L'entraînement des Marines a ceci d'intéressant qu'il nous apprend à garder le contrôle. Enfin… sur certaines choses, ensuite nous sommes lâchés dans la nature. Fini alors le monde des règles et de l'encadrement.

Ses grands yeux brun clair ne me lâchent pas.

— Compris, confirmé-je à la hâte.

Nous reprenons notre marche. Je m'aperçois brusquement que, pour la première fois depuis cinq ans, je n'ai pas l'impression qu'un fantôme m'attend au détour de la rue. Pourtant, les démons sont toujours là, je ne me leurre pas, ils guettent sans doute la moindre opportunité pour s'immiscer à nouveau dans cette réalité, celle où ils ne devraient pas avoir leur place. Bagages encombrants, ils m'accompagnent partout où je vais.

Quand elle bifurque et s'engage dans l'allée d'une grande maison, je reste un instant à détailler les lieux. La demeure est de style résolument contemporain, agrémentée d'une touche rustique. Les volets en bois et les poutres du perron couvert lui donnent une allure champêtre. Pour ma part, je la trouve trop droite, trop stricte, en deux mots… trop parfaite. *Comme sa propriétaire la plupart du temps*, ne puis-je m'empêcher de remarquer. Les arbres qui ornent le grand terrain alentour sont encore jeunes, ce manque de végétation me trouble. Pourtant, la pelouse est bien entretenue, et les massifs de fleurs plantés ici et là semblent s'accorder ensemble. Devant le garage, trois voitures sont à l'arrêt. Je remarque enfin une grande véranda sur le côté.

— Tu viens, ou tu as décidé de prendre racine ? s'impatiente Zoé, une main sur la poignée de la porte.

Le petit ton agacé qu'elle avait dans son bureau est de retour. À croire que je l'insupporte ! Mais si c'était le cas, alors que ferais-je ici ? Je décide de la suivre sans un mot. Dans le vestibule, je retire mes bottes et ne peux manquer de noter la précision avec laquelle Zoé range ses escarpins.

— Bonjour ! s'exclame une voix féminine dans mon dos, me faisant me retourner brusquement, sur le qui-vive.

Zoé sursaute devant ma réaction exagérée, et la femme aux longs cheveux bruns qui vient de m'accueillir recule d'un pas. *Focus, mon vieux !* Mes muscles se détendent quand je prends une grande inspiration. Je tends la main vers mon hôtesse, sans doute la mère de ma physiothérapeute.

— Pardon… Bonjour, Madame, la salué-je.

Elle serre doucement ma paume dans la sienne et me sourit.

— Ne vous excusez pas, je n'aurais pas dû vous surprendre ainsi ! Je suis Caitlin, la mère de Zoé. Entrez, entrez ! poursuit-elle en nous désignant la salle à manger, où est déjà installé l'homme que j'ai croisé en compagnie du père de Zoé, lundi.

Je ne sais tout d'abord où donner de la tête tant l'immense pièce me semble chargée de décorations en tout genre. L'espace repas, ouvert, donne sur une grande cuisine et un imposant salon au fond duquel on peut deviner l'entrée d'un couloir. Près des fourneaux, où se démène Malcom, une baie vitrée coulissante donne sur la terrasse arrière. J'aperçois en contrebas le cliché typique de la piscine familiale entourée de pelouse.

Du coin de l'œil, je vois le jeune inconnu se lever de table et s'approcher de moi, alors que Caitlin va aider son mari en cuisine.

— Oliver, se présente-t-il avant de me tendre une bouteille. Une bière ?

Je décline poliment. Pas question de me laisser aller ici à noyer mes démons. Malcom surgit alors, les bras chargés de plats qu'il installe sur la table, suivi de près par sa femme. Zoé a disparu à l'étage. Je me sens tout à coup mal à l'aise au cœur de cette parfaite petite famille, dont les regards bienveillants ne cessent d'aller et venir sur moi.

— Oliver est notre fils aîné.

Caitlin sourit en observant fièrement son garçon. J'ai moi aussi vu cette lueur briller dans les yeux de ma mère, quelques fois. Mais c'était il y a bien des années déjà…

Zoé redescend à cet instant, vêtue d'un short en jean et d'un chemisier blanc. Cette tenue lui donne une tout autre allure et m'apporte un certain réconfort. Elle semble ainsi plus accessible au commun des mortels.

Caitlin nous invite aussitôt à passer à table et je me questionne à nouveau sur la raison de ma présence ici. Il est clair que je détonne complètement dans ce décor familial idéal.

Néanmoins, le repas est délicieux et, au bout de quelques minutes à peine, je me surprends à prendre part avec plaisir à la conversation. Peu avant le dessert, Malcom s'adresse à moi de manière plus personnelle :

— Zoé a dit que vous étiez un ancien soldat.

— Un ancien Marine, c'est exact.

Je lance un regard en coin à la jeune femme. Ainsi, elle leur a parlé de moi. Leur a-t-elle raconté comment nous nous étions véritablement rencontrés ? Vu l'expression réservée qu'elle affiche, je parierais que non !

— Vous êtes de retour à la vie civile depuis quand, Joshua ? me questionne alors Oliver.

— Josh. C'est seulement, Josh. Depuis mai 2012.

Je pose alors ma fourchette et me tourne franchement vers Zoé.

— Écoute… je ne voudrais manquer de respect à personne, mais je ne comprends toujours pas la raison de ma présence ici.

La thérapeute lève les yeux vers son père, ce dernier sourit, l'encourageant à me répondre.

— En fait, Elisabeth m'a vaguement fait part de ta situation financière, commence-t-elle. Et…

— Zoé voudrait t'offrir les soins dont tu as besoin.

Malcom me surprend en terminant la phrase de sa fille, aussi je fixe mon attention sur lui.

— On ne pouvait pas aborder le sujet à votre cabinet ?

— Je ne peux pas t'accorder mes soins gratuitement sur les heures d'ouverture de mon bureau, m'explique alors Zoé. Alors avec mon père… nous avons eu une idée pour régler ce détail.

Le médecin aux courts cheveux bruns m'adresse un franc sourire tandis que je fronce les sourcils. Oliver, quant à lui, ne me quitte pas du regard.

— Nous avons pensé que tu pourrais venir t'installer ici, le temps que cette épaule se remette, annonce Malcom. La véranda est un espace en retrait de la maison, complètement inoccupée et qui offre de l'intimité. Depuis que Zoé a fait construire la maison, cette pièce n'a jamais servi.

Hébété, je les dévisage à tour de rôle. Quelque chose dans les yeux de cet homme m'interpelle. Il est rare de percevoir une telle bienveillance de nos jours.

— C'est une blague ?

— Non, pas du tout, m'assure-t-il. Tu es le bienvenu ici, tu auras ton espace personnel.

M'installer chez des employeurs, je connais. Mais cette situation… c'est la première fois qu'une telle chose m'arrive !

— Je vis dans un camping-car, je…

— Eh bien voilà ! C'est encore mieux ! Tu n'as qu'à venir le garer dans l'arrière-cour, se réjouit Malcom. Intimité totale garantie !

— Je…

Que répondre ? Accepter me semble la pire idée au monde, et décliner, la plus idiote du siècle, surtout lorsqu'on m'offre en prime les soins dont j'ai besoin. Je pourrais effectivement garer le camping-car de Cole ici, comme le propose Malcom… Cela me permettrait de maintenir malgré tout une certaine distance entre cette famille bien trop parfaite et moi. Seulement, je n'ai pas l'habitude qu'on me vienne en aide, et j'ai peur de confondre ici bienveillance et pitié…

— Tu seras proche de chez *Marie's* pour le boulot, insiste Zoé.

Sans un mot, totalement étourdi, je me lève de table.

— Je vous remercie pour le repas, et je vais réfléchir à ta proposition, Zoé, annoncé-je abruptement en tournant les talons.

J'enfile rapidement mes bottes et fuis vers le perron. Pendant un court instant, je reste là, à me pincer l'arête du nez. Une belle migraine se profile à l'horizon. J'entends la poignée de la porte tourner derrière moi. En me retournant, je ne suis pas surpris de découvrir que Zoé m'a suivi.

— Tu t'en vas comme ça ?

— Tu aurais pu me parler de cette offre dans ton bureau ! Comment suis-je censé réagir alors que tu me places devant le fait accompli en présence de toute ta famille ?

— Il n'y a pas de fait accompli, juste une opportunité, s'insurge-t-elle. Et si tu étais resté encore un peu, tu saurais qu'elle comporte par ailleurs certaines conditions…

Je lui coupe la parole.

— Ne joue pas sur les mots avec moi, par pitié ! Et le super psychologue ? Il était là pour évaluer mon comportement, je suppose.

Elle baisse les yeux sur ses pieds nus. Eh oui, son frère n'a guère fait d'efforts pour cacher sa profession ! Il analysait sans la moindre discrétion chacun de mes gestes, chacune de mes paroles.

— Oliver est psychothérapeute, il voulait seulement aider…

— Oh je t'en prie, ne me sers pas l'excuse du bon samaritain qui veut lui aussi offrir son aide !

— Je veux juste t'aider, OK ?! s'exclame la jeune femme avec impatience.

Instinctivement, je me passe les mains dans les cheveux pour tenter de contrôler ma nervosité et grimace aussitôt de douleur. Quelle garce, cette épaule !

— Ils savent comment on s'est rencontrés ? Qu'on a baisé dans les toilettes d'un bar ? demandé-je, sans trop savoir pourquoi je cherche ainsi à la blesser.

Elle me lance un regard hargneux. Incapable d'aller plus loin, je recule d'un pas en la fixant.

— J'appellerai ton bureau d'ici vendredi pour te donner ma réponse.

— Très bien ! rugit-elle en rentrant et en claquant la porte derrière sa frêle silhouette.

Nom de Dieu, pourquoi faut-il toujours que je me retrouve dans des situations invraisemblables ?! Tout cela à cause d'une stupide chute de cheval !

Très tard ce soir-là, bien après que Cole se soit endormi comme une souche dans l'aile des invités, je me retrouve assis dans l'écurie, devant le box de Fire. Je sens son regard doux et franc posé sur moi. En dehors de mes plaques et mes démons, il est le seul *bagage* que j'ai pris avec moi en quittant le Texas. Et très certainement, le seul être aux yeux duquel j'avais encore un peu d'importance à ce moment-là.

Malgré l'heure avancée, Abby vient me rejoindre dans la grange. Elle prend place près de moi sur un ballot de foin.

— Quelque chose te tracasse ?

— Ma vie tout entière n'est qu'un gigantesque tracas, avoué-je en soupirant.

— Tu n'imagines pas combien je sais ce que c'est…

Ses yeux d'émeraude se posent sur moi avec insistance, jusqu'à ce que je décide de lui confier mon dilemme en lui expliquant la situation dans laquelle je me trouve. La jeune femme m'écoute avec une attention surprenante et je comprends qu'elle ne doit pas souvent se confier aux gens pour être aussi ouverte à mes paroles. Sans trop savoir pourquoi, j'acquiers soudain la certitude qu'elle est comme moi, brisée de l'intérieur, là où la douleur est invisible pour les yeux.

— Accepte, Josh ! C'est une offre que tu ne peux pas te permettre de refuser. Et puis, un cadre plus familial et moins tendu que celui de ce ranch pourri te sera bénéfique, j'en suis certaine, ajoute-t-elle en posant délicatement sa main sur mon épaule. T'installer quelque temps dans une routine plus calme que celle de notre vie à cent à l'heure.

— Tu crois que Cole me laissera partir avec son précieux tas de ferraille ?

— Je suis prête à ne plus lui adresser la parole pour le faire céder, s'il refuse. Sa tentative pour me reconquérir risque de prendre du plomb dans l'aile si je ne lui parle plus.

Son sourire malicieux me fait rire.

— Très bien. Mais je vais quand même prendre encore le temps d'y réfléchir, négocié-je en me levant. Allez, vous devriez déjà dormir, jeune fille.

Je la pousse doucement en bas de la botte de foin sur laquelle nous étions assis, et elle s'esclaffe alors que nous quittons l'écurie côte à côte.

— Bonne nuit, Josh.

— Bonne nuit.

En silence, j'attends qu'elle soit entrée dans la maison avant de gagner le camping-car et de m'y barricader pour la nuit. Je ferme la porte sur les ténèbres qui ne manqueront pas de venir me tenir compagnie…

Vendredi matin, je retrouve Cole dans l'écurie, après qu'il ait fait travailler ma monture. Je suis épuisé. Le sommeil se refuse à moi depuis trop longtemps. Je ne fais que somnoler un peu entre deux périodes de cauchemars. J'ai néanmoins pris ma décision en ce qui concerne l'offre de Zoé, et il ne me reste qu'à en parler à mon ami. En espérant qu'il ne me posera pas dix mille questions.

— Je me demandais si je pourrais partir avec le camping-car, Cole. J'ai trouvé une petite boutique en ville, où la gérante veut bien m'engager pour l'aider dans les tâches légères. Le physio est d'accord tant que je ne soulève pas de poids trop lourd. J'ai aussi dégotté un endroit où stationner ton tas de ferraille, annoncé-je de but en blanc.

— Tu veux que je te laisse ma maison ?

— C'est pas réellement une maison, McKnight. Et puis, je serai plus proche du cabinet, tout en gagnant un peu d'argent pour te rembourser tes cinq cents dollars, rusé-je à moitié.

Il n'est pas idiot, il sait bien qu'il y a anguille sous roche, toutefois il ne relève pas.

— Et Fire ?

— J'ai interdiction de monter, Cole... alors je te le confie et je viendrai le voir le week-end.

J'espère être parvenu à ne pas trop éveiller sa curiosité.

— Très bien. On ne reprendra la route qu'en novembre de toute façon, alors c'est entendu... mais en contrepartie, tu t'engages à avoir réparé le chauffe-eau avant notre départ. Et décharge toutes mes affaires dans le bungalow.

J'acquiesce et commence à panser mon cheval.

— Elle dit quoi, cette épaule ?

— Elle me fait souffrir le martyre. Mais je n'ai plus besoin de la maintenir au repos tout le temps.

Deuxième mensonge, mon vieux, songé-je en grimaçant.

— Ce sont les ligaments de la coiffe des rotateurs qui ont subi les plus gros dommages. Mon labrum est dans un sale état également, expliqué-je en tentant de me rappeler les mots techniques que Zoé a employés.

À mon grand soulagement, Abby détourne enfin l'attention du cow-boy en entrant dans la grange. Je concentre mes gestes et mon esprit sur ma monture pendant qu'ils échangent quelques mots. La jeune femme est plus joyeuse depuis que sa cousine a disparu de la circulation. Elle me tire de mes pensées en me poussant doucement de la pointe de sa botte, juchée sur un ballot de foin.

— Tu lui as dit ?

— Ouais. Je viens de le faire.

Cole nous dévisage bouche bée, visiblement outré.

— Attends ! Elle était au courant avant moi ?

— Ouais… on se parle de temps à autre, Josh et moi… rit Abby.

— Alors tu sais qu'il part avec ma maison ?!

— Ce n'est pas réellement une maison, franchement.

Mon compagnon de route ressemble à une cocotte-minute sur le point d'exploser, comme chaque fois que l'on insulte sa précieuse caravane toute pourrie.

— Mais qu'est-ce que vous avez contre mon camping-car ?!

— Mis à part qu'il ressemble à un vieux tas de tôles rouillées monté sur roues… rien.

Abby lui sourit avant de s'éloigner en direction de la cour. Le regard concupiscent de Cole peine à se détacher de son corps. Je me place devant lui pour capter son attention.

— Quoi ?!

— N'en fais pas un jouet, Cole, lui rappelé-je.

— Je…

— Je te connais, mon pote. Et cette fille est fragile, surtout en présence de sa garce de cousine. Ne lui fais pas de mal, c'est tout ce que je te demande, OK ?! Elle mérite beaucoup mieux qu'un coup d'un soir.

— Et si j'avais envie d'une relation sérieuse pour une fois…

— Tu vas repartir, McKnight, alors à quoi bon ?

— Partir ne veut pas forcément dire ne jamais revenir, Josh. Ou partir seul…

— Tu fuis Chicago depuis bien trop longtemps pour réellement songer à t'installer, lui rappelé-je avant de tourner les talons et remettre Fire dans sa stalle.

Je passe le reste de la journée à faire le tri entre les affaires de Cole et les miennes qui sont éparpillées dans le camping-car. Comme nous avons jeté la moquette après le dégât d'eau du chauffe-eau, les lattes de bois ne cessent de grincer à chacun de mes passages. Je me demande encore comment je vais pouvoir sortir le réservoir endommagé, une fois installé chez Zoé. Cette caravane, en plus d'être un tas de ferraille, est un véritable casse-tête avec ses accès trop étroits !

Le temps passe sans que je le voie filer, et ce n'est qu'en découvrant Cole qui me fait un signe de la main depuis le pick-up d'Abby, pendant que celle-ci manœuvre dans la cour, que je me rends compte de l'heure tardive.

Il ne reste plus aucune trace de la présence de mon camarade quand je laisse tomber mon sac de voyage sur le sol du camping-car. *Me voilà seul pour la première fois en plus de quatre ans*, pensé-je en prenant place derrière le volant.

Chapitre 8

Zoé

Impossible de garder mon sang-froid. Ce type est exaspérant, d'une arrogance et d'une insensibilité sans nom ! Beaucoup trop fier pour accepter notre offre, j'en suis certaine.

Je claque la porte derrière moi et retourne dans la salle à manger. Mes parents et mon frère gardent un silence prudent tandis que je reprends ma place à table. Pour une fois, ce n'est pas l'angoisse qui me submerge, mais la colère, sentiment que je ressens pourtant rarement.

— Ça s'est plutôt bien déroulé, je trouve, commente juste mon père en retournant à son assiette.

Je fulmine de l'intérieur, toutefois seul Oliver semble le remarquer. Une fois le repas terminé, mes parents vont s'asseoir sur la terrasse pendant que je me charge de débarrasser et mettre les plats dans le lave-vaisselle. Je sais que mon père doit être déçu, cela me rend plus furieuse encore. Il ne méritait pas d'être traité avec si peu de considération. Mon frère me rejoint pour me donner un coup de main. Pendant un long moment, seul le bruit des couverts qui s'entrechoquent résonne dans la pièce.

— Tu aurais peut-être dû mentionner avant que vous avez déjà passé une nuit ensemble, me balance soudain Oli d'un ton nonchalant.

Le verre que je m'apprête à ranger manque de s'écraser sur le sol, heureusement, il ne fait que rebondir dans l'évier avec fracas. Je dévisage mon aîné, les joues rouges de honte. J'ignore totalement comment réagir. Et puis, comment a-t-il su ? Je me suis montrée aussi distante que possible avec Josh.

— Je…

— Tu ne me dois pas d'explication, Zoé. Mais je pensais que tu ne couchais pas avec tes patients.

— Je n'ai jamais couché avec un patient, sifflé-je entre mes dents. Vu que Josh ne l'était pas encore à ce moment-là ! Et puis, c'était juste… enfin… tu sais que je ne tiens pas l'alcool…

— Zoé, après ce que tu as traversé avec Shane, tu as le droit de profiter de la vie. Vu ta façon d'agir, tu ne t'attendais sûrement pas à le recroiser après, c'est ça ?

Les mains sur la tête, je serre mes cheveux entre mes doigts.

— Comment as-tu deviné ?

— Peut-être parce que tu as évité son regard tout le temps qu'il a passé ici. Et puis, peut-être aussi à cause de ta réaction, lundi, à sa sortie de ton bureau. On aurait dit quelqu'un qui venait de croiser le yéti en plein désert !

— Tu exagères, je me contrôle mieux que ça !

— Pas devant ce type, puceron. Il y a des choses qui échappent à notre contrôle, et dans ton cas, cet homme en fait partie. Et alors ?! Qu'y a-t-il de mal à ne pas être toujours maître de la situation, Zoé ?

Je fronce les sourcils. Je n'aime pas la tournure que prend cette conversation. Le psychothérapeute est de retour, et je suis la patiente. J'ai *besoin* de tout contrôler, point ! Cela n'a pas toujours été ainsi, mais désormais, c'est le cas. Et justement parce qu'il est hors de mon contrôle, le dérapage du *Black Horse* avec l'ancien Marine ne se reproduira pas.

Je préfère changer de sujet :

— Tu crois qu'il va accepter ?

Mon frère s'adosse au comptoir et fixe un point devant lui. Sans doute, voudrait-il éviter que je commence à me braquer.

— Il est plutôt dur à cerner, ce bonhomme. Pourtant, je ne pense pas qu'il te rappellera. Il a le comportement typique d'un vagabond. Mal à l'aise en présence de gens unis, devant une situation qui pourrait lui offrir exactement le cadre dont il a besoin. Il a dû deviner en deux secondes que j'étais thérapeute.

— Psychologue. Il croyait que tu étais psychologue.

Tellement pertinent comme remarque, Zoé.

— J'espère que tu as raison et que je n'entendrai plus parler de lui, soupiré-je.

Je jette un œil autour de moi, m'assurant que tout est en ordre, avant de laisser filer mon frère, qui a aussi une famille avec qui aller passer du temps, et de regagner l'étage. Je me fais couler un bon bain chaud et vais récupérer un roman dans ma chambre, le temps que la baignoire se remplisse. Au moins, je pourrai dire à Eli que j'ai fait mon possible pour aider ce type stupidement borné ! Nous lui avons tendu la main avec compassion. Lors de notre première discussion à son sujet, Oliver a mentionné que le fait de rester en retrait des autres n'est pas ce qu'il y a de plus sain pour un vétéran, c'est pourquoi nous avons convenu avec mon père que ce serait peut-être bien pour lui de se retrouver ici, parmi nous.

Cependant, si cet idiot ne sait même pas repérer une offre intéressante quand on la lui fait, eh bien, tant pis pour lui… et tant mieux pour moi.

Je traverse la journée du lendemain sur un petit nuage. J'ai fait ma bonne action, il n'a pas souhaité saisir l'occasion ! Il ne fait plus partie de mes sujets de préoccupation. Elisabeth connaît maintenant tous les faits, pourtant je la sens un peu déçue que Josh n'ait toujours pas donné signe de vie. Alors que moi, je m'en réjouis presque. De toute manière, plus j'y pense et plus je me dis que c'était une mauvaise idée d'inviter cet inconnu à la maison. Même s'il avait prévu de rester en retrait, je suis trop maniaque du contrôle pour accepter ce qu'il me fait ressentir.

Lui ne l'a peut-être pas remarqué, mais sa présence est pour moi une véritable torture. Malgré la froide façade que je me suis imposée, je ne peux m'empêcher de repasser en boucle notre échange torride dans les toilettes du *Black Horse*. Je suis sans doute pathétique, seulement ma vie sexuelle n'est pas ce que l'on peut qualifier de très active ! Mine de rien, ces instants avec Josh ont été très agréables, et face à lui, il m'était de plus en plus difficile de refouler mes pulsions, aussi inacceptables soient-elles.

Heureusement, maintenant, je vais pouvoir l'oublier et me concentrer sur les personnes qui ont une réelle importance dans ma vie !

Étant donné que je ne travaille pas demain, comme tous les vendredis, je décide de m'attarder un peu plus longtemps à l'extérieur, ce soir. Assise face à la piscine, sur la terrasse, j'observe en silence le soleil qui entame sa descente derrière les Rocheuses avant de céder sa place à l'astre lunaire. Une à une, les étoiles s'allument au-dessus de ma tête et le calme qui règne autour de moi finit de m'apaiser tout à fait.

J'ai profité du fait que ma mère était en visite chez des clients et mon père au cabinet pour nettoyer la maison de fond en comble durant ma journée de congé. Étrangement, faire le ménage a le don de calmer mes nerfs. Peu avant l'heure du dîner, je reçois un texto de ma mère, m'indiquant qu'elle et mon père s'octroient une petite soirée en amoureux, qu'ils rentreront plus tard. Au même instant, le grondement sourd et disgracieux d'un moteur poussif m'attire dans la rue, habituellement très calme.

Je reste figée d'horreur sur le perron. La vision du vieux camping-car qui s'arrête devant ma demeure me tétanise. Celui que je considérais déjà – visiblement à tort – comme un ancien patient, et souvenir, en sort et se dirige vers moi. Il désigne le… tas de ferraille du doigt.

— Je peux le garer où ?

Le son de sa voix me sort de mon incrédulité. Je crois rêver !

— Mais tu n'as même pas téléphoné ! m'exclamé-je en le rejoignant sur la pelouse.

Il affiche un air contrit et je remarque alors les traits de son visage, tirés par la fatigue. Il semble à peine tenir sur ses jambes. Je soupire.

— Entre. Je dois passer un appel.

Sans un mot, mon invité me suit à l'intérieur, toutefois il reste dans le vestibule. Me laissant seule pour téléphoner. La voix de mon frère résonne à mon oreille après quelques sonneries.

— Tu pourrais passer chez moi, s'il te plaît ? lui demandé-je sans préambule.

— J'arrive...

Puis il coupe la communication. C'est tout lui, ça.

— Ce ne sera pas long, mon père a brièvement discuté avec mon frère des divers raccordements dont tu vas avoir besoin. Il est en route, annoncé-je à Josh.

— Désolé de ne pas avoir téléphoné. Ça m'est sorti de la tête.

— Pas de soucis. Je suis un peu surprise, voilà tout.

Il passe distraitement une main dans ses cheveux.

— Je n'ai pas de meilleure option, m'avoue-t-il alors, comme pour s'excuser. Ce qui m'inquiète, c'est que ma présence paraît déjà te déranger.

— Non. Enfin... c'est juste que je ne m'y attendais pas.

J'essaie de rester rationnelle dans mes explications.

— Tu n'avais pas l'air emballé par notre proposition.

— Je ne suis pas du genre démonstratif... m'informe-t-il.

Je manque de m'étouffer en retenant un éclat de rire. Il était pourtant des plus démonstratif dans les toilettes samedi soir ! Ou alors, je me suis fait des films toute seule.

— Mais vous semblez être des gens bien et...

Josh s'interrompt quand une voiture de police pile devant son camping-car, sirène hurlante et tous gyrophares dehors. Je porte la main à ma bouche et lève les yeux au ciel.

— Je n'ai pas vu de panneau interdisant le stationnement dans la rue ?

Le pauvre Josh regarde avec inquiétude l'agent aux courts cheveux châtains sortir de son véhicule et s'avancer vers nous, une main sur son holster. *Oh non, il ne va pas me la jouer comme ça ! Pas aujourd'hui !* Je bouscule mon invité, qui me bloque involontairement l'accès, pour gagner l'extérieur et je sens son corps se crisper au contact du mien.

— Salut, frangin ! m'exclamé-je en serrant mon petit frère dans mes bras avant qu'il n'ait eu le temps de déployer totalement sa ridicule démonstration de force.

Dean me rend mon étreinte, mais je sais qu'il fixe l'homme debout sur mon perron.

— Sois sympa, c'est l'ami dont Papa t'a parlé ! soufflé-je à son oreille tout en me détachant de lui. Josh, voici mon frère, Dean. Dean, voici Josh.

Mon ton jovial sonne complètement faux. Néanmoins, les deux hommes se serrent la main aussi amicalement que je pouvais l'espérer. Mon frère n'a pas encore dégainé son arme, ce qui est plutôt bon signe, à mon avis. Avoir un membre de sa famille qui fait partie des forces de l'ordre est souvent très pratique, et plus encore quand il habite lui aussi au bout de la rue, sous le même toit que ma meilleure amie et mon autre frère, Jason, pompier de profession.

— Tu voudrais bien lui montrer où garer son… *Là, je dois bien avouer que je cherche mes mots…* sa caravane et faire tous les branchements dont Papa et toi avez discuté hier ?

Dean a un sourire moqueur quand il pose les yeux sur l'épave sur roues. Je hausse les épaules en signe d'impuissance quand son regard revient sur moi.

— Je m'en occupe, si ça ne te dérange pas, propose mon frère, hilare, en donnant à Josh une tape sur l'épaule avant de s'éloigner.

Mon patient étouffe un grognement en tenant son membre blessé.

— Pédiatre, psychothérapeute… et maintenant, un policier. Je dois m'attendre à quoi d'autre ? me questionne-t-il en grimaçant de douleur.

— Jason est pompier.

— Et c'est ton copain, ton fiancé, ce Jason ?

Je le fixe durement. *Attends, il est sérieux là ?!*

— Évidemment ! J'ai baisé avec toi alors que j'ai un fiancé ! m'exclamé-je, complètement ahurie. Jason est mon second frère aîné !

— Mais qu'est-ce que j'en sais, moi ?! On ne se connaît pas ! Je n'ai même pas encore compris pourquoi vous m'avez proposé de venir ici !

Je meurs d'envie de lui en coller une, ce qui n'est pourtant pas mon genre du tout !

— La compassion, la bonté d'âme, la gentillesse… ce sont des concepts qui t'échappent, hein ?!

Son regard devient encore plus sombre qu'au naturel. Il observe mon frère qui fait lentement reculer le camping-car vers la cour arrière, pour le placer tout près de la véranda.

— Un peu, avoue-t-il dans un murmure.

— Il y a des règles, d'accord ? Je t'avais prévenu…

Il hausse les sourcils, j'ai enfin toute son attention.

— Pas d'alcool. Pas de drogue. Pas de femmes. On est chez moi, ici.

— Ah bon ?! Je croyais qu'on était chez tes parents.

Son air stupéfait me surprend.

— Non. C'est ma maison, mes parents vivent avec moi depuis… depuis que j'ai fait construire, à mon retour en ville.

Je ne vais quand même pas lui confier que je suis une femme divorcée à tout juste vingt-neuf ans !

— Voilà ! L'eau et l'électricité sont branchées. Je te laisse te charger de l'évacuation, tu as une bouche d'accès aux égouts juste au milieu de la cour. J'ai laissé la clé sur le contact, je doute que quelqu'un pense à venir voler ce truc, nous annonce Dean en revenant, juste avant que sa radio crépite sur son épaule.

Il s'éloigne un instant pour répondre à l'appel puis me salue distraitement en s'engouffrant dans sa voiture de patrouille. Mon cœur se serre. Je déteste mes deux frères d'avoir choisi d'exercer des métiers à risques. Ma famille est ce qu'il y a de plus important au monde pour moi.

Je distingue la respiration de Josh dans mon dos. Je lui fais face.

— Et si on rentrait manger un truc ? lui proposé-je.

Il est grand temps que j'en apprenne un peu plus sur cette énigme humaine !

Chapitre 9

Josh

Quand le corps termine sa chute dans les gravats sous l'impact de mon tir, le chaos total se déchaîne autour de nous. Les balles proviennent par rafales de tous les côtés, et l'affolement général qui règne dans l'immeuble fait vite paniquer mes camarades, qui n'en sont pour la plupart qu'à leur première mission. D'un ton sec, je les rappelle à l'ordre.

Les impacts ne cessent de résonner près de nous. Je couvre toujours le soldat blessé derrière moi. C'est mon rôle de les ramener en vie à la base. La détonation lointaine d'une grenade incapacitante me provient et, dans la radio, je reçois enfin l'ordre de donner l'assaut. D'un geste de la main, je fais signe à quatre de mes hommes de me suivre. Les deux derniers restent à couvert avec le blessé.

Nous avançons au pas de course tout en surveillant le périmètre. Et c'est alors que je l'entends. Le son caractéristique d'un tir de mortier. Sous mes yeux, l'obus atteint de plein fouet les trois soldats de mon unité restés en arrière. La poussière et les débris volent de tous côtés, nous projetant à terre par la force de l'onde de choc...

J'ouvre brusquement les yeux dans l'obscurité du camping-car. Comme chaque fois que ces flash-back resurgissent, je suis en nage et mon cœur bat la chamade dans ma poitrine. Mon flanc droit me lance au simple souvenir des cicatrices que ce raid de nuit m'a laissées. Je tente de reprendre un souffle normal et de faire le vide dans ma tête. En vain !

Je marche désormais de long en large dans la caravane, le

plancher craque sous mes pas. La sueur sur mon torse est glacée et un frisson parcourt mon corps. Épuisé et sur les nerfs, je me rallonge dans les couvertures en désordre. Je fixe un point au plafond dans la pénombre. J'aurai au moins réussi à dormir quelques heures, sans être accompagné de mes cauchemars, ce qui est mieux que rien.

Je force mon esprit à se focaliser sur le présent, et peu à peu, l'image de mon hôtesse s'impose et repousse les ténèbres. Si j'ai retenu une chose de la soirée d'hier, c'est que Zoé semble être une maniaque de l'ordre. Tout dans sa maison est rangé avec une précision millimétrée et les règles qu'elle a établies sont elles aussi claires, nettes et précises. Pas d'alcool – ce qui est plutôt comique, vu les circonstances de notre première rencontre –, pas de drogue, pas de femmes. Très bien, ce sont des instructions auxquelles je peux me tenir. Toutefois, il m'est quelque peu difficile de faire abstraction de son regard chaque fois qu'il se pose sur moi. Je n'arrive pas à savoir ce qu'elle pense quand elle m'observe ainsi. J'ai également bien intégré le fait que je ne dois en aucun cas envahir son espace !

De toute manière, si je peux aller bosser et rester cloîtré dans mon tas de ferraille le reste du temps, ça me va très bien.

Elle m'a beaucoup questionné pendant qu'elle nous préparait de quoi manger. Généralement, les gens ne sont jamais très subtils dans leurs interrogations sur la guerre, mais Zoé a bien su mener la conversation… et moi, rester évasif dans mes réponses.

Lorsque Caitlin et Malcom sont rentrés, j'ai compris à l'expression de ce dernier qu'il était vraiment très content de me voir là. Grâce à lui, j'en ai appris un peu plus sur cette étonnante famille. Caitlin et lui ont donc eu trois fils, en plus de Zoé. Ils semblent tous très unis. Quand Oliver a quitté le foyer familial, ils ont fait office de famille d'accueil temporaire pour des adolescents pendant plusieurs années. Jusqu'à ce que leur fille revienne en ville et que, pour une raison qui me reste encore inconnue, ils décident de céder leur maison à Dean et Jason afin de venir s'installer chez elle. Cet ancien médecin sans frontières semble avoir une foi inébranlable en l'humanité. Comment suis-je censé agir devant lui, alors que j'ai vu le visage le plus noir de l'être humain… ?

Depuis l'épisode dans la grange avec Becca, je suis

constamment sur mes gardes, terrifié à l'idée d'être responsable d'une nouvelle scène du même genre. Je suis donc heureux de ne pas avoir à cohabiter avec Zoé et ses proches. Le camping-car m'offre l'isolement dont j'ai besoin. C'est mieux ainsi. De plus, je comprends un peu mieux leur proposition depuis que je sais qu'un policier fait partie de leur famille ! Son frère pompier et lui sont les renforts prévus en cas de crise du pauvre vétéran un peu instable.

Je n'ai pas conscience d'avoir refermé les yeux. Pourtant, quand je me réveille à nouveau en sursaut, le soleil brille doucement à travers l'étroit volet du camping-car. J'enfile un survêtement, un tee-shirt et mes baskets, avant de sortir me défouler. Je m'étire et la douleur de mon épaule me fait grimacer. Tant pis, souffrir ne me dérange pas. Je gagne la rue au petit trot, avant d'allonger ma foulée. Une légère brise matinale finit de chasser les ombres qui s'accrochaient à moi.

Au loin, une silhouette familière se profile. J'accélère encore la cadence pour me retrouver bien vite au côté de Zoé. Elle manque de trébucher lorsqu'elle m'aperçoit près d'elle. Je la retiens de justesse par le coude. La jeune femme se dégage brusquement de ma main et, pliée en deux pour reprendre son souffle, elle retire ses écouteurs. Son regard est furieux.

— Mais… mais qu'est-ce que tu fous là ?!

— Eh bien, je cours. Comme toi…

— Avec ton épaule, tu ne devrais pas.

Elle détache une petite gourde d'eau de sa hanche et en avale une rasade. Un vrai petit scout, ma parole ! Elle jette ensuite un coup d'œil à sa montre high-tech. Son pouls doit sans doute battre plus vite que d'habitude, vu la frayeur que je viens de lui faire.

— J'ai besoin de courir, Doc. Ça m'aide à me vider l'esprit, lui expliqué-je avant de me remettre en chemin.

— Ne m'appelle pas Doc !

Sa voix résonne juste derrière moi, et je suis surpris de la voir se placer à mon niveau.

— Ce n'est pas recommandé avec une telle blessure, insiste-t-elle. Vraiment pas !

J'accélère encore dans l'espoir de la leurrer :

— Ce n'est même pas douloureux.

— Menteur.

Les sourcils froncés, je l'interroge du regard.

— Tu restreins tes mouvements. Tu as mal, cela se voit comme le nez au milieu de la figure.

Je vois bien qu'il lui est pénible de parler et courir en même temps, aussi je décide de ralentir ma course. Je dois avouer que cette conversation m'amuse… ce qui est plutôt rare ces derniers temps.

Je la regarde du coin de l'œil, appréciant le spectacle de cette créature au corps athlétique parfaitement dessiné, dont la queue-de-cheval virevolte à chaque foulée. Sa poitrine délicate est mise en avant par sa posture et son short de sport dévoile des jambes fuselées. Elle est jolie, aucun doute sur la question ! Après lui avoir lancé un sourire, je reporte mon attention devant moi et nous poursuivons notre parcours en silence. J'apprécie à leur pleine valeur ces moments qui semblent suspendus dans le temps, ceux qui éloignent le mal.

Même s'il est encore très tôt quand nous regagnons la maison, la mère de Zoé a déjà préparé à manger pour un régiment ! Je commence tout d'abord par décliner son invitation à partager leur petit-déjeuner, mais l'insistance de Malcom a finalement raison de ma résistance. Sans compter qu'il n'y a strictement rien à se mettre sous la dent dans le camping-car !

Une fois de retour dans mon logis de fortune, je décide de me pencher sur le cas du chauffe-eau troué. Il doit sortir de là si je veux le remplacer. Je me demande encore pourquoi nous ne l'avons pas expédié aux ordures plus tôt ! Maintenant, je me retrouve à devoir résoudre le problème tout seul.

Heureusement, Malcom a bien voulu me prêter quelques outils. C'est dans un désordre et une cacophonie sans nom que je réussis enfin à extirper le réservoir de son emplacement. Je ne suis pas étonné de constater que le sol du réduit dans lequel il se trouvait est totalement pourri. Tout en marmonnant une litanie d'injures à l'encontre du propriétaire de ce tas de tôles insalubre et exigu, je parviens enfin à faire basculer le cylindre de métal sur le sol et le pousse jusqu'à l'étroite porte du camping-car.

— Bordel de merde !

Le juron m'a échappé librement cette fois, et une flopée d'autres s'ensuit quand le plancher du couloir cède sous mon poids. Nom de Dieu, mais c'est quoi ce délire ! Les deux jambes coincées dans le sol, je tente de m'en extirper en forçant sur mon bras valide. Je vais tuer ce Cole de malheur ! Je promets à qui veut bien l'entendre de mettre le feu à son tas de ferraille pourri ! La douleur irradie dans mon épaule blessée et tout mon dos, me poussant à jurer de plus belle.

Une ombre se profile alors devant moi et me fait lever les yeux. Tout ce remue-ménage et les flots d'insultes ont dû attirer son attention, car Zoé se tient maintenant debout dans la caravane et détaille en souriant ce maudit chauffe-eau et ma carrure… réduite ! Je cesse de m'agiter un instant pour inspirer calmement. Quelle situation merdique !

— Un coup de main, peut-être ?

Je perçois la moquerie dans le son mélodieux de sa voix. Elle doit être à un cheveu d'éclater de rire.

— Non, tu pourrais te blesser, rétorqué-je.

En tentant derechef de sortir de mon trou, je serre les dents sur ma douleur… avant de me résigner à lui tendre mon bras valide. Avec un petit ricanement de triomphe, elle passe au-dessus du réservoir et pose ses doigts autour de mon poignet. À la voir, on pourrait croire qu'elle a la force d'un moustique, pourtant elle réussit à m'aider suffisamment pour que j'extirpe une jambe hors du plancher.

— Ça va, je vais me débrouiller maintenant, annoncé-je en me remettant sur pied.

D'un même mouvement, nous jetons un coup d'œil à travers l'énorme trou dans le sol de la caravane. Ce fichu dégât des eaux a littéralement détruit le plancher, sûrement déjà bien mis à mal par les années.

— Je crois que la véranda sera plus adaptée désormais, ironise Zoé en empoignant mon sac de voyage qui traîne près de la porte.

Ai-je vraiment le choix ? Comme elle semble déterminée, je m'abstiens de toute remarque et la suis jusqu'au grand espace lumineux qui borde sa demeure. Il n'y a là pour tout mobilier qu'un matelas installé à même le sol.

— On peut descendre des meubles du…

— Non, la coupé-je. C'est très bien, je t'assure ! Et puis, j'ai connu bien pire.

Elle dépose mon sac près du lit de fortune, tandis que je masse ma nuque. Je remarque qu'une porte munie d'une serrure sépare la pièce du reste de la maison et une autre donne sur l'extérieur. Au moins, je pourrai m'enfermer à double tour pendant la nuit.

— Je pense qu'il est temps de jeter un œil à cette épaule.

— Ouais, soupiré-je, résigné.

Elle me précède dans la maison. Nous croisons Malcom, au téléphone, qui me salue d'un geste de la main, tandis qu'elle me guide vers l'étage. Un chat noir me passe entre les jambes, manquant de me faire tomber.

— Ne fais pas attention, Drogo a toujours été un peu joueur, m'informe Zoé en riant.

— Drogo ?

Elle s'immobilise pour prendre le chat dans ses bras et le caresse un instant, les yeux levés vers moi.

— Mon chat, Drogo. Il n'est pas très sociable, du coup, vous devriez bien vous entendre !

La boule de poils se dégage de son emprise et part en courant dans le couloir. La jeune femme me conduit alors dans une vaste pièce entièrement peinte en blanc, où sont installés un petit bureau de travail et un lit d'examen, comme à son cabinet. Elle ouvre le tiroir d'une commode et me tend un grand tissu bleu. Je le déplie devant moi et lui jette un coup d'œil.

— T'es sérieuse ? demandé-je, en observant, incrédule, la blouse d'hôpital.

— Oui. Garde juste ton sous-vêtement.

Et sans un mot de plus, elle quitte la pièce pour me laisser me changer. En grommelant dans ma barbe, je retire mes vêtements et enfile son accoutrement ridicule. Je n'arrive même pas à le nouer, mon épaule me fait trop mal. Tant pis ! Je donne un petit coup sur le battant, signifiant que je suis couvert et que Madame peut revenir. Je ne sais où poser le regard, j'ai vraiment l'air d'un crétin avec cette blouse et mes chaussettes !

— Tourne-toi, s'il te plaît, me demande-t-elle après avoir ouvert une chemise cartonnée posée sur son bureau.

Je m'exécute. Elle se tient debout derrière moi et ses doigts se posent sur la peau de ma nuque. Lorsqu'elle descend doucement le long de ma colonne vertébrale, je retiens à grand-peine le frisson que son contact me procure. Elle s'attarde sur mes hanches et mes lombaires, à la limite de mon boxer.

— Tu peux t'allonger sur le dos.

Je la vois noter quelques remarques sur une feuille, avant de s'approcher de moi et prendre place sur un petit banc à roulettes. Elle ajuste le lit électrique et met un genou sur le matelas en m'ordonnant de lever la jambe droite. J'ai un hoquet de surprise lorsqu'elle passe sa main entre mes cuisses pour venir la glisser un peu au-dessus de mon postérieur. Ses doigts bougent doucement et son regard est braqué sur le sol, concentré.

— L'ostéopathie est une médecine à base de techniques manuelles. Elle a pour but d'assurer un bon alignement, une mobilité et une fonction optimale des différentes structures du corps en diminuant les tensions périphériques et en favorisant une bonne circulation, m'explique-t-elle. Aujourd'hui, je vais passer en revue ta colonne vertébrale et ton bassin, car j'ai remarqué un léger déplacement de ce dernier.

Pendant une heure, Zoé ne dit plus rien. La jeune thérapeute semble écouter mon corps et en jouer avec la minutie d'un musicien qui accorderait son instrument. Pourtant, en dehors de quelques changements de position, je ne sens absolument rien. Moi qui m'attendais à de véritables séances de torture, je trouve même cela plutôt agréable.

Une fois la séance terminée, quand elle me rejoint après m'avoir laissé le temps de repasser mes vêtements, Zoé prend place à son bureau et me demande si je souhaite de plus amples explications sur ce qu'elle m'a fait.

— Non, décliné-je.

Les discours dont je ne saisis pas la moitié des termes abordés, très peu pour moi !

— Comment te sens-tu ? s'inquiète-t-elle alors.

— C'est une vraie rigolade, ce truc.

Un petit sourire en coin se dessine sur son visage au moment où elle ferme la chemise cartonnée et la range dans un tiroir.

— Excellent alors, concède-t-elle néanmoins, avant que nous quittions la pièce.

Chapitre 10

Zoé

Le soleil qui perce à peine au travers les rideaux me trouve prête à aller faire mon jogging matinal. Je me suis réveillée aux aurores et j'ai déjà eu le temps de ranger – encore une fois – ma chambre de fond en comble. Drogo somnole toujours sur les couvertures impeccablement lissées et bordées de mon lit quand je descends à pas de loup. La porte de la véranda est entrouverte, je jette un coup d'œil rapide dans la pièce, mais n'aperçois notre invité nulle part.

Sans doute est-il parti courir à la fraîche, pensé-je tandis que je lace mes chaussures de sport. Arrivée sur le perron, je frôle la crise cardiaque en le découvrant assis sur l'une des dernières marches. Il semble perdu dans ses pensées, à tel point qu'il ne réagit pas à mon approche.

Hier soir, je l'ai entendu verrouiller le battant de son nouveau logement avant de placer un objet lourd devant. Sûrement la chaise longue qui se trouvait sur la terrasse. Depuis, je me questionne sur ce qui lui fait le plus peur : nous ou lui-même…

Ce matin, il ne porte qu'un bas de jogging. Je profite sans vergogne de son inattention pour admirer les muscles de son dos qui se soulèvent légèrement au rythme de sa respiration. Mes yeux s'attardent un instant sur les cicatrices qui sillonnent son flanc droit. Je grimace en songeant à quel point il a dû souffrir d'une telle blessure.

— Bien dormi ? me lance-t-il.

Mon cœur rate un battement, pris de court.

— Oui, et toi ?

Je tente de garder un ton calme. Bon sang, ce type a les sens surdéveloppés !

— Ça peut aller…

— Comment te sens-tu, ce matin ?

Par-dessus son épaule, ses yeux viennent chercher mon regard.

— Comme si un train de marchandises m'était passé sur le corps, grogne-t-il en se levant péniblement.

J'esquisse un sourire moqueur.

— C'était pourtant une vraie rigolade ! le nargué-je en empruntant ses mots de la veille.

— Très drôle, Doc. Tu aurais pu me prévenir. J'ai l'impression d'avoir quatre-vingt-dix ans !

— N'exagère pas. Et puis, c'est toi qui n'as pas voulu de plus amples informations.

Son expression et sa façon de bouger me font comprendre qu'en fait, non, il n'exagère pas.

— Tu sais, j'ai pensé à un truc, hier soir. La déchirure dans ton épaule pourrait être due à l'usure. Je me demandais donc s'il y avait des gestes, ou un travail, que tu faisais à répétition ces dernières années.

— J'ai fait de la monte de taureau durant deux ans et je monte à cheval depuis que je suis tout petit, j'ai la prise au lasso dans le sang. Sans compter l'entraînement chez les Marines et le recul des armes de gros calibres.

Qu'il me livre soudain autant d'informations personnelles d'un coup me laisse sans voix. En effet, tous ces facteurs peuvent causer l'usure qu'il m'a semblé détecter.

— Un cow-boy… j'aurais dû deviner, murmuré-je.

Je m'étire quelques minutes et sens ses yeux ardents posés sur moi. Juste avant de placer mes écouteurs sur mes oreilles, je lui lance, narquoise :

— Tu ne viens pas avec moi, Papi ?!

Je l'entends vaguement grogner, avant que la musique n'envahisse mes sens et que je m'éloigne de ma maison.

Mon allure de croisière s'installe peu à peu et mon souffle l'accompagne. Je me rends compte brusquement que mon jogging matinal est le seul moment de la journée où je ne ressens jamais cette impression désagréable d'être surveillée et suivie. Furieuse de laisser à nouveau ces pensées négatives m'assaillir, je secoue la tête pour les chasser et allonge ma foulée.

Dans la famille, tout le monde profite de son dimanche pour se reposer, il n'y a que moi qui ne sais jamais trop comment rester en place. La course de fond me gardait motivée durant mes études à Vancouver, et depuis, je ne parviens plus à m'en passer.

Je regrette parfois les bons moments passés là-bas, avant de me marier et de suivre Shane à Calgary. Avant que l'enfer ne se déchaîne dans ma vie. Même si nous nous étions rapprochés de ma famille, Shane me gardait pratiquement tout le temps enfermée dans notre loft. Menaçant de me quitter si je le délaissais pour mes proches ou mes amis. La manipulation, c'était son truc. Et il était doué. Doué pour jouer avec l'esprit des gens, mais surtout avec le mien…

Je le chasse rageusement de mes pensées, le repoussant dans la noirceur de mon subconscient, là où se trouve sa place. Cet homme n'a apporté que le néant dans mon existence. Trois années de mariage cauchemardesques, sans jamais avoir le droit de laisser s'exprimer celle que je suis vraiment. Aujourd'hui je vais mieux, bien que remonter la pente hors du gouffre dans lequel Shane m'avait projetée m'ait pris du temps. L'estime et la confiance en soi sont des sentiments qui peuvent être si facilement détruits.

Néanmoins, le goût à la vie m'est enfin revenu, et je compte désormais profiter de chaque instant.

Quand je regagne la maison, Josh est toujours assis au pied de mon perron. Il a l'air d'une statue. *Comment peut-il rester si longtemps immobile ?* m'interrogé-je en m'arrêtant devant lui. Il m'observe en silence pendant que je reprends mon souffle et avale une gorgée d'eau.

— Je suis certaine que ma mère a préparé à manger. Si tu as faim… l'invité-je en pénétrant dans la maison sans refermer la porte derrière moi.

Heureusement, il entre à ma suite, sans quoi je sais que mon père serait venu le chercher, et il est très rare qu'il y ait matière à discussion avec Malcom Andrews ! Surtout, lorsqu'il s'agit de la santé ou du bien-être d'une personne.

Dans l'après-midi, quand mon père se décide enfin à laisser Josh tranquille, après lui avoir raconté ses aventures à l'étranger, ce dernier vient me rejoindre sur la terrasse. Comme mes parents, j'essaie de prendre un peu de repos. Allongée sur un transat, au bord de la piscine, je lis tranquillement le dernier roman de Harlan Coben que j'ai commencé durant la semaine. Le soleil brille haut dans le ciel et sa chaleur me réconforte. Josh s'installe lui aussi sur une chaise longue, de l'autre côté du bassin. Le pauvre n'a vraiment pas l'air dans son élément, et j'avoue que cela m'amuse un peu.

Je peux sentir son regard brûlant glisser sur moi. Comme samedi dernier dans le bar. Mon short et mon débardeur ne laissent pas beaucoup de place à l'imagination. Je me sens tout à coup gênée. J'essaie de lire encore quelques pages, mais j'ai bien conscience que, si je dois m'y reprendre à trois fois pour comprendre une phrase, c'est que mon cerveau et moi ne sommes pas sur la même longueur d'onde. Néanmoins, lorsque je lève les yeux vers Josh, ce dernier semble assoupi. Je ferme mon livre et le pose sur mes jambes.

— Tu as hâte de commencer le boulot ?

Ma question est anodine, j'essaie juste de passer au-dessus de mon trouble.

— Je crois que ça me fera du bien. Cette inactivité forcée me mine… J'ai besoin d'être en mouvement, m'informe-t-il.

— J'ai peut-être oublié de te faire part d'une autre règle, vendredi.

Il m'observe, tout à coup très attentif à mes paroles.

— L'écharpe n'est plus une option, vu que tu vas travailler.

— Non, je…

— Tu la portes. C'est seulement pour quelque temps, il n'y a pas mort d'homme, terminé-je en replongeant le nez dans mon roman, afin de lui signifier que la conversation est close.

Il marmonne un truc que je ne comprends pas, puis referme les yeux.

Le temps passe à une vitesse folle, maintenant que j'ai retrouvé ma sérénité. Je ne décroche plus de mon bouquin, et quand des bras puissants me soulèvent de ma chaise, je pousse un cri de surprise. Cri étouffé une seconde plus tard par l'eau de la piscine dans laquelle on m'a projetée ! D'un battement de pieds, je regagne la surface et expulse le liquide chloré de ma bouche. Le rire de Jason me parvient alors au-dessus de mon hurlement de rage.

— Espèce de crétin ! rugit la voix d'Elisabeth derrière lui.

Son sourire disparaît bien vite ! Je nage jusqu'au rebord et tombe nez à nez avec la main tendue de Josh. Je dégage mes cheveux de mon visage et lève les yeux vers lui. Il me tire de l'eau sans effort quand j'empoigne son avant-bras. Nos corps sont désormais bien trop proches l'un de l'autre.

— Ça va ?

— Oui. Merci.

— Il n'y a pas de quoi.

Il replace vite fait la bretelle de mon débardeur sur mon épaule, avant que je ne me tourne, furieuse, vers mon idiot de frère.

— Tu n'en as pas marre, depuis le temps, de te comporter comme un adolescent attardé ?! Tu es censé sauver les gens en détresse, pas te marrer après avoir tenté de les noyer, vociféré-je en passant devant lui pour regagner la maison.

Une fois mes vêtements trempés retirés et vêtue d'une robe légère, je remonte mes cheveux en chignon et retourne sur la terrasse. Dean a rejoint notre petite bande, seuls manquent à l'appel Oliver et sa petite famille. Eli vient à ma rencontre et me tend mon livre qui s'était échoué sur le sol.

— Tu ne m'as pas prévenue qu'il était ici, me chuchote-t-elle à l'oreille.

— Je comptais t'en parler demain, et puis je pensais que Dean s'en était chargé.

— Il l'a fait ! Mais toi, non !

Je lève les yeux au ciel devant sa mine offusquée. Décidément, je n'y échappe jamais avec elle. En voyant Jason allumer le barbecue, je questionne gaiement mon amie :

— Vous vous êtes invités à dîner ?

— Non… C'est ton père qui a téléphoné, en fait.

Je grogne en me massant la nuque.

— Et Oli, il est où ?

— À une charmante fête d'enfants, paraît-il… m'apprend mon amie en riant.

Pauvre Oliver ! Devoir écouter les parents se plaindre des problèmes que leur cause leur progéniture, je le plains !

— Heureusement pour toi, tu n'as pas à subir ce genre de réjouissances !

Le regard d'Eli quitte subitement mon visage pour se poser sur le bout de ses ballerines blanches, elle rougit.

— Non ! Attends, ne me dis pas que…

— Pas encore, mais on y travaille, admet-elle en souriant.

— Je suis heureuse pour toi, ma chérie. Je vous souhaite plein de bonheur… et un garçon ! Il est temps que la nouvelle génération compte un petit mec.

Nous rions un moment. Je me réjouis sincèrement pour eux !

L'ambiance festive autour de nous pourrait donner l'impression que nous fêtons un événement important, alors que non. C'est juste l'une de ces nombreuses soirées en famille dont nous ne pouvons nous passer. J'adore chacun de ces instants. Ils m'ont tellement manqué autrefois. L'isolement que m'a imposé Shane se rappelle à moi, et je chasse rageusement ces sombres pensées pour profiter du présent. Cet être monstrueux ne fait plus partie de ma vie, et ce simple fait est une excellente raison de festoyer avec les gens que j'aime.

Je remarque que Josh se tient à l'écart. S'il le pouvait, je crois qu'il tenterait de se fondre dans la haie qui entoure le jardin. Je me demande comment se passent les fins de semaine, dans sa famille. Lui reste-t-il seulement une famille ? A-t-il encore quelqu'un qui attend son retour au Texas ? Je prends deux verres de limonade et, pendant que la viande crépite sur le feu, je décide d'aller le rejoindre.

— Si tu complotes pour t'enfuir, c'est peine perdue, lancé-je en lui offrant une boisson. Ils le remarqueront tout de suite et partiront à ta recherche. Crois-moi, j'ai déjà essayé… ce sont de fins limiers.

Je tente de détendre l'atmosphère, cette réunion improvisée et l'ambiance qui nous entoure semblent le mettre sur les nerfs, plus que cela ne le devrait. Tout son corps est tendu à l'extrême. Il avale une gorgée avant de poser son regard ténébreux sur moi.

— Vous êtes une drôle de famille, me fait-il remarquer.

J'acquiesce en silence. Je l'avoue, toutefois je n'y vois aucun mal !

— Et alors ?

— J'ignore totalement comment agir vis-à-vis de vous tous, de cette façon étrange dont vous vous comportez avec moi. La pitié, je connais. La crainte, le rejet, le dégoût, aussi. Mais autant d'humanité… c'est troublant. En tout cas, pour quelqu'un comme moi.

— Quel genre de personne es-tu, Josh ? murmuré-je.

Ses prunelles s'ancrent aux miennes et ne me lâchent plus. Les ténèbres y règnent en maître.

— Le genre que les gens comme vous évitent habituellement. De celles que personne ne regarde, par peur d'apercevoir ses propres démons, chuchote-t-il. Je suis un solitaire, je n'ai pas ma place parmi vous. Je ne comprends toujours pas ce que je fais ici, Zoé.

— Tu viens faire soigner ton épaule, Josh. Et pourquoi ici, pourquoi maintenant ? Mets cela sur le dos du destin, ou la faute à pas de chance, c'est toi qui vois. Ou tu peux décider au contraire… que c'est une chance que t'offre la vie, parce que tu la mérites, tout simplement.

Il m'est insupportable de découvrir les cicatrices de tant d'abandons dans son regard quand il le pose à nouveau sur moi, avec confiance cette fois. Et c'est à cet instant que je comprends enfin ce que mon père a vu en lui. Une âme blessée, totalement perdue au milieu de trop de fantômes. La même chose que ce qu'il a dû voir en moi quand je suis revenue à *Black Valley*.

— Tu sais, tu auras beau vouloir garder tes distances, eux… dis-je en pointant ma famille, ne te laisseront pas faire. Ils ne sont pas du style à lâcher facilement l'affaire… et moi non plus.

Je prends sa main calleuse dans la mienne et l'entraîne vers les autres. Il finira bien par accepter notre aide. Nous ne lui laisserons pas d'autre choix. Je balance mon pied dans la jambe de Jason et fais les présentations. Les deux hommes échangent une poignée de main amicale, tandis qu'Eli les rappelle à l'ordre en collant une spatule contre le torse de Josh.

— Occupez-vous de la viande, les mecs, avant que tout crame !

Elle passe son bras sous le mien et nous nous éloignons en riant, ignorant les hommes qui rouspètent derrière nous.

Chapitre 11

Josh

— Vous êtes vraiment certaine ? demandé-je à Marie pour la dixième fois.

— Mais oui. Je ne conduis même plus !

Elle me met les clés de sa voiture dans la main.

— Je…

— Allez, va voir ton cheval ! Je ferme la boutique pour l'après-midi.

Je lui adresse un sourire sincère et quitte les lieux pour gagner le parking derrière le bâtiment. Il y a encore quelques jours de cela, j'ignorais que ma patronne vivait au-dessus de son commerce. Avec elle, je vais de surprise en surprise.

Le cœur léger, je m'engouffre dans la petite Volkswagen noire que Marie vient de mettre à ma disposition. Enfin, je vais pouvoir me déplacer sans devoir demander à Zoé ou Malcom de jouer les taxis ! Je fais démarrer le véhicule et emprunte la route qui me mènera au *Heaven's Ranch* en ce splendide vendredi de la mi-juillet.

Cela fait déjà deux semaines que je suis installé chez la famille Andrews. Deux semaines au cours desquelles je n'ai pas pu aller voir ma monture. Le contact apaisant de Fire me manque. J'ai besoin de me ressourcer près de lui. De prendre un moment pour moi.

La route me paraît interminable jusqu'au ranch. Je n'ai pas eu le temps de prévenir Cole que j'allais venir rendre visite à mon compagnon à quatre pattes. C'est sans doute pour cette raison qu'il reste un instant bouche bée quand il me voit descendre de voiture.

Malheureusement, je n'ai pas encore pu réparer les dégâts dans son précieux camping-car. Aussi vais-je essayer d'éviter le sujet.

— Mon vieux ! Quelle bonne surprise, s'exclame-t-il en avançant vers moi.

— Quoi de neuf ?

— On prépare nos affaires pour le rodéo du week-end. On pensait aussi aller rendre visite à Will en rentrant dimanche. Tu nous accompagnes ?

— Non, mais tu lui passeras le bonjour de ma part.

Malgré nos quatre années de voyage ensemble, je me sens mal à l'aise en sa présence aujourd'hui, et j'en ignore la raison. Peut-être parce que je ne l'ai jamais vu si heureux auparavant ? Il a ce même air que Will abordait quand nous l'avons quitté. Je suis donc probablement le seul de nous trois destiné à vivre en solitaire.

— Tu me sembles aller mieux ! Plus solide !

Comment lui avouer que j'ai juste désobéi à l'une des règles de Zoé en laissant mon écharpe à la boutique ? Et que les traitements commencent à peine à faire un peu effet…

— Oui. J'ai toujours interdiction de monter, par contre, tempéré-je en avançant vers la grange avant qu'il ne me pose d'autres questions.

Je n'ai même pas demandé à Zoé ce qu'il en était, en fait, et elle ignore encore que je possède un cheval !

Je n'ai pas le temps de gagner l'écurie qu'un hennissement tonitruant résonne non loin. Me détournant de ma route, je découvre Fire qui galope comme un fou jusqu'à la barrière d'un pâturage tout proche, où il m'attend en piétinant ! J'accélère le pas et pénètre dans le parc. Mon compagnon ne m'épargne pas en frottant vigoureusement sa tête massive contre moi. Pourtant, je me moque bien de la douleur que ces caresses brutales causent à mon épaule. Tout ce qui m'importe, c'est ma joie de retrouver cette autre part de moi qui me fixe de son regard serein. Aucune mort ne le hante, lui.

Il est mon dernier lien avec ce que j'ai laissé là-bas…

Après l'avoir cajolé comme il se doit, je m'éloigne vers le centre du pré et m'étends dans l'herbe fraîche. Les nuages défilent lentement au-dessus de ma tête tandis que Fire broute paisiblement près de moi. Plus tard encore, ma monture se laisse lourdement tomber dans la verdure, comme s'il cherchait à m'imiter. Je ris en le voyant m'observer du coin de l'œil, avant de fermer les paupières, et de savourer chaque seconde de ce rare moment de pure complicité.

J'ignore quelle heure il peut être quand je quitte le ranch, mais une heure, voire deux se sont sûrement écoulées. Je me sens plus serein quand je reprends la route après avoir salué Abby et Cole. Dès mon arrivée en ville, je vais garer la voiture de Marie derrière la boutique et rentre chez Zoé à pied. Je me retourne à plusieurs reprises durant le trajet, gêné par l'impression persistante que je suis suivi… ou surveillé. Pourtant, rien d'inquiétant ou d'inhabituel ne retient mon attention, pas un regard n'accroche le mien.

Au moment où je pose la main sur la poignée de la véranda, j'aperçois la silhouette de mon hôtesse dans le jardin, penchée au-dessus d'un massif de fleurs. Je la rejoins sans un mot, mais prends soin de me racler la gorge afin de signaler mon approche. J'ai constaté depuis quelque temps déjà qu'un rien pouvait la surprendre. Je fais donc mon possible pour éviter de l'effrayer.

— Tu rentres tôt ! s'exclame-t-elle en me voyant.

— Marie a fermé la boutique pour l'après-midi. Alors j'en ai profité pour aller voir Fire.

Zoé fronce les sourcils et abandonne ses plantations pour me faire face.

— Fire ?

— Mon cheval. Il est resté au ranch que j'ai quitté pour venir ici. Mon camarade de route, Cole, y bosse pour toute la saison estivale et prend soin de Fire en mon absence.

— Pourquoi ne m'as-tu pas dit que tu avais un cheval ?

Elle semble un peu déçue que je ne me sois jamais confié sur le sujet.

— On aurait pu aller le voir ensemble. Et puis, comment y es-tu allé au juste ?

— Marie m'a prêté sa voiture.

La jeune femme délaisse ses gants couverts de terre et prend place sur l'une des chaises longues qui entourent la grande piscine. Quelque chose paraît l'embêter.

— Qu'est-ce qu'il y a ? la questionné-je tout en m'installant devant elle.

— Cela fait deux semaines que nous cohabitons, et je ne sais toujours pratiquement rien de toi, mis à part ton état physique. Tu ne te confies jamais…

J'inspire profondément en observant les rayons du soleil qui se reflètent sur l'eau. Je ne suis pas du genre à m'étaler sur ma personne. Je n'ai pas grandi dans un cadre familial aussi chaleureux que le sien. Pourtant, je commence à me sentir à l'aise parmi ces gens. Je ne l'aurais pas cru au départ. Ces personnes veulent réellement aider les autres et n'attendent strictement rien en retour. Il n'y a qu'Oliver qui garde encore ses distances avec moi. Je ne l'ai pas revu depuis ce fameux dîner durant lequel il n'a cessé de m'étudier. Dean et Jason par contre, surtout Jason, m'ont tout de suite accueilli comme si j'avais toujours été l'un des leurs. Je comprends néanmoins la gêne de l'aîné de la fratrie, il est psychothérapeute après tout, il m'a analysé. Je suis d'ailleurs curieux de savoir ce qu'il a pensé de moi.

— Qu'est-ce que tu voudrais savoir ?

Zoé m'observe un instant, surprise.

— Je peux te poser toutes les questions que je veux ?

J'acquiesce d'un hochement de tête, me déchausse et m'allonge sur le transat.

— Tout ce que tu veux.

La jeune femme fait mine de réfléchir. Je suis néanmoins certain que son esprit bouillonne déjà d'interrogations. J'espère secrètement qu'elle laissera de côté mon bagage militaire.

— Comment étais-tu quand tu étais petit ?

Je ris.

— Un vrai garnement ! Impossible de me faire tenir en place, et cela rendait ma mère complètement folle.

— Parle-moi de ta famille…

La question fatidique. Ma famille…

— J'ai grandi sous le commandement du colonel Jeremiah Walker. Mon enfance n'a pas été une partie de plaisir. Entre les incessants déplacements de mon paternel et les nombreuses dépressions de ma mère, Susan, institutrice dans un quartier défavorisé, mon frère Noah et moi nous sommes pratiquement élevés tout seuls. Ce n'est qu'à la naissance de ma sœur cadette, Arya, que ma mère a pu quitter son emploi, et l'ordre est enfin revenu dans la famille.

— Ton père aussi était dans les Marines ?

— Oui. C'est une tradition familiale. Noah et moi nous sommes engagés en même temps…

Un ange passe.

— Les Texans ont la fibre patriotique, ajouté-je en sortant de mes pensées.

— C'est ce qu'on dit.

Elle m'adresse un sourire réconfortant.

— Et les chevaux, d'où ça te vient ?

— Mon grand-père maternel. Il avait une petite écurie et, avec mon frère, on y passait tous nos week-ends, ainsi que les vacances scolaires. C'était le paradis.

Elle n'est pas dupe, la mélancolie perce dans ma voix.

— Et ils ne te manquent pas ?

En silence, je fixe un point devant moi.

— Je ne leur manque pas, non.

— Tu ne réponds pas vraiment à ma question.

Sans un mot, je me remets sur mes pieds et retire mon tee-shirt. Sous son regard ébahi, je défais mon ceinturon pour ôter jean et chaussettes.

— Si, ils me manquent, mais je ne suis plus le bienvenu chez eux, lui avoué-je finalement en m'avançant vers le bord de l'eau, seulement vêtu de mon boxer.

— Mais qu'est-ce que tu fais ?!

Je ne réponds pas et plonge dans la piscine. Je reste un long moment sous l'eau, là où le silence calme la douleur de mes souvenirs. Le temps semble se suspendre, je peux apercevoir la silhouette de Zoé qui suit ma progression, comme de l'autre côté d'un miroir. Quand je n'ai plus d'air, d'un grand mouvement de bras, je regagne la surface.

— Fais attention à ton épaule ! J'ai bien remarqué que tu n'avais pas ton écharpe en arrivant, me gronde la thérapeute.

— T'inquiète, Doc, je me porte comme un charme.

Je fais quelques longueurs pour le lui prouver. Effectivement, je ne sens presque rien. Aucune douleur !

— C'est normal, tu travailles en apesanteur. S'il te plaît, sors de là avant d'aggraver ton cas.

— Doc...

— Et cesse de m'appeler Doc !

Je plonge sous l'eau pour gagner le rebord où elle se trouve.

— Zoé, rectifié-je. À mon tour de te poser une question... pourquoi posséder cette magnifique piscine au bleu si tentant, alors que je ne t'ai jamais vue l'utiliser ? Enfin, jamais volontairement.

— Très drôle ! Tu as bien dû te marrer quand Jason m'a balancée dans l'eau.

Je hausse les épaules.

— Tu ne le sauras jamais, je sais garder mes émotions pour moi et ne rien laisser paraître, lui révélé-je encore. Quand on grandit dans une famille comme la mienne, on apprend vite à garder pour soi ce que l'on pense réellement.

Elle s'abaisse devant moi et son regard plonge dans le mien. Je m'y perds un instant.

— Tu as de la chance d'avoir un tel entourage, dis-je en approchant mon visage du sien.

— J'en suis consciente.

Sa voix n'est qu'un murmure près de ma bouche.

D'un mouvement vif, j'empoigne ses avant-bras et la balance dans la piscine par-dessus moi. J'entends son cri de surprise, une fraction de seconde avant qu'elle ne se retrouve totalement immergée. Je plonge pour la rejoindre. Ses cheveux forment un halo autour de son visage et elle m'adresse un regard hargneux. Je nage vers elle, toutefois elle me repousse et sort la tête de l'eau.

— Tu n'as quand même pas osé ! rage-t-elle en balayant d'une main ses longs cheveux.

— Tu es dans l'eau, alors si.

Je ne peux m'empêcher de sourire fièrement. Elle s'éloigne de moi et m'éclabousse avant de vouloir gagner l'échelle la plus proche, mais je la retiens au centre du bassin.

— Profite un peu du moment, Doc.

Nouvelle vague d'eau au visage.

Elle marmonne un truc en remuant. Puis elle balance une chaussure hors de la piscine, la seconde la rejoint aussitôt.

— Vous êtes tous des crétins immatures à jeter ainsi les gens à la flotte ! C'est tellement puéril, grommelle-t-elle encore.

Je nage maintenant autour d'elle tandis qu'elle se maintient à la surface par de petits mouvements des bras.

— Ce serait en effet un bon exercice pour ton épaule, quand j'y songe, me confie la physiothérapeute qui revient au galop.

Mais je ne l'écoute pas.

Mon attention est entièrement focalisée sur elle. Son corps fuselé ondule sensuellement sous l'eau, hypnotique. Je n'ai pas fait attention à la couleur immaculée de son débardeur pendant que je lui parlais. Seulement, maintenant, il laisse transparaître un délicat soutien-gorge en dentelle noire. Ses mèches ondulées retombent en désordre sur ses épaules. Je prends plaisir malgré moi à l'observer durant cet instant fugace où elle n'a de contrôle que sur sa respiration.

Doucement, sans gestes brusques, sans que nos regards se quittent, je la fais reculer vers le bord du bassin. Nous sommes dans la partie la plus profonde, aucun de nous ne peut mettre un pied au sol. Nos jambes entrent en contact au moment où le dos de Zoé rencontre la paroi.

Irrésistiblement attiré par son souffle qui s'accélère, faisant osciller sa poitrine de plus en plus vite, je me rapproche encore. D'une main, j'agrippe le béton qui entoure la piscine, et je pose délicatement la seconde à la base de sa gorge. Je sens son cœur battre la chamade contre ma paume.

— Qu'est-ce que tu fais ? chuchote-t-elle.

Nos lèvres se frôlent quand elle prononce ces mots.

— J'essaie de vivre… Repousse-moi, si c'est ce que tu veux…

Je m'apprête à lui laisser le choix en reculant un peu, pour mettre de la distance entre nos corps. Une lueur traverse son regard et elle passe sa main derrière ma nuque avant même que j'aie pu m'éloigner. Sauvagement, nos bouches se rencontrent.

Je me fais violence pour ne pas la plaquer avec force contre la paroi. Ses jambes, que j'ai le loisir d'observer tous les matins durant notre jogging, s'enroulent autour de mes hanches. Elle se stabilise contre mon corps. Nos lèvres ne se détachent plus, nos langues se cherchent. Dans ce baiser, tant de choses semblent se dire sans qu'un seul mot soit échangé.

Enlacés, nous nous laissons couler sous la surface.

Chapitre 12

Zoé

Quand je reviens de ma course matinale, je suis surprise de trouver Josh dans la cuisine. Il discute avec ma mère en l'aidant à préparer le petit-déjeuner. Je range tous mes effets à leur place avec plus de précision que jamais. Depuis vendredi, mon TOC est revenu en force et je n'y peux strictement rien. Je réorganise même l'ordre des chaussures dans le vestibule. Notre hôte me surprend d'un coup d'œil rapide. Sans un mot, je gagne l'étage après avoir déposé ma gourde dans l'évier.

Je peine toujours à reprendre mon souffle alors que je pénètre sous la douche. Je m'y attarde plus longtemps que d'habitude. Mes nerfs sont tendus à l'extrême depuis deux jours. Depuis ce moment passionnel que Josh et moi avons partagé dans la piscine. Dès que je suis prête, je tente de quitter la maison sans me faire remarquer. Malheureusement, Josh m'intercepte sur le perron. Sa main se pose en douceur sur mon bras.

— Dis, est-ce que tout va bien ?

Dès l'instant où je lève la tête, je n'arrive plus à dévier mon regard du sien.

— Oui ! Bien sûr, tout va bien, assuré-je d'une voix étranglée.

Ses sourcils se froncent.

— Tu mens très mal, Doc.

— Ne m'appelle pas… Oh, et puis laisse tomber, soufflé-je en me détournant.

— Ton attitude a quelque chose à voir avec ce qui s'est passé vendredi ?

Il me suit jusqu'au bout de l'allée. Je m'arrête et lui fais face.

— Il ne sait rien passé vendredi, Josh. Rien d'autre qu'un moment d'égarement sans importance.

Mon ton est neutre, et cette fois, je ne laisse rien paraître de l'effort que cela me demande.

— Maintenant, je dois y aller.

Je lui tourne le dos. Comme chaque jour tandis que je gagne mon lieu de travail sans la présence rassurante de mon père à mes côtés, le bruit de mes escarpins me donne le sentiment de résonner en écho derrière moi. Cette impression d'être tout le temps observée ne me quitte jamais quand je marche seule. Elle plane sur moi telle une ombre menaçante. Cela cessera-t-il un jour ? Quand parviendrai-je enfin à me sentir en sécurité dans ma ville ?

Je gagne l'immeuble d'un pas rapide. Ce n'est que lorsque la lourde porte du cabinet se referme sur moi que je respire enfin librement. Eli n'est pas encore arrivée, ce qui m'étonne un peu. Je vais ranger mon sac dans le tiroir qui lui est dédié et rejoins mon bureau. Le calme des lieux me fait un bien fou et je profite d'être seule pour ranger correctement tout ce qui tombe sous mon regard.

— Bonjour !

La voix enjouée de mon amie me fait sursauter quand elle pénètre dans nos locaux, accompagnée de mon père. Concentrée à plier les draps en un rectangle parfait, je marmonne un salut en retour, tandis qu'elle s'installe derrière son bureau. Ce n'est qu'au moment où elle m'apporte ma pile de dossiers de la journée, que je prends conscience d'avoir été totalement dans ma bulle depuis son arrivée.

— Ça n'a pas l'air d'aller, toi, me signale-t-elle en s'adossant au cadre de la porte.

Surprise, je lève les yeux dans sa direction.

— Bien sûr que si, tout va bien.

— Tu es comme Pinocchio ! Tu ne sais pas mentir, se moque mon amie.

Mais qu'est-ce qu'ils ont tous ce matin ?!

— On se fait une petite soirée filles, ce soir ? C'est moi qui invite, et un refus n'est pas envisageable ! m'ordonne-t-elle avant de quitter la pièce.

— Bien, chef !

Il ne me sert à rien de débattre avec Eli quand elle a une idée en tête. J'espère juste que cette soirée ne dégénérera pas comme la dernière !

Les patients s'enchaînent toute la journée. Le lundi est toujours une grosse journée. Pourtant, je ne cesse de repasser mon week-end dans mon esprit. J'ai essayé d'éviter Josh comme je le pouvais, mais en vivant dans la même maison, cela n'avait rien d'évident. Surtout lors de son traitement. Sa peau brûlante sous mes doigts ! Difficile de toujours garder ses distances avec quelqu'un pour qui on ne peut nier avoir une énorme attirance !

Je termine tout juste d'annoter mes derniers dossiers quand Eli me rejoint. Elle me tend mon sac à main avec un franc sourire.

— Allez, ma chérie, Jason est de garde et Dean est au poste. J'ai commandé chinois, donc on doit se remuer un peu !

— Tu penses vraiment à tout, n'est-ce pas ?

— Oui. Une bonne bouteille de rouge nous attend également. J'en profite avant de ne plus pouvoir boire une seule goutte d'alcool, me rappelle-t-elle.

Qu'ai-je bien pu faire pour mériter une meilleure amie aussi fabuleuse ? La seule personne, avec ma famille, qui ne m'ait pas abandonnée aux griffes de Shane.

— Je vais tellement pourrir ton enfant pour te remercier de tout ce que tu fais pour moi, que tu ne voudras plus me voir dans les parages avant sa majorité.

— Jamais ça n'arrivera. Nous deux, c'est pour la vie.

Ses paroles sont un baume pour mon cœur à la dérive.

Nous arrivons devant l'ancienne maison familiale au même moment que le livreur ! Notre repas en main, nous nous débarrassons en riant de nos sacs et nos chaussures. Je tique un instant en observant le salon désordonné, mais ce n'est plus chez moi, ici. Je tente donc de laisser mon obsession de côté.

— Tes frères sont incorrigibles, soupire Eli en devinant mon désarroi.

Elle range quelques affaires qui traînent çà et là. Puis nous nous affalons dans le canapé, après qu'elle ait sorti deux verres et la bouteille de vin. Je sens immédiatement le poids de son regard sur moi.

— Quoi ? la questionné-je, les joues en feu.

Elle m'observe de plus belle, puis plaque une main sur sa bouche en prenant un air effaré.

— Vous avez de nouveau baisé ?!

Son exclamation résonne dans toute la maison et je suis soulagée qu'aucun de mes frères ne soit là.

— Non ! Mais ça ne va pas la tête ?!

— Ta réaction me confirme qu'il s'est passé un truc. Alors raconte, m'ordonne-t-elle en pointant son verre sur moi. Je veux tout savoir !

Grillée comme une débutante !

— On s'est seulement embrassés, rien d'important…

Je prends une gorgée de vin dans l'espoir de me donner un air nonchalant.

— Pour te chambouler à ce point, ce n'était sûrement pas sans importance, me lance-t-elle.

Laissant ma tête partir en arrière sur le sofa, je soupire longuement.

— On était dans la piscine…

— Attends, tu t'es baignée ? m'interrompt mon amie.

— Ce n'est pas non plus tellement inhabituel !

Je dépose mon verre sur la table basse avec humeur tandis que cette traîtresse me dévisage d'un air narquois.

— OK, il m'a fait tomber dans l'eau, ça te va ?

— Ça me semble plus crédible, oui ! Tu n'y vas jamais de ton plein gré, me fait-elle remarquer. Et ensuite…

Un rire gêné m'échappe malgré moi.

— Nous nous sommes retrouvés face à face… Il m'a laissé le choix… et c'est moi qui l'ai attiré.

Je passe mes mains sur mon visage bouillant.

— C'était… Bon sang, Eli, je n'avais encore jamais vécu ça de toute ma vie ! C'était tellement sensuel et érotique !

— Et tu as approfondi les choses ?

Ma meilleure amie est suspendue à mes lèvres, attendant la suite.

— J'ai entendu la porte de la maison claquer et je l'ai repoussé.

Ma mère venait de rentrer. Comme une adolescente pudibonde, j'ai regagné ma chambre en le laissant derrière moi.

Les yeux ronds, Eli me dévisage sans un mot. Puis d'un coup, je reçois son poing dans l'épaule.

— Mais tu es complètement cinglée, ma parole ! Un mec, beau comme un apollon, qui te désire, t'offre un baiser du feu de Dieu, et toi, alors que les choses deviennent sérieuses, tu fuis ?!

— Je ne peux pas… enfin, je ne peux plus avoir ce genre de relation avec lui. C'est mon patient ! lui rappelé-je.

— Il vit sous le même toit que toi, alors c'est plus un coloc qu'un patient ! Tu le veux, oui ou non ?!

Sa question me fait réfléchir un instant. Je n'ai aucune envie de lui répondre. Aussi je décide de me concentrer sur mon plat. Devant mon silence borné, Eli met un film à la télévision et nous laissons passer la soirée sans aborder à nouveau le sujet. Cela me fait un bien fou de ne pas me sentir constamment sur des charbons ardents…

Toutes les deux plongées dans notre film, nous sursautons quand la porte de la maison s'ouvre à la volée ! Mon cœur se calme à la seconde où je reconnais la silhouette de Dean. Eli rigole un bon coup devant ma mine quand la lumière jaillit dans la pièce.

— On ne t'a pas appris à frapper avant d'entrer, marmonné-je à l'encontre de mon frère.

Il m'observe un instant, hilare.

— Eh bien, sœurette, sache que je suis chez moi, ici. Je n'ai pas besoin de m'annoncer.

Un point pour lui. Décidément, je ne suis pas douée pour la repartie, ce soir. Dean disparaît dans le couloir et je reporte mon attention sur Elisabeth.

— Oui, annoncé-je simplement.

— Hein ?!

Je soupire en murmurant à mon amie.

— Oui, je veux Josh.

— J'en étais sûre ! clame-t-elle en se levant comme une furie.

Elle part en courant vers sa chambre et revient presque aussitôt, une petite boîte cartonnée entre les mains. Elle me la balance et je l'attrape au vol. Je fixe tour à tour le paquet, puis mon amie.

— Une boîte de capotes ?

— Jason et moi n'en avons plus vraiment grande utilité, et ce, depuis un moment. Autant qu'ils profitent à quelqu'un d'autre, glousse-t-elle.

— Tu es complètement cinglée, tu le sais ?!

— C'est pour cette raison que ton frère m'aime.

Je regarde l'heure en riant avec elle, avant de me lever précipitamment. Je dois rentrer… en fait, non, je *veux* rentrer. Je jette la boîte de préservatifs dans mon sac et enfile mes chaussures.

— Attends, tu ne peux pas rentrer seule ! me rappelle Eli.

Je la regarde sans rien dire.

— Dean ! hurle-t-elle.

La tête de mon frère apparaît dans le salon.

— Raccompagne Zoé, tu veux bien ?

Je soupire en les observant tous les deux.

— Je peux très bien retourner chez moi toute…

— Non. Je te ramène, me coupe mon frère en saisissant ses clés de voiture.

Je ne les contredis pas. Depuis mon retour dans ma ville natale, ils me surprotègent tous. Néanmoins, je ne peux les blâmer de vouloir veiller sur moi. Vu l'état dans lequel je suis revenue, je peux les comprendre.

Mon frère me raccompagne en voiture, alors que nous habitons dans la même rue. Dean est peut-être le plus jeune de la famille, mais il a à cœur notre bien-être.

Il m'escorte ensuite jusqu'à la porte de la maison.

— Merci, dis-je en le serrant dans mes bras.

Il me rend mon étreinte.

— Bonne nuit, Zoé.

— Bonne nuit, Dean.

La demeure est plongée dans l'obscurité. Il est rare que je rentre si tard et mes parents dorment déjà. Sur la pointe des pieds, je gagne la cuisine pour me servir un verre d'eau. Dans la faible lueur de la lune et celle des lumières dans la piscine, j'étouffe un hurlement en découvrant la silhouette de Josh, adossé au comptoir près de la porte vitrée qui donne sur la terrasse. Ses yeux brillent quand il les pose sur moi.

— Tu rentres tard.

Je l'observe en prenant une gorgée de mon verre.

— Soirée filles. Eli avait besoin de distractions.

— J'espère que tu n'as pas abusé des bonnes choses.

Sa voix grave fait monter la chaleur d'un cran dans la pièce, je sens mon corps s'enflammer. Les images de notre rencontre resurgissent dans mon esprit. Pourtant, il me semble que nous n'avons plus rien à voir avec les deux personnes que nous étions ce soir-là.

— La nuit n'est pas terminée, soufflé-je.

Il me détaille avec hésitation et passe finalement tout près de moi, avant de gagner la véranda. À l'instant de franchir le seuil, je peux le voir me jeter un coup d'œil. Puis il disparaît dans l'obscurité. Je tends l'oreille, et pour la première fois, je n'entends pas le son du verrou ni celui de la chaise longue qu'il place d'habitude devant la porte. Mon cœur bat la chamade, je vide mon verre d'eau d'un trait, et mon sac toujours sur l'épaule, j'avance vers le panneau de bois qui donne sur ses quartiers. J'hésite un instant, une main sur la poignée, puis ouvre doucement.

Maintenant torse nu, il se tient debout face à l'une des baies vitrées. Il observe la cour et je me rapproche de lui, guidée par le halo lunaire qui nimbe sa silhouette. Je laisse tomber mon sac sur le matelas pour poser mes mains dans son dos. Je ferme les yeux un moment, savourant la chaleur de sa peau qui irradie sous mes doigts.

— Tu comptes fuir de nouveau ? murmure-t-il avant de faire volte-face et de saisir mes poignets pour me coller contre lui.

— Non…

Ce simple mot suffit à tout embraser.

Deux longues journées que je refrène mon envie de succomber de nouveau entre ses bras, et ce contact est comme une onde de choc. Il se penche sur moi, ses lèvres trouvent les miennes. Le geste est si sensuel que tout mon corps vibre contre son torse aux muscles ciselés. Je perds un à un chacun de mes repères, comme si je ne savais plus où ni qui je suis. Il me lâche les mains pour passer mon haut au-dessus de ma tête. Ses yeux posés sur moi ont cette même lueur bestiale qui les animait dans le bar, le soir de notre rencontre. Je frissonne sous les braises de son regard. Tout en lui hurle son désir. Mes paumes descendent jusqu'à son ceinturon que je défais lentement avant de faire glisser son jean sur ses hanches. Je peux sentir les muscles de son bas-ventre se contracter et son souffle se coupe un court instant.

Après m'avoir délestée de mon soutien-gorge, il mordille avidement l'un de mes seins. Le visage enfoui dans son cou, j'étouffe un gémissement de plaisir. Je suis à fleur de peau depuis notre baiser de vendredi. En fait, je brûle de ce contact depuis l'instant où il est entré dans mon bureau pour la première fois. Tout ce désir inassouvi commençait à me faire perdre la tête. Sous ses doigts agiles, ma jupe et ma culotte tombent sur le plancher. Avec une douceur dont je ne l'aurais jamais cru capable, il m'allonge sur le matelas. Son corps recouvre le mien, je me sens tout à coup si fragile entre ses bras.

— Tu es certaine de ce que tu fais ? chuchote-t-il encore contre mes lèvres.

— Plus que certaine.

Je l'attire à moi. Mes ongles parcourent son dos musclé, la chaleur de sa peau contre la mienne m'électrise. Puis ses lèvres aventurières suivent un chemin imaginaire sur mon corps et j'étouffe avec peine les soupirs que chacun de ses baisers provoque. Il descend de plus en plus bas, jusqu'à atteindre la partie de moi qui le désire plus que tout. Un cri m'échappe, et cette fois, c'est lui qui vient poser sa main sur mon visage pour l'étouffer. Les sensations qu'il me procure sont divines, et je ne peux m'empêcher d'onduler des hanches sous les caresses de sa bouche. Il est totalement maître de moi.

— Chut… Tes parents dorment…

J'entends un sourire joueur dans sa voix, et cette facette de sa personnalité que je découvre me charme plus encore. Je tends le bras vers mon sac et attrape la boîte de préservatifs. Dans mon empressement à l'en extirper, elle tombe sur la tête de Josh, qui la ramasse.

— Toute une boîte ?

Son regard taquin, braqué sur moi, me fait rire.

— Mieux vaut prévenir que guérir, fanfaronné-je tout en l'ouvrant.

Il m'embrasse avec une voracité nouvelle.

— Tu as raison, acquiesce-t-il en retirant son boxer. J'attends ce moment depuis que je t'ai regardée sortir de la piscine, complètement trempée.

Il chuchote ces mots, qui prennent une tout autre tournure maintenant que s'il me les avait dits ce matin. L'onde de désir monte de plus belle en moi. Glissant une main entre nous, je parcours son torse jusqu'à son érection. Malicieuse, je réalise quelques va-et-vient sur son sexe. Il étouffe un grognement dans mon cou et me laisse lui enfiler le préservatif.

Lorsqu'il me pénètre lentement, mon cri de plaisir se perd dans sa bouche.

Cela n'a rien à voir avec notre première fois. Aujourd'hui, Josh prend tout son temps pour faire monter le désir en moi, en nous. Aucun de nous n'est pressé de faire fuir ses démons. J'ai l'impression incroyable de me tenir au bord d'un gouffre sans fond, attendant qu'un souffle de vent nous projette dans le vide. La sensation ne fait que s'amplifier sous les coups de reins de cet homme qui est entré par effraction dans ma vie alors que je m'y attendais le moins. Il fait preuve d'une patience et d'une douceur sans nom pour nous faire vivre pleinement l'un et l'autre cet instant magique avant la chute. Le plaisir monte crescendo dans tout mon être. Nos respirations se font de plus en plus haletantes et, dans une parfaite osmose, nos corps se cambrent l'un contre l'autre quand vient la délivrance. Josh m'offre un baiser, avide de plus… avide de vie.

Après l'orgasme fulgurant qui vient de nous emporter, je reste silencieuse, ma tête bien calée sur le torse en sueur de mon amant. Cette étreinte ne ressemblait en rien à ce que nous avons déjà partagé. C'était tellement plus qu'un simple échange physique que je peine à trouver les mots qui pourraient décrire ce que nous venons de vivre. Je flotte sur un nuage de bien-être. Un sentiment que je n'avais plus ressenti depuis longtemps… Nos souffles s'apaisent peu à peu, les battements de son cœur résonnent à mon oreille et je ferme les yeux après avoir obtenu un dernier baiser.

Ce n'est que lorsque la faible lueur de l'aube vient caresser nos corps endormis que je le quitte. Je ramasse mes vêtements, m'attarde un instant à regarder cet homme plongé dans l'oubli du sommeil, cet homme si fort et si fragile à la fois, avant de sortir silencieusement de la véranda.

Chapitre 13

Josh

Collée contre mon flanc droit, je sens Zoé sombrer paisiblement dans les bras de Morphée. Je ne me lasse pas d'observer le profil de son joli visage. Est-ce que nous avons commis une nouvelle erreur ? Peut-être. L'avenir nous le dira, mais pour l'heure, je savoure ce rare instant de tranquillité. Depuis vendredi, tout ce désir refoulé planait comme une épée de Damoclès au-dessus de nos têtes. Et j'espère qu'aucun de nous deux ne regrettera d'avoir cédé à la tentation.

Cette fois, j'ai pris le temps. Le temps d'admirer son corps, d'en goûter chaque parcelle. J'ai plongé mon regard dans le sien au moment où la jouissance l'a parcourue tout entière. Elle s'est totalement abandonnée à moi, alors que je ne l'imaginais pas capable de céder le contrôle à quiconque, et sur quoi que ce soit. Pourtant, elle l'a fait ce soir. Je me demande seulement si c'était pour se laisser aller entièrement au plaisir ou parce qu'elle a un tant soit peu confiance en moi…

Je n'ai pas eu conscience de fermer les yeux. C'est un léger grincement du parquet qui me tire de mon sommeil. J'entrevois Zoé qui ramasse ses vêtements et quitte la pièce, à peine vêtue de ses sous-vêtements. Va-t-elle à nouveau tenter d'instaurer de la distance entre nous, comme après l'épisode de la piscine ?

Malgré notre fin de soirée mouvementée, je ne me suis pas senti aussi reposé depuis des années. Aucun de mes démons n'est venu hanter ma nuit. Comme si Zoé avait fait barrage entre eux et moi. Le seul moyen que j'avais trouvé pour les faire taire jusqu'ici était l'alcool, de temps à autre et sans réel succès. Alors que, cette nuit, rien n'a perturbé mon sommeil.

J'entends des pas à l'étage. Zoé doit sans doute se préparer pour aller courir. Cette fille est réglée comme une horloge, le matin. Jogging, petit-déjeuner, douche, travail. Je n'ai pas encore osé lui demander d'où lui venait son obsession pour l'ordre. Ce n'est pas toujours présent, ce qui me laisse à penser que c'est relativement récent. La porte d'entrée s'ouvre et se referme, alors que je suis toujours plongé dans mes questionnements.

Je me lève d'un bond et enfile des vêtements avant de gagner la cuisine. Je bois un grand verre d'eau et quitte la maison à mon tour. Comme je ne vois Zoé nulle part, je m'élance sur son parcours habituel. Il ne me faut pas plus de quelques minutes pour l'apercevoir au loin. Sa queue-de-cheval se balance au rythme de sa foulée régulière. Malgré une gêne nouvelle à mon épaule, je la rattrape. Elle n'est plus surprise quand je me joins à elle maintenant. J'ai même commencé à apprécier le fait de courir en tandem, ce qui me surprend moi-même.

— Tu comptais t'éclipser en douce une fois de plus et m'éviter pour la suite de notre vie ? l'interrogé-je en guise de salutation.

Je sais qu'elle m'a entendu, car elle me lance un regard en coin avant de ralentir et passer à la marche. Elle retire ses écouteurs, et finalement, s'arrête. Sa musique ne fonctionnait même pas !

— J'ai l'air de quelqu'un qui cherche à t'éviter ?

— Ta façon de filer à l'Anglaise tout à l'heure me pousse à croire que oui. Que tu regrettes peut-être ce qui s'est passé hier soir.

Elle replace une mèche rebelle et me fixe droit dans les yeux, les poings sur les hanches.

— Je suis allée te rejoindre dans ta chambre de mon plein gré, Josh, et ce n'était certainement pas pour jouer au scrabble, m'informe-t-elle.

Effectivement, bien qu'il y ait eu matière à imaginer nombre de mots intéressants, songé-je.

— Je ne suis que de passage, Zoé, pourt…

— Oh bon sang, je ne t'ai pas demandé de m'épouser, Josh ! s'exclame-t-elle en me coupant la parole alors que je tente de lui expliquer quelque chose d'important. Était-ce si différent du soir de notre rencontre ?

— Totalement. C'était totalement différent, et tu le sais aussi bien que moi.

Jamais je n'ai été en symbiose avec une femme de cette façon auparavant. Même quand on se cherche des histoires, on est sur la même longueur d'onde ! Alors qu'elle semblait si mal à l'aise en ma présence quand nous nous sommes revus.

Du haut de son – presque – mètre soixante, Zoé me fixe avec hésitation.

Et puis, merde !

Je passe une main derrière sa hanche et la plaque contre moi. Nos corps se rencontrent brutalement quand je pose mes lèvres avides sur les siennes. La jeune femme glisse ses doigts le long de ma nuque et se met sur la pointe des pieds pour approfondir notre baiser. L'intensité de la chaleur environnante augmente soudain d'un cran. Une paume dans son dos, l'autre sur sa joue, je la rapproche encore de moi. Ce n'est que lorsque nous sommes tous deux à bout de souffle que je la laisse s'éloigner un peu. Elle colle son front à mon torse et soupire.

— Tu as raison, souffle-t-elle en tirant légèrement sur le bas de mon tee-shirt. Mais j'ignore comment gérer ce… *truc.*

Elle fait aller et venir sa main entre nous pour me montrer de quoi elle parle.

— Regarde-moi, l'imploré-je.

Quand elle relève la tête, je peux voir dans ses yeux à quel point elle est perdue. Aussi perdue que je le suis moi-même.

— Tu sais, je n'ai rien ni personne qui m'attend ailleurs… c'est ce que je tentais de te dire tout à l'heure.

— Et tu pourrais songer à rester, si ça devenait sérieux ? chuchote-t-elle.

Rien n'aurait pu m'empêcher d'acquiescer à sa question.

— On peut se donner une chance. Qui sait, ce n'était peut-être pas simplement un coup d'un soir… enfin deux, ironisé-je d'un ton nonchalant pour détendre l'atmosphère.

— Très drôle, Josh.

Elle me vole un baiser avant de reprendre sa course. Je l'observe un moment, la laissant me distancer. Décidément, elle est vraiment splendide. *Merde, je vais finir comme Cole*, pensé-je avant de la rattraper.

Nous regagnons sa maison dans un dernier sprint, et chacun de nous part sous la douche. Le boulot nous attend. Nous passons rapidement par la cuisine où Caitlin s'affaire à nettoyer le comptoir. Quelques croissants reposent dans une assiette. Cette routine s'est vite installée pour moi aussi. Cela faisait longtemps que je n'avais pas eu un horaire à suivre et des tâches nettes et précises à accomplir. C'est un peu comme avoir une vie normale. Enfin... presque normale dans mon cas. Et je pourrais sérieusement me laisser aller à aimer cette existence. Il me faut juste du temps pour panser les plaies encore béantes qui croisent dans mon sillage.

Je quitte Malcolm et Zoé au moment où nous passons ensemble devant la boutique de Marie. Zoé me regarde une seconde par-dessus son épaule et me sourit, triomphante. Elle a enfin obtenu que je porte mon écharpe !

C'est moi qui devais faire l'ouverture aujourd'hui, aussi suis-je surpris de trouver Marie déjà attablée à son travail artisanal.

— Bonjour Marie. Je croyais que je serais seul, ce matin, la salué-je.

— Voilà ce que j'ai oublié de faire ! Je voulais t'appeler hier soir pour te dire de ne pas te presser. Ma mémoire me joue des tours.

Je souris à la petite dame avec bienveillance avant de passer derrière le comptoir pour allumer la caisse enregistreuse désuète. Cette ambiance de travail, un peu rétro et vieillotte, me plaît de plus en plus. Et puis, on ne peut pas dire que je sois bousculé, je ne m'occupe que du rangement et des rares clients qui passent. Depuis mon retour dans le monde civil, je n'ai jamais eu un boulot qui me permettait ainsi de faire le point sur certains aspects de ma vie. Ici, tout est paisible, et loin du stress d'un emploi sur un ranch.

J'ai été très surpris par ma première paie[4]. Marie m'a remis un matin une enveloppe pleine de billets. Elle m'avait pourtant annoncé lors de mon embauche que le salaire ne serait pas faramineux. Or, ce

---

4   Au Canada, les salaires sont réglés tous les 15 jours, voire à la semaine, quand il s'agit de travail d'appoint.

qu'elle me donne est largement au-dessus de ce que m'aurait rapporté tout autre travail à la hauteur de mes maigres capacités.

Quand je m'en suis étonné devant Malcom, celui-ci m'a informé de la situation un peu particulière de Marie Howard. Et j'ai mieux compris… Elle est la dernière descendante d'une des plus anciennes fortunes de la région. Son époux est mort il y a de cela dix ans, et depuis tout ce temps, l'annonce d'embauche est restée dans la vitrine de l'échoppe. Les postulants n'ont jamais manqué d'affluer, mais ni lui ni moi ne comprenons pourquoi c'est moi qu'elle a tout à coup décidé d'engager.

Aujourd'hui, je me suis donné pour mission de dégager un peu les lieux en déplaçant quelques meubles vers des endroits plus stratégiques. En fin de journée, forcément, mon épaule m'élance. Je l'ai sans doute trop sollicitée. Ce n'est pas comme si j'allais garder mon écharpe une fois le seuil de la boutique franchi, et Zoé le savait très bien. Mais au moins, l'espace de vente est plus aéré maintenant !

— À demain, fiston, me salue Marie après s'être extasiée devant la surface que j'ai pu libérer.

— Bonne soirée.

Je jette un coup d'œil à l'heure avant de quitter la boutique. Malcom et Zoé vont bientôt avoir fini leur journée, eux aussi. Je décide donc d'aller les attendre devant le bâtiment qui abrite le cabinet Andrews. Je m'installe sur le banc contre la façade pour observer les alentours. Un homme d'aspect somme toute assez commun est assis sur le même banc, de l'autre côté de la rue. Il me dévisage un instant avant de se lever et de disparaître au volant d'une voiture bleu foncé. Malgré un malaise surprenant et une impression de déjà-vu, je ne m'attarde pas sur la scène, car la voix d'Eli résonne derrière moi.

— Josh ! Ça fait plaisir de te voir, s'exclame la meilleure amie de Zoé en m'étreignant.

Je ne suis pas habitué à tant d'effusion et cela m'embarrasse encore un peu. Néanmoins, sans paraître remarquer mon trouble, Eli me serre un peu plus fort contre elle, ce qui me force à me pencher en avant.

— Je sais tout, d'accord ?! Zoé ne me cache rien. Alors, sache que si tu la blesses, de quelque façon que ce soit, j'ai le pouvoir de me débarrasser très facilement d'un corps, me glisse-t-elle à l'oreille alors que Malcom et sa fille nous rejoignent.

Je me redresse et observe avec incrédulité la jeune femme qui vient de me menacer. Rien ne transparaît sur son joli visage rayonnant. Elle m'offre un sourire radieux, avant de lancer à la cantonade :

— C'est à croire que Zoé te garde enfermé à la maison !

— Ne dis pas de bêtise, la rabroue son amie. Il bosse, lui aussi.

Ma physiothérapeute me détaille en fronçant les sourcils.

— Où est ton écharpe ? me questionne-t-elle.

Un peu gêné, je la sors de la poche arrière de mon jean.

— Elle est très utile là-dedans, cela va sans dire...

Un pick-up argenté se gare juste devant nous.

— Mon chauffeur est arrivé ! s'écrit Elisabeth. À demain !

Puis elle disparaît avec Jason. *De toute la bande, c'est sans doute elle, la plus terrifiante*, me dis-je en réprimant un frisson.

Zoé et moi suivons Malcolm, qui marche quelques pas devant nous, en devisant tranquillement. Nos bras se frôlent de temps à autre, néanmoins je comprends qu'elle tente encore de garder une certaine distance devant son père.

Le repas du soir est déjà en cours de réalisation quand nous franchissons le seuil de la maison. Une bonne odeur de ragoût plane dans l'entrée. Ma compagne m'abandonne pour aller changer de vêtements et se détendre un peu sur la terrasse extérieure, comme à son habitude avant que nous passions à table. Je consacre ma fin d'après-midi à discuter avec Malcolm des différents engagements militaires de nos deux pays dans le monde. J'ai désormais l'incroyable impression de faire partie de cette famille. Être accueilli quelque part et accepté ainsi, sans condition, ne m'était plus arrivé depuis mon engagement dans les Marines.

— Drogo a été insupportable, cette nuit, annonce Malcom durant le dîner, entre deux bouchées. J'ignore ce qui l'a énervé à ce point.

Je jette un œil à Zoé qui a cessé tout mouvement.

— Je n'ai rien entendu, m'étonné-je avec la plus grande innocence, pourtant j'ai le sommeil léger.

Le père interroge sa fille du regard.

— Moi non plus. Cela venait peut-être de dehors… hasarde-t-elle.

Caitlin intervient alors et sauve la situation.

— Malcom, tu ronfles comme une locomotive ! Tu t'es sans doute réveillé toi-même, mon chéri.

Zoé laisse un éclat de rire libérateur franchir ses lèvres. Je peine à ne pas me joindre à elle, autant de soulagement que devant la mine déconfite de ce pauvre Malcolm.

À la fin du repas, j'aide Caitlin à placer les couverts dans le lave-vaisselle quand Zoé s'approche de nous.

— Viens, j'aimerais regarder cette épaule. J'ai bien vu que tu la ménages depuis que nous sommes rentrés…

Comment perçoit-elle tous ces détails ?! J'ai pourtant tenté d'être discret. Je grogne dans ma barbe pour la forme avant de la suivre à l'étage. Cette fois, je n'attends pas qu'elle me tende l'une de ses affreuses blouses bleues, je me déshabille directement, ne gardant que mon boxer. Après tout, qu'est-ce que cela peut bien changer ?

— Sérieusement, Josh ?!

— Tu ne te plaignais pas de la vue, hier, badiné-je avant de m'allonger sur le lit d'examen.

Comme toujours, elle commence par travailler sur mon bassin et quelques parties de mon abdomen. Cette fois par contre, je ne peux réprimer un début d'érection lorsque ses mains parcourent mon corps. Je ne manque pas de voir son sourire moqueur, qui disparaît dès l'instant où elle s'intéresse à mon épaule.

— Bon sang, quand vas-tu comprendre que l'inflammation va revenir chaque fois que tu la surmènes ?! s'exaspère-t-elle au bout de quelques minutes.

— J'ai juste un peu trop forcé la dose, aujourd'hui. Je devais déplacer quelques trucs dans la boutique, grogné-je alors qu'elle s'attarde sur un point particulièrement sensible.

Ce soir, elle s'éternise sur les soins de mon épaule. Et finalement, je lui en suis reconnaissant, car en vérité, elle me faisait un mal de chien !

— Tu peux te rhabiller, m'annonce-t-elle enfin en se relevant de son banc.

J'enfile mon jean et m'assure que la porte est bien fermée, avant de m'approcher silencieusement dans le dos de Zoé. Je pose mes mains sur ses hanches et la retourne vers moi. Notre différence de taille la force à lever la tête pour me regarder dans les yeux. Une lueur de désir semble y naître quand elle m'attire à elle.

Je la soulève et la dépose sur son bureau, faisant voler tous les papiers sur le sol de la pièce. Elle étouffe un gémissement de surprise contre ma bouche. Mon cœur bat la chamade dans ma poitrine. Et pour la première fois depuis des années, il bat pour autre chose que les fantômes du désert...

Chapitre 14

Zoé

Août s'installe en douceur sur *Black Valley*, dans une ambiance qui, elle, est loin d'être aussi paisible.

Voilà un mois déjà que j'ai fait la connaissance de Josh. Notre *partenariat*, à défaut de pouvoir officiellement parler de véritable relation puisque je m'obstine encore à la cacher à mon entourage, dure depuis maintenant deux semaines. D'accord, je n'ai pas su berner Elisabeth plus d'une demi-journée, cela va sans dire. Pour elle, c'était comme si j'avais porté un écriteau luminescent au-dessus de la tête ! Et puis, mon attitude lorsque j'ai quitté son salon cette nuit-là ne laissait guère de place au doute…

Voilà un mois déjà que j'ai tout chamboulé dans ma vie en posant les yeux sur lui dans ce bar. Je n'arrive pas encore à savoir si c'était une bonne chose, mais il est clair que j'aime de plus en plus chaque instant que je vis si intensément avec Josh.

— Salut, résonne sa voix grave derrière moi.

Il me rejoint tous les matins pour que nous courions ensemble, même si je lui déconseille toujours ce genre d'exercice à cause de son épaule. Il n'en fait qu'à sa tête. Je me demande parfois comment il a pu obéir aux ordres de ses supérieurs quand il était militaire. Cela dépasse mon entendement ! Avec moi, c'est une vraie tête de cochon ! Je le soupçonne aussi d'aimer me contrarier, ce qui a le don de m'agacer prodigieusement.

— Bien dormi ?

Ma question peut paraître anodine, mais pour avoir passé quelques nuits avec lui dans la véranda, je sais combien il a le sommeil agité. Le léger sourire en coin qui apparaît sur son visage quand il me jette un coup d'œil en biais me fait rougir, et cela n'a rien à voir avec l'effort de la course !

— Très bien. Et c'est en partie grâce à toi.

Je m'empourpre plus encore et accélère l'allure. Je ne suis pas prude, toutefois son insinuation sur la nuit dernière, que nous avons encore passée ensemble, et son regard brillant me font monter le rouge aux joues.

Il me rattrape sans mal.

— Je ne comprends pas pourquoi tu t'entêtes à ne rien dire à tes parents. Tu n'aurais plus besoin de quitter la véranda sur la pointe des pieds, à l'aube.

Je sais qu'il a raison, mais comment lui avouer que j'ignore toujours où nous en sommes réellement tous les deux ? Et que ne pas pouvoir mettre un nom sur notre situation me gêne ! Je n'avais encore eu aucune véritable relation depuis mon divorce et mon retour ici.

— Josh, je… je ne sais quel terme utiliser pour décrire ce que nous…

— Des amants ? me coupe-t-il.

Un rire nerveux m'échappe.

— Bien sûr. *Au fait, Papa, Maman, Josh et moi sommes amants, j'espère que cela vous convient !* Tu imagines leur réaction ?

— Zoé, tu as vingt-neuf ans, tu n'es plus une gamine ! Et puis, tu es chez toi ici. Et malgré tout le respect que j'ai pour tes parents, cela n'a pas à leur convenir ou non…

Il marque un point, je ne peux que le lui accorder, seulement il ignore tout de mon passé avec Shane. Je ne lui ai encore rien dit sur cet aspect de ma vie. C'est ma famille qui a réparé les dégâts causés par mon ex-mari. Dans l'esprit de mon père, j'imagine que le fait de ne plus être une enfant ne s'applique pas vraiment.

— Tu n'as qu'à leur dire qu'on est en couple, si tu préfères.

Je stoppe net ma course et il fait de même, surpris par mon brusque arrêt. Je me masse la nuque un instant.

— Mais pourquoi tiens-tu tant à ce que je le dise à ma famille ?

Cela fait plusieurs jours que nous en discutons sans que je parvienne à lui faire avouer la raison pour laquelle il refuse de lâcher le morceau. Il laisse son regard errer sur le parc qui se trouve un peu plus loin.

— Je déteste mentir à tes parents, Zoé. Ils… vous m'avez accueilli sans aucun jugement et m'avez donné une chance d'établir un lien avec chacun des membres de votre famille, m'explique-t-il. Nulle part ailleurs, je n'ai trouvé la stabilité que tu m'offres… que *vous* m'offrez. Cette situation de non-dits me met mal à l'aise.

C'est très déconcertant de voir cet homme tellement puissant aussi démuni face à moi. J'ai un pincement au cœur en appréhendant cette nouvelle facette de lui, si fragile. Comment ne pas accéder à sa demande ?

— D'accord ! On leur en parlera durant le week-end, si tu y tiens vraiment. Mais tu sais que c'est la première fois que je rencontre un homme qui tienne autant à dévoiler sa liaison. Habituellement, c'est le rôle de la fille dans les films.

— On n'est pas dans une comédie romantique, Zoé. Et puis, j'ai envie de vivre au grand jour, ce qu'il y a entre nous n'est pas une liaison secrète, mais une relation, me corrige-t-il.

Je reprends notre parcours.

— Si tu le dis !

— Je l'affirme haut et fort, insiste-t-il en me doublant.

J'accélère l'allure pour le rattraper. *Quel gamin parfois, ce type !*

Je suis seule au cabinet aujourd'hui. Mon père consulte à domicile et, en début de semaine, il a demandé à Eli de l'accompagner. Elle a préparé mon planning en conséquence. Je me retrouve avec une bordée de patients en rééducation postopératoire. Pour avoir travaillé dans un hôpital à Calgary, puis à celui de *Black Valley* pendant quelques semaines quand j'y suis revenue, cela me rappelle de bons souvenirs.

Lors de ma pause-déjeuner, je repense à ce qui se construit peu à peu entre Josh et moi. J'ai vraiment cru au départ que c'était une mauvaise idée. Pourtant, c'est moi qui ai allumé la mèche. Et désormais, je ne veux clairement plus l'éteindre…

J'ai pu remarquer durant ces semaines de cohabitation qu'il est encore instable. Mais j'imagine que c'est normal, après les horreurs qu'il a dû voir en mission. Il est parfois pleinement présent avec moi, puis l'instant suivant, il semble perdu dans une sorte de brouillard et son regard se charge de ténèbres. Il ne me parle jamais de ce qui lui passe alors par la tête, comme je ne lui ai jamais parlé de Shane. Nous avons chacun nos secrets, et nous sommes l'un comme l'autre encore peu disposés à les partager.

Je ne sais pas non plus que penser de mes sentiments confus envers lui. Je me sens bien en sa présence, ce qui ne m'était pas arrivé depuis longtemps. Il faut dire que je n'ai pas non plus cherché à multiplier les sorties, depuis ma séparation. Mais d'un autre côté, j'ai peur que ses démons ne fassent resurgir les miens. Et c'est la dernière chose que je souhaite. Cela fait un peu plus d'un an que je suis sortie de l'enfer et je n'y retournerai pour rien au monde.

La lourde porte du cabinet claque derrière mon prochain rendez-vous, ce qui me tire de mes pensées. Je me lève et gagne la salle d'attente, où je découvre deux personnes. Mon patient et un inconnu d'une trentaine d'années, portant des petites lunettes carrées et dont l'allure jeune et athlétique détonne avec celle de mes clients de la journée.

— Bonjour ! Monsieur Brooks, vous pouvez passer dans mon bureau, annoncé-je à mon patient, qui s'exécute péniblement à l'aide de sa canne.

Je passe derrière l'espace de travail d'Elisabeth et souris à l'autre homme.

— Vous accompagnez Monsieur Brooks, peut-être ?

— Non. Mon orthopédiste m'a recommandé de faire de la physiothérapie pour mon genou gauche. J'ai pris un mauvais coup en jouant au foot et les muscles ou les ligaments… en fait, j'ignore le terme exact qu'il a employé, s'excuse-t-il en riant. Bref, je cherche un bon physiothérapeute et vous m'avez été chaudement recommandée.

— Je suis vraiment navrée, mais je ne prends plus de nouveau patient, Monsieur. Je suis la seule praticienne du cabinet, vous comprendrez que…

L'inconnu me coupe aussitôt la parole.

— Oui, bien sûr. Vous devez être surchargée de travail.

— Je peux néanmoins vous recommander à un confrère, si vous le souhaitez ? lui proposé-je.

Mais il s'éloigne vers la porte en boitant. *De la mauvaise jambe*, remarqué-je avec surprise tandis qu'un long frisson désagréable parcourt mon échine.

— C'est très aimable, mais je trouverai bien. Bonne journée.

Le battant se referme derrière lui et je reste un moment tétanisée, à fixer l'endroit où se tenait l'étrange individu quelques secondes plus tôt.

— Tout va bien, Zoé ? me questionne Charles Brooks.

Je chasse mes pensées paranoïaques et me tourne en souriant vers le brave homme. Impossible d'instaurer la distance du « Mademoiselle Andrews » avec un patient qui vous a vue courir en couche-culotte au milieu de vos frères.

— Oui, Charles, tout va bien. Vous n'avez toujours pas découpé votre canne en rondelles à ce que je vois, ironisé-je en gagnant mon bureau.

— Une physiothérapeute sadique m'a interdit de le faire… et ma femme aussi.

Je ris de bon cœur en songeant que tout serait plus simple si mes patients m'écoutaient tous aussi bien que lui !

Il est beaucoup plus tard que je ne le pensais quand je termine de remplir mes dossiers du jour. J'étouffe un bâillement en m'apprêtant à les ranger dans l'immense classeur suspendu de l'accueil. Le désordre inimaginable qui y règne me stoppe immédiatement. Comment Eli parvient-elle à s'y retrouver avec un tel bazar ? Je n'ai soudain plus qu'une envie, tout replacer comme il se doit. Je me fais toutefois violence, refusant de céder à mes pulsions. Depuis quelques jours, mon TOC ne fait plus que rarement surface, ce qui me permet de lui tenir tête.

Je dépose fermement les dossiers à classer sur le bureau de mon assistante, charge à elle de les ranger à son retour.

Installée à ma table de travail, je consulte mon agenda pour la semaine prochaine. Pour moi, le week-end commence demain. Mon regard s'arrête un instant sur la date du jour. Jeudi trois août… Je fronce les sourcils, quelque chose m'échappe. Puis je me lève d'un bond, et mon agenda finit à mes pieds dans un bruit sourd.

Merde.

Merde.

Merde !

Je décroche rapidement le combiné sur mon bureau et compose le numéro de mon frère. Jason répond à la troisième sonnerie.

— Allo ?

— Tu peux venir me prendre au cabinet ? Je dois aller quelque part.

— J'arrive tout de suite.

Mon ton paniqué semble l'avoir inquiété et je m'en veux immédiatement. Je déteste lui mettre les nerfs à fleur de peau, pourtant je ne peux pas rentrer à la maison dans l'état où je me trouve. Je passe dans le bureau de mon père et saisis son bloc d'ordonnances de tests sanguins. Je passe les cases en revue et coche celles qui me seront utiles. Je ne suis pas très fière quand j'appose une réplique parfaite de sa signature en bas de la page avant de l'arracher. Aux grands maux, les grands remèdes, je ne demande rien d'illégal après tout !

Puis je me mets à tourner en rond dans la salle d'attente. Je suis terrorisée. Je sursaute quand Jason passe la porte tel un ouragan, cherchant le danger dans chaque recoin de la pièce.

— Qu'est-ce qui se passe ?

Son souffle est erratique, comme s'il avait couru pour me rejoindre. Je prends mon sac pour y enfouir la feuille que j'ai toujours dans les mains, et laissant le cabinet en désordre derrière moi pour la première fois depuis mon installation, je l'entraîne dans la cage d'escalier. Je ferme tout sur mon passage et nous gagnons son pick-up dont le moteur tourne encore, garé sur le trottoir devant le bâtiment. Une silhouette qui me semble familière capte un instant mon attention avant de disparaître à l'angle d'une ruelle toute proche. Mais enfin, que m'arrive-t-il ?!

— Je dois aller à l'hôpital, s'il te plaît.

Mon simple murmure plane dans l'habitacle silencieux. Mon frère me dévisage un instant, peut-être à la recherche d'une éventuelle trace de coups.

— Jason, je t'en prie, ne me pose pas de questions.

— D'accord, acquiesce-t-il malgré son inquiétude de plus en plus évidente.

Il fait marche arrière, avant de prendre la direction du centre hospitalier. Je n'ai pas vraiment fait attention à l'heure jusqu'ici. Le tableau de bord affiche dix-neuf heures. La route me paraît interminable et mes doigts tremblent tellement que je finis par les crisper sur mon sac. Mes pensées partent dans tous les sens, la nausée m'empêche de respirer.

— Calme-toi, Zoé, intervient mon frère d'un ton apaisant.

Je n'y arrive pas. La panique ne cesse d'enfler en moi. Dès que le pick-up est au point mort sur le parking, j'ouvre la portière et gagne au pas de course l'entrée du personnel de l'hôpital. Comme j'ai travaillé ici quelques semaines à mon retour de Calgary, j'ai encore de petits passe-droits. On me salue sur mon passage, mais je reste concentrée sur mon objectif. Je frappe doucement à la porte d'un local, priant pour que la personne que je suis venue voir soit de garde ce soir.

— Entrez !

La jeune femme installée dans le laboratoire ne masque pas sa surprise quand elle me voit apparaître dans l'embrasure.

— Zoé ! Comment vas-tu ?

— Pas très bien, Joyce. J'ai besoin de faire une analyse de sang.

— Tu es malade ? Rien de grave, j'espère.

Sans un mot, je lui tends mon formulaire, qu'elle étudie avec attention tout en m'indiquant distraitement le fauteuil face à elle. En découvrant les cases cochées, elle a un hoquet de surprise et lève vers moi un regard effaré.

— Attends, mais…

— Je sais, Joyce. C'est sans doute une fausse alerte. Je dois paniquer sans raison. Je ne vois pas d'autre explication. C'est tout simplement impossible, soufflé-je.

Oui, c'est tout à fait impossible !

Je suis si tendue que Joyce peine à trouver une veine exploitable.

— Je fais au plus vite, me promet-elle quelques minutes plus tard, en étiquetant les fioles de sang. Je t'appelle dès que j'ai le résultat.

— Merci beaucoup, Joyce. Ce n'est pas une urgence vitale non plus, fais au mieux, et surtout, quand tu peux ! J'y vais, Jason m'attend dehors.

Quand je passe la porte qui donne sur l'extérieur, je respire un bon coup.

Je dois rester rationnelle, c'est impossible.

Chapitre 15

Josh

Debout dans l'épave qu'est devenu le camping-car de Cole, j'inventorie les dégâts. Je vais devoir acheter de quoi refaire une grande partie du plancher, et bien évidemment, remplacer le chauffe-eau à l'origine de tout ce gâchis. Mon ami va me tuer s'il découvre son précieux tas de ferraille dans cet état, le jour où il voudra reprendre la route.

Et moi, ce jour-là… j'ignore encore ce que je ferai. Qui sait, peut-être aurai-je envie de rester ici ? De me louer un petit appartement et laisser Fire en pension chez Tara ? Tout cela me serait possible avec le salaire honorable que m'apporte mon emploi chez Marie. Ne reste qu'à savoir où j'en serai avec moi-même… et avec Zoé, à ce moment-là.

Contrairement à ses habitudes, la jeune femme n'est toujours pas rentrée du cabinet et je tourne en rond comme un lion en cage en l'attendant. C'est fou comme la présence d'une personne peut tout changer et vous apaiser en quelques semaines à peine. La seule ombre au tableau, c'est qu'elle refusait encore jusqu'à ce matin de parler de notre relation à son entourage. J'espère qu'elle ne reviendra pas sur sa décision désormais… J'ignore ce qui la hante, toutefois j'ai le sentiment que c'est aussi ce qui l'a poussée vers moi lors de notre première rencontre. Chacun de nous semble être poursuivi par ses propres fantômes.

Je sors de la caravane au son d'un moteur qui gronde dans la rue. Le pick-up argenté de Jason s'arrête devant la maison et Zoé en descend. Son frère l'imite et contourne le véhicule pour s'approcher de ma compagne, qui semble bouleversée.

— Jason, rentre chez toi, c'est bon, lui dit sa sœur.

Il s'apprête à obéir, visiblement contrarié, non sans avoir jeté un regard inquisiteur dans ma direction, alors que Zoé, elle, m'évite sans lever les yeux quand je fais un pas dans sa direction et se précipite chez elle. Quelque chose cloche… Je m'avance vers Jason.

— Qu'est-ce qui se passe ?

L'inquiétude qui transparaît dans ma voix n'est rien comparée à celle qui émane du pompier.

— Je… je ne sais pas trop. Elle m'a appelé complètement paniquée pour me demander de l'accompagner à l'hôpital.

L'hôpital ?!

— Elle ne m'a pas dit pourquoi, ajoute Jason au moment où son portable sonne. Elle y est restée un quart d'heure, puis nous sommes repartis. Tu n'es au courant de rien ?

— Non, je t'assure. Écoute, je vais essayer de lui parler. Rentre chez toi, on se tient au courant.

Il acquiesce en silence, posant une dernière fois les yeux sur la porte derrière laquelle sa sœur a disparu sans un mot. Après une tape amicale sur mon épaule valide, il tourne les talons et regagne son véhicule en prenant l'appel. Je vais fermer la porte du camping-car et rejoins la famille Andrews. Je découvre Malcom et Caitlin immobiles au milieu du salon, Zoé n'est nulle part en vue. Sa mère m'indique l'étage d'un signe de la tête. Je monte les escaliers en courant et, pour la première fois depuis mon arrivée ici, je me dirige vers la chambre de la jeune femme.

La pièce reflète parfaitement sa personnalité. Très sobre et volontairement épurée. Tous les murs sont blancs, seuls les rares objets qui décorent les lieux lui offrent une touche de couleur. Son chat me fixe avec animosité, étalé de tout son long sur son lit. Contrairement à ce qu'elle avait prédit, lui et moi ne nous entendons pas du tout. Ce traître de Drogo m'a encore sauvagement attaqué les pieds pendant l'un de mes traitements, pas plus tard que la semaine dernière. J'en garde encore les marques ! Je toque doucement au battant entrouvert. Zoé, qui range des vêtements dans sa commode, sursaute de frayeur. Une main sur le cœur, elle se tourne vers moi.

Ses pupilles sont complètement dilatées, comme si elle était droguée. J'avance d'un pas, mais quand je vois qu'elle recule en réponse à mon approche, je cesse tout mouvement.

— Tu n'as pas l'air bien, Zoé.

Son regard apeuré se pose sur moi et elle s'assied sur son matelas. Je reste sur le pas de la porte. J'ai bien saisi qu'elle ne veut pas que j'aille plus loin. Elle lisse un pli imaginaire sur le couvre-lit impeccable.

— Je suis éreintée, c'est tout.

Si elle savait à quel point elle est piètre menteuse… !

— Et l'urgence de te rendre à l'hôpital, c'était parce que tu vas bien ?

Ma question la surprend et elle lève à nouveau la tête vers moi. Je ne l'ai jamais vue dans un tel état de panique, et je dois avouer que la situation ne me rassure pas du tout, moi non plus.

— Comment…

— Jason m'a raconté, avoué-je sans lui laisser le temps de terminer sa question.

Elle soupire et envoie ses cheveux derrière sa nuque.

— Tout va bien. Je devais juste passer voir une ancienne collègue, tente-t-elle de me lancer avec nonchalance.

Seulement sa bravade ne berne personne, pas même elle-même.

— D'accord.

Qui suis-je pour la forcer à me parler de ce qui la tracasse à ce point ?

— Tu descends au moins manger quelque chose ? Tu es toute pâle.

— Non. Je n'ai pas faim.

Je fronce les sourcils. Zoé est déjà menue de nature, alors si elle commence à ne plus s'alimenter, elle ne tiendra pas longtemps debout.

— Très bien. J'ai des mesures à prendre dans la caravane, tu viens me tenir compagnie ? demandé-je encore en lui tendant une main.

— Je vais plutôt passer sous la douche et me mettre au lit. Je suis vraiment crevée, Josh.

Je ne m'attendais pas vraiment à autre chose qu'à un refus. Pour une raison que j'ignore, elle veut garder ses distances. Et encore une fois, qui suis-je pour la forcer à agir différemment ? Impuissant, j'acquiesce en silence et tourne les talons. Il ne lui faut qu'une seconde pour venir fermer la porte derrière moi, et je sursaute en entendant le verrou s'enclencher. Un peu perdu, je retourne dans le camping-car. Le soleil a disparu derrière les Rocheuses. *Qu'est-ce qui a bien pu se passer aujourd'hui ?* songé-je avec lassitude.

Malgré le fait que je me couche très tard, je peine à trouver le sommeil sans la chaleur de Zoé près de moi. C'est complètement insensé, sa présence est devenue une sorte de dépendance, et cela, en si peu de temps… C'en est presque malsain…

Une partie de l'immeuble près duquel s'abritaient mes gars n'est plus que débris. Les sons peinent à franchir le fracas de l'explosion qui résonne toujours dans mes oreilles, mais j'ai conscience que l'un de mes caporaux hurle non loin de moi. Je ne trouve pas mon fusil, il doit être enseveli sous les gravats. Je sors mon Beretta M9 et remarque alors que mon gilet pare-balles est couvert de sang, ainsi que ma main.

La douleur me déchire subitement le flanc, fulgurante, lorsque je rampe au sol pour atteindre mon camarade. Quand la poussière se dissipe un peu, je l'entrevois et tente de progresser plus vite en découvrant le sang qui s'écoule abondamment de sa jambe. Je tends le bras vers la bretelle de son paquetage et le traîne jusqu'à moi.

Je retiens un cri tandis que je le tire de toutes mes forces pour le mettre à l'abri, tentant de rester le plus discret possible sous le couvert de la nuit et de la poussière. Le sifflement des projectiles reprend de toutes parts, à l'instant où j'atteins enfin l'angle d'un bâtiment.

Un coup de feu plus puissant que les autres retentit dans la cohue. La balle traverse la tête de mon compagnon et se fiche dans le mur non loin de la mienne, anéantissant tous mes efforts pour le sauver. Le corps inerte du caporal pèse désormais de tout son poids sur moi, du sang et des morceaux de sa cervelle recouvrent mon visage, m'empêchant de distinguer les silhouettes qui se rapprochent…

Je me réveille dans un violent sursaut alors que je me débats encore comme un forcené parmi les draps détrempés. En un instant, je suis sur mes pieds à la recherche d'un ennemi qui n'existe plus depuis longtemps. Je passe une main sur ma figure, je m'attends à la trouver couverte de sang. Fixant ma paume immaculée, je recule et heurte brutalement la chaise longue qui bloque la porte de la véranda.

Je dois me faire violence pour retrouver mes esprits. À genoux sur le sol, je peine à reprendre mon souffle et à calmer mon rythme cardiaque. Mes doigts se transforment en un poing que je porte à ma bouche avant de le mordre durement pour empêcher le désespoir qui me gagne de franchir mes lèvres.

Sous la douleur cuisante, je me sens reprendre pied dans la réalité. La souffrance me reconnecte avec ce qui m'entoure. Mon cœur se calme et me laisse respirer plus normalement. Le filet de sueur froide qui coule dans mon dos me fait frissonner quand je m'assois correctement sur le plancher et laisse ma tête reposer quelques secondes contre la paroi.

Toutefois, ne tenant pas en place, je me lève presque aussitôt et arpente l'espace de la véranda, impatient de voir l'aube pointer son nez.

Il n'est pas tout à fait cinq heures du matin lorsque je me lance à l'assaut des rues de *Black Valley*. Impossible de refermer l'œil après ce terrifiant retour en arrière. Je cours à en perdre haleine et à en avoir mal dans tous les muscles. J'ai l'impression que si je m'arrête, le cauchemar me rattrapera pour me projeter de nouveau dans l'enfer de mon passé.

Je suis en nage quand je regagne la maison de Zoé et constate que je vais être en retard au boulot si je ne file pas en vitesse sous la douche. Le sport a quelque peu apaisé l'état nerveux dans lequel je me trouvais.

Presque serein, je partage mon habituel petit-déjeuner avec Malcom puis nous quittons la maison ensemble. Malgré son évidente curiosité, il ne pose aucune question sur ma mine fatiguée.

Et c'est durant notre trajet silencieux que je prends vraiment conscience que Zoé est devenue en quelques semaines à peine la barrière qui empêchait mes fantômes de venir me tourmenter.

Le boulot et Marie m'occupent l'esprit durant toute la journée.

Contrairement à Malcolm, ma patronne ne s'est pas gênée pour me questionner dès mon arrivée sur mon allure de zombi. Tout en me faisant remarquer que cela faisait pourtant quelques semaines qu'elle m'avait déserté.

Il y a très peu de clients aujourd'hui et je suis trop épuisé pour me lancer dans la moindre activité un tant soit peu physique, j'en profite donc pour regarder la fascinante vieille dame à l'œuvre. Elle s'implique d'une manière étonnante dans la réalisation de chaque objet qu'elle met ensuite en vente. Je serais bien incapable d'une telle minutie !

À la fermeture de la boutique, je me hâte de rentrer chez Zoé avec le secret espoir de la trouver plus sereine que la veille. Le chemin qui me mène jusqu'à sa demeure est une véritable torture. Mes muscles sont endoloris et le manque de sommeil se fait à nouveau sentir. Je peste en me disant que c'est vraiment trop bête ! J'avais enfin pu récupérer un semblant de forme physique et de sérénité, grâce au simple fait que la jeune femme accompagnait mes nuits. Ce dernier flash-back ne serait pas arrivé si elle avait été près de moi, j'en suis persuadé. Je dois comprendre ce qui s'est passé hier… d'assez grave pour l'éloigner ainsi de moi !

Quand je franchis la porte de la maison, je reste un moment figé sur place.

Au milieu de multiples ustensiles de cuisine – casseroles, poêles à frire, verres, assiettes et bols en tout genre –, je découvre Zoé assise par terre. Elle nettoie chaque objet avec minutie avant de lui retrouver une place dans l'armoire. Je ferme le battant avec douceur derrière moi, dans le but évident de ne surtout pas lui faire peur alors qu'il y a des couteaux tranchants à sa portée. Je retire mes chaussures et pénètre dans la cuisine. Elle est tellement absorbée par sa tâche qu'elle ne semble pas m'entendre. Le plus silencieusement possible, je traverse le champ d'instruments divers qu'elle a créé autour d'elle avant de m'accroupir derrière son dos pour poser fermement mes mains sur ses frêles épaules. Comme je le pensais, elle sursaute brusquement et son souffle se coupe. Mes mains la maintiennent en place, je ne veux pas qu'elle se blesse.

— Zoé, c'est moi, murmuré-je quand elle tourne son visage perdu vers moi.

Je peine à reconnaître la femme qui se tient là, assise au centre de la pièce. Son regard erre sur l'immense capharnaüm qui l'entoure et je la sens qui tremble sous mes doigts.

— Tout est en désordre, Josh ! Absolument tout ! s'exclame-t-elle en désignant ce qui se trouve autour d'elle, paniquée. Je dois tout réorganiser, seulement rien ne va !

L'angoisse qui perce dans sa voix me fait défaillir un instant. Je dégage les objets les plus proches et prends place sur le sol, l'attirant vers moi. Mes bras sont passés autour de son corps et son dos est plaqué contre mon torse. Je la berce doucement. Je ne l'ai encore jamais vue dans un tel état.

— Calme-toi, Zoé. Je vais t'aider, d'accord ? Tu veux bien que je t'aide ?

Jamais je n'ai employé un ton aussi tendre avec qui que ce soit, mis à part Fire peut-être. Elle acquiesce vivement en serrant mes avant-bras de ses mains. Ses cheveux chatouillent mon visage et je respire son parfum de vanille à pleins poumons.

— Allez, on va faire ça ensemble, chuchoté-je.

Je défais mon étreinte et, sans un mot, nous rangeons peu à peu tout ce qui jonche le carrelage. Les armoires se remplissent à nouveau. Elle nettoie les objets, puis m'indique où elle désire que je les place. Quelques fois, elle repasse derrière moi, son obsession de l'ordre reprenant le dessus. Il ne reste que les grosses casseroles à remettre dans leurs compartiments quand son téléphone portable sonne sur la table basse du salon.

Ma compagne se lève avec une telle précipitation qu'elle manque de s'étaler sous mes yeux effarés. Debout au milieu de la cuisine, je la regarde décrocher, puis écouter attentivement la personne au bout du fil. Quelques secondes encore… et elle blêmit brutalement avant de laisser échapper son portable qui vient se fracasser à ses pieds. L'écran se fissure sous la violence de l'impact. Croyant qu'elle va perdre connaissance, je me précipite à ses côtés.

— Zoé !

Ma voix paraît la ramener dans l'instant présent. Ses yeux, agrandis de stupeur, scrutent mon visage sans sembler le reconnaître.

— Qu'est-ce qui se passe, bon sang ?!

— Je…

Elle peine à respirer pendant quelques minutes, puis elle recule d'un pas et se laisse choir sur le canapé. Je m'agenouille devant elle pour que nous soyons tous deux à la même hauteur. Quand je tente de placer une main rassurante sur sa cuisse, elle la repousse.

— Je suis allée faire un test sanguin hier, m'avoue-t-elle d'une voix blanche. Une connaissance qui travaille au laboratoire vient de me donner les résultats.

— Tout va bien ? Tu n'es pas malade ?

Lorsqu'elle lève les yeux vers moi, son expression me glace.

Chapitre 16

Zoé

Josh attend que je dise quelque chose, mais j'ai la gorge complètement nouée. Tout cela ne peut pas être vrai, bon sang ! Pas après tout ce que j'ai tenté en vain par le passé.

— Je suis enceinte…

Ma voix n'est qu'un murmure, et pourtant, on dirait que je viens de lâcher une bombe dans la maison. La stupéfaction gagne le visage inquiet de Josh, à genoux devant moi. Mes mains se referment sur mes cheveux, mes doigts tirent sur les mèches. Réveillez-moi de ce cauchemar, je vous en supplie !

— Est-ce qu'il est de moi ? me questionne Josh dans un chuchotement.

La gifle part, puissante. Son *clac* sonore emplit la pièce silencieuse. Sa tête pivote sous l'impact et la trace de ma paume commence déjà à se dessiner sur sa joue. Je me lève violemment du sofa et parcours la pièce de long en large.

— Comment oses-tu me poser une telle question ?! hurlé-je.

Josh se remet lui aussi sur ses pieds et me regarde sans comprendre.

— On s'est toujours protégés, Zoé. Je…

J'étouffe un éclat de rire hystérique.

— Les capotes d'un distributeur hors d'âge dans les toilettes crades d'un bar, Josh ?! Je suis certaine que personne ne les a jamais changées depuis l'ouverture des lieux il y a vingt ans !

Mais comment ai-je pu être aussi bête ?!

— J'en suis à quatre semaines ! Fais le calcul, Sherlock !

Josh se pince l'arête du nez et ferme les yeux une seconde. Le pauvre non plus ne sait pas comment réagir à une telle annonce. Un mois à peine que l'on s'est croisés dans un bar pour la première fois, et voilà qu'un bébé vient se mettre entre nous !

— D'accord. Tu sais ce que tu veux faire ?

Il a repris cette voix douce qu'il a employée plus tôt avec moi. Mais cette fois, cela ne me calme en rien. Mes pensées divaguent, une crise de panique imminente monte dans ma gorge pour entraver ma respiration. Les paumes sur les genoux, je tente de contrôler mon souffle. Rien à faire. J'étouffe. Les mains du militaire enserrent mon visage et son regard noisette s'ancre au mien.

— Respire calmement, Zoé. Inspire. Expire.

Il m'accompagne dans l'exercice laborieux. Ses ordres clairs parviennent à apaiser la crise et je reprends peu à peu place dans la réalité. Mon cœur bat toujours la chamade. Josh me fait revenir vers le canapé et me pousse à m'y asseoir. Je cale ma tête entre mes genoux et respire profondément, tentant par la même occasion de chasser la nausée qui m'assaille.

Pendant que je m'efforce de reprendre mes esprits, Josh se rend dans la cuisine et finit de ranger mon désordre. Je n'ai pas vraiment eu conscience de tout sortir des armoires. Ce coup de fil m'a menacée toute la journée. Joyce s'est excusée d'avoir été aussi longue à me transmettre les résultats. Apparemment, le laboratoire de l'hôpital a été assailli d'urgences depuis la veille au soir et elle n'a pu trouver le temps, avant le milieu de l'après-midi, de m'appeler comme elle l'avait promis... Alors, pour tuer mon angoisse et patienter, j'ai eu besoin de me raccrocher à quelque chose de familier.

— Laisse, Josh...

Un murmure pathétique franchit mes lèvres, toutefois il ne m'écoute pas. Je repousse mes cheveux vers l'arrière et lance plus fort :

— Ça n'aurait jamais dû arriver.

— Zoé, on ne pouvait pas prévoir...

— J'ai tenté durant trois ans d'avoir un enfant avec mon mari, Josh. Trois ans, et ça n'a jamais fonctionné !

Une casserole tombe sur le sol, ce qui me fait sursauter. Josh s'avance vers moi et s'assied sur la table basse.

— Tu es mariée ?

Je secoue la tête.

— J'ai été mariée, rectifié-je.

Je m'adosse au canapé et le fixe. Le pauvre me dévisage comme s'il me voyait pour la première fois. Tellement d'inconnues demeurent encore entre nous ! Toutefois, je considère encore qu'il n'a pas besoin de savoir pourquoi j'ai quitté Shane. Cela ne regarde que moi.

— Aucun gynécologue n'a su trouver ce qui m'empêchait de tomber enceinte. Mais Shane n'a jamais douté un seul instant que le problème, c'était moi.

Bien entendu, mon ex-mari avait un orgueil démesuré et l'éventualité que le souci puisse venir de lui ne l'aurait jamais effleuré. Aujourd'hui, je crois sincèrement que la peur était le seul facteur qui m'empêchait de tomber enceinte. Cette peur incessante qui me vrillait les entrailles en songeant qu'avec un enfant, je serais liée à lui, à la vie à la mort.

— J'ai subi un nombre incalculable de protocoles dont les noms m'échappent encore maintenant. Injections d'hormones… Inséminations artificielles…

Josh pose sa main sur ma jambe, et ce n'est qu'à ce moment-là que je remarque la profonde marque de morsure sur ses jointures. Mes doigts frôlent les siens un court instant.

— Je fêtais ma première année de divorce, le soir où je t'ai rencontré, avoué-je. Il n'aura fallu que quelques verres, un regard et un préservatif sans doute périmé pour que cela fonctionne.

— Zoé, on va…

— Il n'y a pas de *on*, Josh ! Tu m'as dit toi-même que tu étais de passage !

— Et je t'ai dit aussi que rien ni personne ne m'attendait ailleurs, souligne-t-il.

— Je ne peux pas envisager d'avoir un enfant avec toi ! Pas maintenant ! On se connaît à peine ! Je ne sais même pas si tu seras encore là dans trois mois, voire dans deux semaines, ou même dans deux jours !

Une larme roule sur ma joue que j'essuie rageusement du revers de la main. *Mais qu'ai-je fait au Bon Dieu pour qu'une telle chose m'arrive ?!* De son pouce, Josh essuie ma pommette sans un mot. Je tente d'accuser le choc, seulement c'est trop pour moi. Entre le contact de sa peau sur la mienne et cette nouvelle qui vient de tout chambouler, c'est beaucoup trop. Je me lève et gagne l'étage au pas de course. Soulagée qu'il ne m'ait pas suivie, je ferme doucement la porte de ma chambre derrière moi.

Le miroir sur pied dans le coin de la pièce me renvoie mon reflet. Mes yeux sont rougis, et mes traits, tirés à cause de la nuit blanche que j'ai passée. De biais à la glace, je pose une main sur mon ventre. Entre mon mètre cinquante-sept et mes quarante-huit kilos, on ne tardera pas à voir ma silhouette changer et à comprendre que je suis enceinte.

La nuit n'a pas été de tout repos. J'ai passé mon temps à tourner entre mes draps. Des bruits me sont parvenus depuis le rez-de-chaussée. Je soupçonne Josh d'avoir lui aussi passé une sale nuit, comme la veille. Pourtant, je n'ai pas pu me résoudre à aller le rejoindre. Trop de secrets planent au-dessus de nos têtes.

Mes parents doivent avoir remarqué que la situation s'est soudainement tendue entre nous. Lorsque j'ai finalement réussi à les rejoindre au rez-de-chaussée, hier soir, Josh et moi n'avons échangé que quelques mots anodins. Puis, prétextant très vite que j'étais fatiguée, je suis montée à l'étage pour ne pas redescendre de la soirée. Je ne sais comment aborder le sujet avec eux… Je ne parviens pas à saisir les intentions de Josh. Il semble prêt à tout laisser derrière lui pour rester ici. Et je me questionne sur ce qu'il fuit réellement.

Ce matin, tout le monde dort encore quand je descends. Le silence règne dans la maison. J'enfile mes souliers de course et je sors. Ce n'est qu'après avoir atteint deux blocs que je stoppe net au milieu du trottoir. J'avale une grande gorgée d'eau en me disant que ce que je fais n'est peut-être pas conseillé pour…

Le bébé !

Ce seul mot me terrifie ! Comment suis-je censée gérer le fait que j'attends l'enfant d'un homme que je connais à peine ?! Ce n'est pas la course qui me coupe le souffle, mais une nouvelle crise de panique. Je marche jusqu'au banc le plus proche et m'y laisse choir. Des points noirs commencent à danser devant mes yeux tandis que je me passe une main tremblante sur le visage. Je distingue vaguement une silhouette qui s'approche de moi en courant. Une coulée d'eau froide sur ma nuque me permet de reprendre pied. Je relève vivement la tête et rencontre le regard mécontent de Josh. Il me soulève le menton d'un doigt.

— Je parie que tu n'as rien avalé depuis hier !

Je soupire en haussant les épaules.

— Zoé…

— Arrête, Josh, je vais bien. C'était juste une crise de panique, d'accord ?!

Je me remets debout et vacille un instant. Il me rattrape et me maintient bien droite, ses mains posées sur mes épaules. Je suis minuscule près de lui.

— Tout va bien se passer, Zoé. Quoi que tu décides de faire.

— Tu accepteras ma décision ?

— Oui, acquiesce-t-il.

Sa voix posée me laisse à penser que lui aussi a passé la nuit à cogiter.

— Rentrons, tu veux bien ?

Sa paume ouverte devant moi est une invitation. Je m'en saisis et nous marchons en silence jusqu'à la maison. Quand nous entrons, ma mère est déjà aux fourneaux, et le sourire chaleureux qu'elle m'adresse me serre le cœur. Comment mes parents vont-ils réagir à la nouvelle ? Eux qui sont si fiers de leurs enfants. Je suis la seule à leur avoir posé tant de problèmes et je ne cesse de les accumuler.

Je balance mes baskets dans un coin, puis gagne rapidement l'étage, même si mon ventre crie famine.

Après une douche rapide, j'enfile une tenue confortable et m'allonge sur mon lit. Drogo vient prendre place près de ma tête, ses ronronnements m'apaisent lentement. Je ne peux pas garder cet enfant, c'est impossible. Tout dans cette situation est totalement absurde.

Le reste de la journée, je me cache dans ma chambre, prétextant une épouvantable migraine, ce qui n'est pas tout à fait faux. À force de réfléchir, ma tête est prête à exploser. Je n'avais pas eu à faire face à un tel état de stress depuis bien longtemps.

Combien de rendez-vous avec le gynécologue ai-je dû affronter quand j'étais encore avec Shane ? J'ai arrêté de les compter. Un tous les deux mois. Rien n'a fonctionné. Je me souviendrai toujours du regard chargé de dégoût que mon mari posait sur moi à chaque tentative ratée. Tous ces rendez-vous après lesquels il m'a hurlé au visage que je n'étais qu'une bonne à rien, même pas capable de lui donner un enfant. Puis quelques heures plus tard, il venait me demander pardon, jurant que cela ne se reproduirait jamais. Bien sûr, chaque fois, c'était la même chose.

Josh me sort de ma transe en début de soirée en frappant doucement à ma porte. Je me redresse sur mes coudes et l'invite à entrer. Sa carrure m'impressionne toujours lorsqu'il apparaît près de moi. Ses yeux noisette ne quittent pas les miens et ses muscles finement ciselés me fascinent dès que je pose les mains sur son corps ferme. Néanmoins, ce soir, il m'apporte juste de quoi manger. Il pose le plateau sur ma commode et regagne sa place près de la porte. Comme s'il voulait être certain de ne pas envahir mon espace.

— Je ne vais pas te mordre, affirmé-je en me levant pour le rejoindre.

Je picore dans le plateau qu'il a monté. Je n'ai vraiment pas très faim à cet instant précis. J'aimerais mieux me perdre dans quelque chose que je connais, que je contrôle. Ma main s'empare de la sienne, et ensemble, nous gagnons la salle de soins, de l'autre côté du couloir. Sans un mot, je défais son ceinturon et il retire son tee-shirt. Je passe mes doigts sur chaque parcelle de peau qui se présente à moi. Devinant chaque os, chaque muscle que je touche. Puis je lui demande de s'allonger sur le lit.

— Tu es certaine de vouloir…

— Je ne suis pas impotente, Josh.

Ma voix est plus acide que je ne le souhaitais quand ces mots franchissent mes lèvres.

— Très bien.

J'appose mes mains sur lui et continue d'écouter son corps sous mes doigts. C'est comme si je jouais d'un instrument imaginaire, mon esprit se perd dans cette mélodie que lui seul comprend. Plus d'une heure s'écoule ainsi, Josh est désormais complètement détendu, et j'ai moi aussi retrouvé un semblant de sérénité.

— J'ignore ce que je vais faire, Josh, murmuré-je une fois que j'ai terminé.

— Réfléchis bien, Zoé. C'est tout ce que je te demande.

Il se redresse, s'assied sur le lit et me fait face. Il tire mon banc à roulettes entre ses jambes et prend mon visage en coupe. Sa peau rugueuse sur mes joues provoque un frisson qui traverse tout mon corps. Puis il pose ses lèvres sur les miennes. Je me lève et il m'attire à lui, m'invitant à prendre place à califourchon sur ses jambes. La chaleur de nos deux corps m'électrise. À bout de souffle, je me recule doucement et il pose son front contre le mien.

— Je vais réfléchir, assuré-je.

Cette nuit-là, quand la maison est endormie, je vais le rejoindre dans la véranda. Il a verrouillé la porte, aussi dois-je frapper au battant. Lorsqu'il m'ouvre, il semble d'abord un peu surpris de me découvrir là. Silencieuse, je passe mes bras autour de sa taille et me colle à son torse nu. Il m'entraîne avec lui sur le matelas et me serre contre son corps frémissant avec un mélange de force et de tendresse. Un incroyable sentiment de sécurité me gagne et je me rends compte qu'il n'y a que près de lui que je parviens à respirer paisiblement.

La sonnerie de son téléphone portable me réveille, bien plus tard. Lui ne dormait toujours pas.

Chapitre 17

Josh

Je ne peux cacher ma surprise quand j'ouvre le battant et la découvre de l'autre côté. Sans un mot, elle m'enlace avec ferveur. Je comprends soudain qu'elle a besoin de ma présence pour retrouver la paix. Elle a voulu instaurer une distance de sécurité entre nous après l'annonce de sa grossesse. J'ai accepté sa décision hier, mais aujourd'hui, j'en serais incapable si elle venait à me repousser encore. Parce que j'ai également besoin d'elle auprès de moi. En douceur, je nous fais reculer vers le matelas. Sous les draps, la jeune femme se love simplement dans mes bras, me laissant enfin savourer le contact de son corps contre le mien.

Elle est épuisée, aussi s'endort-elle presque aussitôt. En quelques minutes à peine, sa respiration devient calme et régulière. Je regarde les étoiles par les baies vitrées, quand le grondement du tonnerre me surprend. Pourtant, pas un nuage ne voile la nue et pas une seule goutte de pluie ne frappe les baies vitrées. Malgré la présence apaisante de Zoé, le sommeil me fuit. Mes pensées ne cessent de diverger.

Un enfant.

Elle porte *mon* enfant.

J'ai toujours pensé que je ne serais jamais père. Pas avec tout ce qui m'est arrivé dans ce désert maudit. Pas après avoir volé des vies. *Sa* vie. Mais maintenant que je me retrouve devant le fait accompli, comment puis-je être certain d'avoir la bonne réaction ? Je sais juste que je veux être là pour Zoé, si elle décide de garder le bébé. Plus rien ne m'attend ailleurs, comme je le lui ai dit.

Lentement, je commence à me détendre contre son corps alangui. Je songe que je vais peut-être enfin avoir droit à une bonne nuit de sommeil quand mon portable en décide autrement en sonnant dans la pénombre. Zoé se redresse et m'observe avec inquiétude. Je saisis vivement mon téléphone, ouvre le clapet et le porte à mon oreille.

— Allo ?

— J'ai besoin d'aide au ranch, Josh. C'est urgent, m'annonce la voix essoufflée de Cole dans le combiné.

— Qu'est-ce qui…

Mais mon ami a déjà coupé la communication.

D'un bond, je suis debout. J'enfile à la hâte mes vêtements et mes bottes, lorsque Zoé allume et me dévisage un instant sans comprendre.

— Qu'est-ce qui t'arrive ?

— Mon ami, Cole. Il a un problème, il a besoin de moi au ranch où se trouve Fire.

Elle se lève à son tour.

— Tu veux que je t'accompagne ?

J'envisage une seconde cette possibilité, puis décline son offre d'une voix douce.

— Non. J'ignore ce qui se passe et je ne voudrais pas que quelque chose t'arrive.

— Ne tente surtout pas de me surprotéger, Josh.

Je fonce droit vers elle et suis surpris de la voir se braquer à mon approche. J'appose avec tendresse mes mains sur ses joues.

— Je ne te surprotège pas, mais je n'ai vraiment aucune idée de ce qui se trame là-bas.

Je l'embrasse vivement.

— Tu me passes tes clés de voiture, s'il te plaît ?

— Oui. Elles sont sur la petite table dans l'entrée, m'indique-t-elle sans chercher à me retarder davantage.

— Je suis sûr que ce n'est rien de bien grave. Je reviens au plus vite, d'accord ?! Reste ici, si tu veux…

Elle acquiesce en silence et je quitte la pièce en lui jetant un dernier coup d'œil. J'ai senti l'urgence dans la voix de Cole, c'est pourquoi je me précipite dans la Mini Cooper noire de Zoé. J'ajuste le siège conducteur à ma taille et démarre sur les chapeaux de roues. La demi-heure de route qui me sépare du *Heaven's* me semble interminable. Quand les phares de la petite voiture éclairent finalement l'écurie, je m'arrête dans un crissement de pneus et saute hors du véhicule. Je claque la portière derrière moi et accours dans la grange où tous les néons sont allumés. Un coup d'œil me suffit pour comprendre la situation.

Je vois bien qu'Abby fait de son mieux pour ne pas flancher. Elle veut rester forte pour Athéna. Pourtant, je sais comment la nuit va se terminer avant même l'arrivée de la vétérinaire. L'odeur caractéristique de la mort plane au-dessus de nous. Malgré tout, je m'adresse à Cole à voix basse :

— On doit la lever, sinon c'est perdu d'avance.

Il acquiesce et se rapproche d'Abby pour lui parler. La jument se déchaîne dès qu'elle est libérée de toute prise. Nous tentons de notre mieux de l'empêcher de se rouler dans le box, mais c'est mission impossible. Cole se prend deux coups de sabot et j'en évite un de justesse. Abby est complètement paralysée, ce que je peux comprendre. Mon cœur se serre en voyant les larmes dévaler son visage. Au moment où la vétérinaire entre enfin dans l'écurie, nous venons tout juste de parvenir à mettre la jument debout.

Nous la maintenons plaquée contre un mur et je grimace quand je sens la douleur irradier dans mon épaule. Emily est rapide et efficace, toutefois il faut un certain temps pour réaliser un lavement. Malgré moi, mes yeux se braquent sur les gouttes de sang qui s'écoulent sur le sol en béton. Retenant toute mon attention. Le souvenir de mon cauchemar me heurte comme une gifle. La sensation du sang qui recouvrait mon visage me revient en mémoire. J'ai l'impression d'être sur une corde raide, tel un funambule entre deux réalités…

Tous nos efforts ne suffisent pas à garder la jument sur ses pattes. Athéna s'effondre à nouveau lourdement et tremble de tout son corps. Abby étouffe un cri, la main sur la bouche, alors qu'Emily l'entraîne un peu à l'écart.

Je n'ai pas regardé l'heure en quittant Zoé, pourtant je sais que le temps passe, car la fatigue nous gagne tous peu à peu. La jument refuse toujours de se relever pour marcher. Elle est immobile, son souffle est laborieux quand la rouquine tombe à genoux près de sa tête massive. Dans un ultime effort, Athéna consent enfin à se mettre sur ses pattes. Elle vacille un instant, puis avance auprès de celle qui lui a dédié sa vie, à la seule force de sa volonté. Nous les escortons jusqu'au manège intérieur. Deux heures de marche nous attendent. C'est Cole qui commence.

— Elle semble épuisée, mentionné-je à la vétérinaire.

— Athéna n'est plus toute jeune, malgré son incroyable volonté.

Elle pose ensuite les yeux sur Abby.

— Je vais rester ici jusqu'à ce qu'elle se porte mieux, d'accord ?

— C'est gentil, Emily.

— C'est normal, vous êtes la famille.

Tour à tour, chacun de nous se charge de faire avancer la jument qui menace de s'écrouler à tout moment. Alors que nous nous relayons depuis près de deux heures, je quitte la grange quelques minutes avec Emily, qui va préparer du café dans la maison pendant que je reste dans la pénombre de la cour à respirer l'air frais. Il ne doit pas être loin de deux heures du matin.

Quand la vétérinaire et moi regagnons le manège, c'est pour être témoins de la triste scène à laquelle je m'attends depuis mon arrivée. Abby est désormais recroquevillée contre l'encolure de sa jument, écroulée de tout son long dans le sable. La jeune femme ne retient pas ses sanglots, qui redoublent quand un soubresaut agite le corps de l'animal après la dernière injection d'Emily.

Cole reste un long moment auprès de sa compagne qui pleure son amour perdu. Lorsque je reviens avec une grande bâche prise dans l'abri à foin, mon ami soulève Abby de force et presse son visage contre son torse, l'entraînant lentement vers l'extérieur pendant que je couvre le corps d'Athéna. Je retire le licol de la jument pour le remettre à mon amie. Au moment où elle referme la main sur l'objet, une lueur de désespoir passe dans ses yeux et elle se soustrait de l'étreinte de Cole avant de courir vers la maison.

— Je viens de téléphoner au transporteur, pour… pour la dépouille. Malheureusement, il ne passera que demain en fin de journée. C'est ce que j'ai pu obtenir de plus rapide, annonce Emily en revenant vers nous.

Un hurlement strident retentit dans la demeure. Je pose une main sur l'épaule de Cole.

— Tu devrais peut-être aller la voir, lui dis-je. J'ai un dernier truc à faire, et puis je repars, si tu n'as plus besoin de moi.

Il acquiesce, et je repars vers le manège intérieur, le laissant s'occuper de panser les blessures que la vie vient une fois encore d'infliger à Abby. Je dépasse la grande bâche sans la regarder et entre dans l'écurie pour récupérer ce dont j'ai besoin. Une brosse, des élastiques et des ciseaux. Je me refuse à aller voir Fire ce soir, pas avec cette odeur de mort qui me colle à la peau. Je repasserai d'ici quelques jours.

À nouveau debout devant la dépouille d'Athéna, je décale un peu la toile qui la recouvre et m'applique à brosser quelques crins de sa queue. Je les tresse ensuite minutieusement et mets les élastiques en place avant de couper le tout. Je veux que la jeune cavalière puisse garder sur elle un souvenir de sa jument. Et je connais la personne idéale pour lui confectionner un tel présent.

Je suis mort de fatigue quand je pénètre dans la voiture de Zoé. La route du retour me paraît encore plus longue que celle de l'aller. Il est près de trois heures du matin lorsque je gare enfin le véhicule à sa place, devant le garage. Fourbu, je rentre dans la véranda par la porte qui donne sur la cour. Je me fais silencieux afin de ne pas réveiller Zoé, toutefois seule une pièce vide m'accueille. Résigné, je sors de mes quartiers pour gagner la salle de bains.

— J'ai entendu une voiture démarrer tout à l'heure, chuchote la voix de Caitlin dans le couloir. Est-ce que tout va bien ?

— Une urgence avec l'un des chevaux dans le ranch où travaille mon ami, révélé-je dans un souffle.

— Rien de grave, j'espère.

N'ayant pas le cœur à m'épancher sur le sujet, je murmure :

— Non. Je vais seulement aller prendre une douche rapide. Désolé de vous avoir réveillée.

— Tu devrais monter la voir, ensuite. Elle n'a vraiment pas l'air très bien.

Je ne suis pas surpris que sa mère soit au courant de notre relation. Tout d'abord, nous ne sommes en rien discrets quand nous sommes ensemble, et puis j'imagine que l'instinct maternel est plus fort que tous nos faux-semblants.

— Promis, dis-je avant de m'enfermer dans la salle de bains.

Une fois sous la douche, je laisse l'eau brûlante dévaler sur mon corps et mon âme meurtris. Je grogne en plaçant mon épaule douloureuse sous le jet. Le soulagement temporaire de la chaleur me permet de me détendre un peu. Je passe en vitesse un jogging avant de gagner l'étage sans faire de bruit. La porte de la chambre de Zoé est entrebâillée. Je la pousse doucement et m'avance dans la pièce. Sous le couvre-lit, je peux distinguer la silhouette de la jeune femme endormie. Je m'approche du lit pour constater qu'en fait, elle ne dort pas. Elle soulève un coin des draps. J'hésite un instant.

— Tu es sûre ?

— Serre-moi dans tes bras, s'il te plaît, souffle-t-elle.

Je m'exécute après l'avoir rejointe sous les couvertures. La chaleur de son corps m'enveloppe et je me presse contre son dos, une main posée en travers de son ventre. Elle la prend dans la sienne.

— Tu es glacé.

Son murmure se perd dans le silence.

— Qu'est-ce qui s'est passé là-bas ? Tu as été long.

— La jument d'une amie est morte. Elle s'est battue de toutes ses forces, jusqu'au bout… En vain.

Zoé porte mes doigts à ses lèvres et les embrasse.

— Je suis désolée.

— Peu importe le temps que ça prendra, Abby va se relever. Cole y veillera.

Mon souffle se perd dans ses cheveux au doux parfum de vanille.

— Mais cela t'affecte, toi aussi.

Elle a raison, bien qu'elle ignore à quel point la mort sous toutes ses formes peut réellement m'affecter. J'ai perdu bien plus que ma raison n'a pu le tolérer en Afghanistan… tellement plus… Mes émotions sont comme suspendues au-dessus de ce fantôme qui me hantera à jamais.

Je la rapproche encore un peu plus de moi.

— Tout ira bien… Et toi, ça va ?

Ma main sur son ventre oriente ma question vers le sujet que nous abordons sans vraiment chercher à l'approfondir depuis que la nouvelle est tombée.

— Oui. Je suis seulement fatiguée… et terrifiée.

— Je sais…

Les mots sont surfaits dans notre situation. Ni elle ni moi ne savons les employer correctement. Alors je pose mes lèvres sur la peau délicate de son épaule et y dépose un baiser.

Sa présence à elle seule suffit à chasser les monstres qui me poursuivent, et j'espère que la mienne à ses côtés a aussi le pouvoir de repousser ces ombres qui semblent la garder prisonnière.

Chapitre 18

Zoé

— Je ne te surprotège pas, mais je n'ai vraiment aucune idée de ce qui se trame là-bas.

Debout devant les baies vitrées de la véranda, je regarde les phares de ma voiture éclairer la rue avant de disparaître. Les bras serrés autour de moi, je ne sais que penser de ses dernières paroles. Bien sûr que si, il me surprotège ! Cet homme s'était engagé dans les Marines, prêt à donner sa vie pour son pays. C'est sans doute ce qu'il sait faire de mieux. Protéger autrui. Je sens mon souffle me faire défaut, alors qu'il n'a quitté la pièce que depuis quelques minutes.

D'une main tremblante, j'éteins et me glisse sous les draps qui nous abritaient. La chaleur de Josh s'est déjà envolée, pourtant son odeur toujours présente m'apaise et ma respiration reprend un rythme régulier. Le pouvoir d'attraction que cet homme a sur moi me semble malsain. Pourtant, il m'est devenu impossible d'y résister. Dès l'instant où j'ai posé les yeux sur lui, j'étais fichue. Même si je suis certaine qu'il n'y a pas d'amour entre nous. De la tendresse, du respect, du désir… mais pas d'amour. En tout cas, pas encore ! *Et maintenant, un bébé*, songé-je en me créant un cocon avec les couvertures.

Trois ans à tenter de tomber enceinte à la demande d'un monstre qui a fini par faire de mon existence un cauchemar. Et puis, une seule soirée où je me laisse un peu aller, et me voilà en train de réfléchir à l'une des plus grandes décisions de ma vie. Mener cette grossesse à terme ou y mettre fin et espérer enfanter à nouveau un jour. Je soupire de désespoir en enfouissant mon visage dans l'oreiller de Josh. Je ne peux pas nier que je ressens un bien-être irréel en sa présence. À lui seul, il chasse l'enfer chaque fois qu'il tente de s'abattre encore sur moi.

Le sommeil m'a abandonnée pour de bon et les heures défilent à une lenteur insupportable. Je ne cesse de tourner entre les draps. Résignée, je me lève et quitte la véranda pour regagner l'étage. Drogo m'accueille d'un miaulement sonore quand je franchis le seuil de ma chambre. Il n'est plus le petit chaton que j'ai trouvé, errant dans les rues de *Black Valley* à mon retour de Calgary. Je l'observe qui s'étire paresseusement sur mon lit, comme une invitation à venir le rejoindre. Je me glisse sous les couvertures et Drogo vient s'allonger près de ma tête. Il me fixe droit dans les yeux. Je le caresse derrière les oreilles tandis qu'il se met à ronronner comme un moteur. Je peux voir ses pupilles briller dans la pénombre de la pièce. Une larme solitaire roule sur ma joue et mon compagnon y dépose sa petite patte coussinée.

— Crois-tu qu'il va revenir ? chuchoté-je dans le noir.

Depuis que Josh a quitté la maison, j'ai cette terrible peur au ventre. Après tout, je lui donne toutes les raisons de fuir. Même s'il dit que rien ne l'attend ailleurs, rien ne l'oblige non plus à rester ici pour moi.

Et puis, j'ignore toujours sincèrement si je veux garder ce bébé. Être reliée à Josh pour le reste de ma vie ? Nous ne sommes pour l'instant que des amants sans attaches, qui se servent l'un de l'autre pour tenir le passé à bonne distance.

Je n'ai pas conscience d'avoir fermé les yeux, ce n'est que lorsque j'entends du bruit dans la cour par ma fenêtre entrouverte que je sors de mon sommeil. Le son de la porte de la véranda m'indique que Josh est revenu. La peur qui m'avait gagnée s'estompe. Quelques instants plus tard, j'entends l'eau de la douche couler sous le plancher de ma chambre. Je tente de me rendormir en songeant qu'il est enfin rentré et que je le verrai à mon réveil. Sans grand succès. Puis j'ai la sensation d'être épiée. Le sol grince légèrement sous ses pieds. J'ouvre les draps en silence.

— Tu es sûre ?

— Serre-moi dans tes bras, s'il te plaît.

Il vient se placer derrière moi et m'enserre dans ses bras puissants. Sa main posée sur mon ventre est complètement gelée. Je lui demande dans un murmure ce qui s'est passé là-bas.

— La jument d'une amie est morte. Elle s'est battue de toutes ses forces, jusqu'au bout… En vain.

J'appose mes lèvres sur ses doigts que je tiens entre les miens. Je suis tellement désolée de ce qui arrive à son amie, et surtout, je sens bien qu'il en souffre également.

Il se crispe légèrement dans mon dos quand je lui livre le fond de ma pensée. Encore un sujet tabou dans la sombre vie de Joshua Walker. Il me serre un peu plus fort contre lui, avant de me demander comment je vais.

Que lui répondre, hormis la vérité et le fait que je suis effrayée… non, plutôt totalement terrifiée, juste par cette simple question.

— Je sais… chuchote alors sa voix douce dans l'obscurité.

La chaleur de sa bouche sur mon épaule apaise un instant l'épouvantable crainte qui m'étreint le cœur et je m'abandonne enfin au sommeil.

Au petit matin, nous marchons de concert dans les rues de la ville. Josh m'a interdit de courir, et malgré mes réticences à l'écouter, il n'en démord pas. Il ne veut pas que je prenne de risques inutiles tant que je n'ai pas eu l'avis d'un gynécologue. Je dois donc attendre patiemment le début des tests prénataux et la première échographie… si je décide d'aller jusque-là. Nous n'avons pas encore discuté d'un éventuel avortement. Je n'ose pas aborder le sujet, le simple fait d'y songer me donne la nausée et l'impression d'être une meurtrière.

Josh paraît bouleversé par ce qui s'est passé chez ses amis la nuit dernière. N'ayant jamais possédé d'animal avant Drogo, j'ignore ce qu'il peut ressentir, ou la douleur que son amie doit affronter. Depuis le réveil, son regard est plongé dans la noirceur de souvenirs lointains.

En fin de journée, j'ai un regain de panique. Sans un mot, je m'éclipse de la terrasse où nous sommes installés avec Dean, Jason et Eli. C'est devenu notre petite routine familiale et Josh y prend part avec de plus en plus de plaisir. Mais aujourd'hui, ce n'est pas leur présence à tous que je recherche.

Après avoir traversé la cuisine et le salon, je quitte les lieux et m'élance en direction de la maison de mon frère aîné. J'ai besoin d'Oliver en cet instant. Je dois savoir ce qu'il pense de tout ce qui m'arrive, et surtout, j'ai besoin qu'il m'explique pourquoi sa famille ne vient plus se joindre à nous pour le barbecue du dimanche.

Arrivée sur le perron de sa villa, j'entends des éclats de rire qui proviennent de son jardin. Je me faufile par le chemin qui y mène en contournant la maison et me fige face au spectacle qui se joue sous mes yeux.

Mon grand frère est allongé sur la pelouse et soulève Bridget à bout de bras. Incapable de gâcher ce moment de tendre complicité, je recule d'un pas, prête à repartir, quand la voix stridente d'Emma s'élève :

— Tante Zoé !

Ses jolies boucles noires encadrant son visage de poupée, ma nièce accourt vers moi. Je me penche pour la réceptionner. Elle passe ses petits bras autour de mon cou et presse sa joue contre mon visage. Amanda apparaît à son tour, sublime et souriante comme à son habitude.

— Zoé, tu nous as manqué, me salue-t-elle en me faisant la bise.

J'avance vers mon frère qui se remet sur pied, son aînée dans les bras, avant de la déposer au sol.

— Comment ça va, puceron ?

Il agit comme si tout allait bien, comme s'il n'avait pas instauré une distance inhabituelle entre nous depuis l'arrivée de Josh. Me démontrant par là qu'il n'approuve pas sa présence à nos côtés. Il était pourtant d'accord avec l'idée, au départ ! Le regard que je lui adresse vaut mille mots.

— Viens, chérie, lance-t-il à Emma, tante Zoé et Papa doivent discuter entre grands. Il est temps pour vous deux d'aller jouer à l'intérieur un moment.

Ma nièce passe de mes bras à ceux de mon frère qui la dépose ensuite près de Bridget. Les deux sœurs s'éloignent vers la maison en riant, main dans la main. Inconsciemment, l'une de mes paumes vient caresser mon ventre toujours plat. Je la retire vivement et l'enfonce dans la poche arrière de mon jean. Avant de rejoindre ses filles, Amanda pointe son mari du doigt :

— Je t'avais dit que ça te retomberait sur le nez.

Oli m'entraîne plus loin dans le jardin, à l'abri des oreilles indiscrètes.

— Zoé, je…

— C'est du psychothérapeute que j'ai besoin aujourd'hui, Oliver. Pas du frère qui, pour une raison inconnue, ne passe plus à la maison et me tient éloignée de sa famille, assené-je un peu trop sèchement.

Mon aîné fronce les sourcils tandis que nous gagnons ensemble son bureau, adjacent à la maison. Il ferme bien la porte derrière nous et m'invite à m'asseoir sur l'un des grands fauteuils en cuir.

— Je suis ici en tant que patiente, tu es donc tenu au secret professionnel.

— Très bien, m'accorde-t-il. Qu'est-ce qui se passe pour que tu daignes venir me voir en tant que patiente ? C'est la première fois depuis…

— Je suis enceinte.

Les mots ont franchi mes lèvres et ont aussi retiré le poids insupportable qui pesait sur mes épaules. Durant un instant, Oli me scrute.

— Tu es…

Il n'arrive pas à terminer sa phrase.

— Enceinte, Oliver. Je suis enceinte !

D'un bond, je suis sur mes pieds à arpenter son bureau. Les larmes jaillissent, bien que je tente de les retenir.

— J'ignore quoi faire.

— C'est Josh ? Le père, je veux dire…

— Non, c'est le Père Noël ! m'exclamé-je, furieuse de son manque de tact.

Je remarque soudain qu'Oliver a le même tic que Josh : il se pince l'arête du nez et souffle un bon coup.

— Tu veux bien te rasseoir, tu me donnes le tournis.

167

Je m'exécute en silence et pose les mains sur mes genoux croisés.

— Ça doit remuer beaucoup de choses, commence-t-il. Comment a-t-il encaissé la nouvelle ?

Je rêve, ou c'est Josh qu'il tente d'analyser au travers de ses questions ?! Et sans doute des réponses que je vais lui donner…

— Mieux que moi. Je crois même qu'il est prêt à s'investir auprès de cet enfant… si je décide de le garder.

Le visage d'Oliver change d'expression en une fraction de seconde.

— Tu songes vraiment à te faire avorter ? Après tous les efforts que tu as fournis avec Shane et qui n'ont mené à rien ?

Je baisse les yeux vers le sol. Je suis complètement larguée.

— On se connaît à peine, lui et moi… On vient tout juste d'entamer une sorte de relation…

— Attends ! Tu es en couple avec lui ?!

Son ton est brutal.

— En couple, c'est un bien grand mot. On se fréquente, si tu préfères. Papa et Maman ne sont pas au courant, alors pas un mot non plus, d'accord ?! Pareil pour Jason et Dean.

— Tu ne peux pas réellement songer à faire ta vie avec ce type, Zoé ! Vous vous connaissez à peine comme tu le dis si bien, et voilà qu'une grossesse inattendue se pointe ! Zoé, cet homme… je ne crois pas qu'il soit bon pour toi, ajoute mon frère après un temps d'hésitation.

Mon souffle se bloque dans ma gorge. Comment peut-il le juger alors qu'il ne l'a pas revu une seule fois depuis son installation chez moi ?

— Il ne peut pas être pire que Shane, sifflé-je avec colère. Pourtant, lui, tu le trouvais très bien au départ !

— Zoé…

— Tu sais quoi ?! C'était une très mauvaise idée de venir te voir. J'avais besoin de conseils, pas que tu me fasses la morale. Tu ne m'aides pas du tout !

Sans chercher à masquer ma profonde déception, je me lève et gagne la porte, avant de me retourner vers lui.

— N'oublie pas ! Tout ce que je t'ai dit ici ne *peut* pas sortir d'entre ces murs.

J'ouvre le battant et lui adresse une dernière fois la parole :

— Quand tu auras été capable de mettre ta première impression de côté et que tu voudras faire sa connaissance, tu sais où le trouver. Contrairement à toi, il ne se cache pas parce qu'il a eu tort. Tu croyais dur comme fer qu'il n'accepterait pas de venir s'installer chez moi, et pourtant, il l'a fait. Tu t'es trompé, et alors ?! C'est une raison suffisante pour rester éloigné de ta famille ?

Sans lui laisser le temps de répondre, je sors de son bureau et referme derrière moi en ravalant mes larmes de colère. Jamais je ne me serais attendue à une telle attitude de la part de mon grand frère !

Chapitre 19

Josh

Une semaine jour pour jour s'est écoulée depuis que Zoé a reçu le coup de fil qui a chamboulé sa vie, et la mienne par la même occasion. Après son départ précipité de la maison, dimanche soir, elle s'est à nouveau éloignée de moi. J'ai du mal à comprendre ses agissements. Il n'y a que le matin, quand nous allons marcher, qu'elle a encore un comportement normal avec moi. Aujourd'hui, elle m'a avoué qu'elle avait commencé à avoir des nausées.

— J'ignore pourquoi on leur donne le nom de nausées matinales ! Les miennes surviennent n'importe quand dans la journée !

L'heure de traitement pour mon épaule est l'unique moment durant lequel elle s'autorise un rapprochement. Ses caresses sont alors passionnées, et j'ai de plus en plus de mal à résister à mon envie d'elle.

Eli est toujours la seule à être au courant pour nous deux, ce qui rend les choses un peu compliquées, j'ai l'impression de marcher sur des œufs avec ses parents. Surtout en leur cachant en plus une grossesse. Combien de temps pourrons-nous encore jouer cette mascarade ? La taille naturellement menue de Zoé ne lui permettra bientôt plus de dissimuler son état.

Comme elle a pris du recul, je ne dors quasiment plus. Je préfère de loin être épuisé plutôt que de retrouver l'enfer de mes cauchemars. Zoé aussi a une petite mine. Cet éloignement ne nous réussit pas, ni à l'un ni à l'autre. Heureusement, le travail avec Marie parvient encore à me distraire. Mon épaule semble avoir repris un peu d'amplitude, néanmoins je n'ai pas osé avouer à Zoé que je la sollicitais plus que de raison. Qu'y puis-je si j'ai besoin de m'activer pour me changer les idées ?

Dès l'instant où je passe le seuil de la petite échoppe, la voix bienveillante de Marie me revigore. Cette vieille dame si charmante a le don d'illuminer mes journées. Elle a toujours le mot qu'il faut pour me faire rire ou, au moins, esquisser un sourire.

Pourtant, je dois bien avouer que, ces derniers jours, je suis d'une humeur massacrante. Avec Zoé qui m'évite, ce que je dois cacher à ses parents... je n'arrive plus à me comporter normalement. Et puis, mon cheval me manque et je n'ai plus eu de nouvelles de Cole depuis la nuit du départ tragique d'Athéna.

Ce matin-là, j'allume la caisse enregistreuse, tourne la pancarte indiquant l'ouverture de la boutique et passe derrière pour aller tenir compagnie à Marie. Elle est déjà au travail sur un projet de panier en osier. Je suis toujours aussi impressionné par tout ce qu'elle arrive à façonner de ses mains. Je vais prendre place près d'elle et observe un instant sa dextérité créatrice. Puis je sors les crins d'Athéna que j'ai lavés avec précaution. J'ai un léger pincement au cœur en songeant que c'est désormais tout ce qu'il reste de la jument. Marie les aperçoit et stoppe son travail.

— C'est ce dont tu m'as parlé lundi ?

— Oui. C'est tout ce que je peux offrir à mon amie. Un dernier souvenir de son âme sœur qu'elle pourra conserver à jamais. Elles étaient... *je cherche mes mots.*

— Une seule et même entité ?

— C'est exactement ça.

J'éprouve des remords à n'avoir rien pu faire pour sauver la monture d'Abby. La jeune femme vient de perdre une grande part d'elle-même. Je sais exactement ce qu'elle ressent.

La main de Marie vient se poser sur la mienne et elle me sourit tendrement.

— Va voir ton cheval. Va voir tes amis, aujourd'hui. La vie est courte, mon garçon.

Il semblerait que je ne parvienne à berner personne avec mes traits tirés. Il est évident que je suis plutôt à cran.

— Je ne veux pas vous...

— C'est moi la patronne, ici ! Et je te dis d'aller prendre l'air. Cela te fera du bien… et à moi aussi, travailler avec un zombi dans les pattes n'a rien d'agréable.

Son sourire narquois me fait secouer la tête. Quel drôle de personnage !

— La voiture est toujours garée à l'arrière, m'informe-t-elle en me prenant les crins des mains. Et je m'occupe de ça.

Comment autant d'âmes charitables ont-elles pu atterrir sur mon chemin en si peu de temps ? Je me pose encore la question quand je m'installe derrière le volant. Je prends mon temps pour parcourir le chemin qui me sépare du *Heaven's*. À quoi bon me presser, j'ai toute la matinée devant moi, Zoé ne m'attend pas avant midi. Une fois mon véhicule garé dans la cour du ranch, je gagne rapidement l'écurie où je tombe nez à nez avec Cole. Lui aussi a une tête à faire peur, ce qui n'est pas dans ses habitudes !

— Mais qu'est-ce que tu fous ici ? me questionne-t-il.

— Content de te voir aussi, mon pote.

Je marmonne ces mots en me dirigeant vers la stalle de ma monture. Fire me fait la fête. Comme c'est bon de le revoir ! Ses élans d'affection m'ont manqué bien plus que je ne voulais l'admettre. Lui m'accepte tel que je suis, peu importe la situation. Je peux voir du coin de l'œil Aaron et Tara passer à l'extérieur, tandis que Cole s'approche de moi.

— Désolé, mec, je suis un peu dépassé par les événements…

— Comment elle va ? demandé-je en sortant mon cheval de sa stalle.

Mon ami retire sa casquette et passe une main lasse dans ses cheveux.

— Je n'en sais rien. Elle n'est pas sortie de la maison depuis samedi soir.

— Tu lui as parlé ?

— Non. Elle reste cloîtrée dans sa chambre dès que nous rentrons dans la maison. Le message est on ne peut plus clair, soupire-t-il.

Il me tend un sac de brosses et je commence à panser Fire en silence. Ce simple contact avec mon cheval apaise mes nerfs à vif. Le changement d'environnement me fait un bien fou. Ici, tous mes soucis semblent disparaître. Je ne me leurre pas cependant, ils reviendront à la charge aussitôt que je serai sur le chemin du retour. J'apprécie donc ces instants de répit à leur juste valeur, aussi éphémères soient-ils.

— Elle va se relever, Cole. Tu dois juste avoir confiance en elle.

Je l'entends soupirer dans mon dos. Il se lève et commence à déplacer des ballots de foin, me laissant retourner à mes pensées.

Cela me manque de monter, je devrais peut-être demander à Zoé si elle m'autorise à remettre le pied à l'étrier. Je secoue la tête, surpris de me soucier autant de son avis désormais, même si je ne suis pas toujours ses recommandations… ce qu'elle prendrait un malin plaisir à me faire savoir si j'osais me plaindre un tant soit peu de la douleur !

— Et ta physio, ça porte ses fruits ?

La question de Cole me surprend et, durant un instant, je ne sais pas quoi lui répondre. Je ne suis pas prêt à lui raconter tout ce qui m'arrive, et encore moins à lui parler de Zoé.

— Oui. Tranquille.

Je peux voir à son regard qu'il est loin d'être convaincu, pourtant il n'insiste pas, bien assez enlisé dans ses problèmes pour avoir envie de gérer les miens en plus.

— Tu seras prêt pour reprendre la route en novembre ?

Je suspends mon geste au-dessus du dos de Fire. Comment pourrais-je songer à quitter cet endroit maintenant ? Zoé attend mon enfant, et peu importe ce qu'elle en pense, je suis bien déterminé à faire partie de sa vie… si elle décide de le garder. Je marmonne un truc incompréhensible, Cole va devoir s'en accommoder pour le moment ! Cette histoire ne concerne que moi.

Il doit s'être écoulé deux bonnes heures quand je quitte le ranch. Après une demi-heure de route pour regagner la boutique, je dépose la voiture dans l'arrière-cour. L'échoppe est déjà fermée, ce qui m'étonne un peu, il n'est pas encore midi. Je fais tout de même le tour des lieux par acquit de conscience, sans y trouver sa propriétaire, puis décide de rentrer chez Zoé. Comme chaque jour depuis des semaines, l'impression d'être épié sans cesse m'accompagne durant tout mon trajet et me fait me retourner à plusieurs reprises. Il faut vraiment que je me repose, je n'ai pas l'habitude de me laisser aller à la paranoïa…

Je découvre ma compagne à genoux au milieu de ses massifs de fleurs. Armée d'une paire de gants, elle retire les mauvaises herbes entre les plantes. La voiture de Caitlin n'est pas dans l'allée et Malcom m'a annoncé ce matin qu'il ne rentrerait qu'en fin de journée. Il n'y a donc que nous deux à la maison. Il est grand temps que nous abordions le sujet de cette grossesse et de la décision qu'elle compte prendre.

— Est-ce qu'on peut parler ? demandé-je en lui tendant une main après l'avoir rejointe.

Elle lève les yeux vers moi et observe un instant ma paume ouverte.

— Je n'ai pas fini…

— C'est important, Zoé. On doit cesser de faire l'autruche, maintenant.

La jeune femme grommelle dans sa barbe et me saisit la main. Je l'aide à se mettre sur pied et la fixe tandis qu'elle dépoussière minutieusement son short. Son obsession de l'ordre est revenue en force depuis quelques jours, je soupçonne l'arrivée des nausées d'en être la cause.

— Josh, je n'ai pas envie de parler de tout ça pour le moment.

Je pourrais céder, encore une fois, cependant j'ai besoin de savoir, moi. Je n'en peux plus de me sentir au bord du gouffre.

— Et quel sera le bon moment, Zoé ? Quand tu ne pourras plus le cacher ? Quand tu auras avorté sans m'en dire un mot ? la questionné-je. J'ai le droit de savoir ce que tu comptes faire.

Mon ton a pris sans que je le souhaite des accents paniqués, car oui, j'ai une peur affreuse de la dernière possibilité évoquée.

— Josh, je…

Nous nous installons sur l'une des marches du perron et je lui coupe la parole.

— Laisse-moi te faciliter les choses. Si tu ne m'avais jamais revu après cette nuit-là, qu'aurais-tu fait ?

Je sais que, pendant les trois ans où elle a été mariée, elle a tenté en vain d'avoir un enfant. Toute cette histoire, bien que ce soit du passé, doit forcément peser dans la balance ! Ses mains tremblent quand elle les passe sur son visage.

— Je l'aurais gardé, souffle-t-elle. Sans hésitation…

Un instant, ma respiration se bloque.

— Si tu attends de moi que je disparaisse, Zoé, sache que je ne le ferai pas. Je veux avoir une place dans la vie de cet enfant. Dans la vie de *notre* enfant.

Une larme roule sur sa joue, suivie de beaucoup d'autres.

— Je ne veux pas que tu disparaisses, Josh. Je ne veux pas affronter ça toute seule, alors que je peux m'appuyer sur toi. J'ai pris ma décision depuis dimanche, en fait… mais je suis terrifiée par ce qu'elle implique pour nous deux, murmure-t-elle.

Je me demande ce qui l'a poussée à se décider aussi vite, mais aussi pourquoi elle ne m'a pas parlé plus tôt de son choix. Néanmoins, est-ce vraiment important ?! *Pas en cet instant*, pensé-je. Je prends son visage entre mes mains et plonge mon regard dans le sien.

— J'ai été pas mal bousillé par la vie, Zoé. Mais je m'engage à faire tous les efforts nécessaires pour que jamais cela ne t'affecte, lui assuré-je. Et moi aussi, je suis terrifié.

Elle passe ses bras autour de moi et se presse contre mon corps. J'enfouis mon nez dans ses cheveux, et son parfum de vanille écarte d'un coup tous les démons qui auraient pu tenter de nous atteindre en cet instant.

— Alors, on fait quoi ?

— On le garde, chuchote-t-elle. On va avoir un bébé, Josh.

Ses grands yeux emplis de larmes s'ancrent aux miens, puis elle m'embrasse avec une violence que je ne lui connaissais pas. Son contact est un baume sur mon âme et j'en savoure chaque seconde. Elle se détache finalement de moi pour me sourire.

— Maintenant, il faut le dire à tes parents, l'informé-je.

Sa gaieté disparaît aussitôt et elle grogne en posant son front contre moi.

— Je sais…

Ce soir-là, quand nous avons terminé de dîner et que tout est en ordre dans la cuisine et la salle à manger – Zoé y a veillé –, la jeune femme invite Malcolm et Caitlin à venir la rejoindre dans le salon.

Ils s'installent tous les deux dans le grand canapé, tandis que leur fille prend place dans l'un des fauteuils. J'imagine combien cette décision a dû être difficile à prendre pour elle, alors je me tiens debout à ses côtés, prêt à la soutenir envers et contre tout. Je vois sa mère recoiffer nerveusement ses longs cheveux brun clair. Elle sait très bien que nous sommes ensemble. Je le devine chaque fois que son regard se pose sur moi. Néanmoins, elle semble avoir également compris que ce n'est pas de cela qu'il s'agit ce soir.

— Euh… Ce sera sûrement surprenant à apprendre pour vous, commence Zoé en me lançant un coup d'œil inquiet, mais Josh et moi…

Elle s'interrompt un moment avant de poursuivre d'une voix hésitante :

— On est en couple depuis quelque temps, et euh…

Ma compagne cesse de parler et prend une grande inspiration. Je pose doucement une main sur son épaule pour lui apporter mon soutien.

— J'ai appris la semaine dernière que j'étais enceinte…

Le silence le plus total règne dans la maison, on pourrait entendre une mouche voler. Caitlin se lève et, une main sur la bouche, s'agenouille devant sa fille avant de l'attirer dans ses bras.

— Oh ma chérie ! Pourquoi ne m'as-tu rien dit ?

— J'avais peur de votre réaction…

— À combien de semaines en es-tu ? la questionne encore sa mère.

— Cinq, maintenant.

Caitlin cajole sa fille, lorsque le regard sombre de Malcom me percute comme un coup de poing dans l'estomac. Il se lève sans un mot, me fait un signe de la main pour que je le suive et quitte la maison. Il ne claque pas la porte derrière lui, ce qui m'étonne presque vu l'expression qu'il arborait.

— Qu'est-ce qu'il a ? me demande Zoé, un peu perdue elle aussi.

— Je crois qu'il veut me parler, annoncé-je en sortant à mon tour.

Quand je franchis le seuil de la demeure, j'aperçois Malcom qui arpente la cour de long en large. À l'instant où il me voit, il me fusille à nouveau du regard. Je m'approche sans un mot.

— Je comprends que cela vous surprenne… commencé-je.

— Je ne suis pas surpris, mais sidéré ! Et proprement hors de moi, s'exclame-t-il avec colère.

— Malcom, je…

Il pointe un doigt sur moi.

— Tu m'excuseras de ne pas sauter de joie après une telle annonce ! Il y a à peine un an, je ramassais ma fille à la petite cuillère, car elle venait de quitter un mari possessif, violent et instable ! Et voilà qu'elle m'annonce ce soir qu'elle est enceinte d'un quasi-inconnu !

Vu sous cet angle, la situation n'est pas très glorieuse en effet, ne puis-je m'empêcher de penser.

— Néanmoins, pour ta défense, je dois reconnaître que ton attitude me surprend. N'importe quel homme de ton âge et dans ta situation aurait pris ses jambes à son cou, à peine informé ! Pour quelle raison ne l'as-tu pas fait ?

— Parce que je tiens à faire partie de la vie de mon enfant, Monsieur.

J'instaure d'instinct une forme de politesse que je ne suis plus habitué à employer avec lui. Je veux également qu'il comprenne que rien ni personne ne me fera partir d'ici désormais.

— Tu te sens vraiment prêt pour une telle responsabilité, avec tous ces démons qui te rongent encore de l'intérieur ?! Car si ma fille ne les voit pas, moi si.

Je ne suis pas surpris qu'il m'ait percé à jour.

— Je l'ignore, Monsieur, mais je suis prêt à affronter n'importe lequel de mes démons pour traverser chaque épreuve auprès de votre fille.

Un silence pesant s'installe dans la cour, la tension plane toujours au-dessus de nos têtes. Je sais que Zoé et Caitlin ont les yeux rivés sur nous depuis la fenêtre.

— Je vous comprendrais aussi, Monsieur, si vous décidiez que je n'ai plus ma place sous votre toit, ajouté-je.

Mes paroles sont là pour lui rappeler quelque chose de bien

précis. Que sa fille n'est plus une gamine, quoi qu'il en pense. Saura-t-il déceler le piège derrière ma pseudo soumission ?

— Tu n'es pas sous mon toit, mais sous celui de ma fille… Je n'ai donc pas de décision à prendre en son nom. J'espère seulement que cette histoire ne virera pas à un fiasco qui mettra Zoé plus bas que terre une nouvelle fois !

Sur ces propos acerbes, il me laisse seul dans la cour sombre et regagne la maison.

Jamais.

Jamais, je ne laisserai sa fille tomber plus bas que terre, comme il l'a dit. Au contraire, je veux qu'elle se relève totalement. Je veux que nous nous relevions, ensemble. Je saurai me montrer patient et attendre qu'elle me dévoile ses secrets.

Mon regard croise celui de la jeune femme à la fenêtre et elle me sourit, une main posée sur son ventre. Un nouveau chapitre vient de s'ouvrir dans ma vie, et je me dois de tout faire pour être à la hauteur.

Chapitre 20

Zoé

Ma parole, c'est à croire que tout le monde pense que je suis encore une gamine ! Oui, j'ai fait le choix de garder mon bébé. Oui, je veux que Josh fasse partie de sa vie ! Mon père pense que je fais une bêtise, et je ne parle même pas d'Oliver que je n'ai pas revu depuis que j'ai eu cet entretien houleux avec lui dans son bureau. C'est mon frère aîné qui agit comme un enfant en boudant de la sorte, pas moi !

Oliver et mon père ne saisissent pas que, pour la première fois depuis mon divorce, je n'ai pas le contrôle total sur une situation, et pourtant, je le vis plutôt bien ! Josh et ma mère semblent le comprendre, eux. Après tous les échecs avec mon ex-mari, je suis heureuse de porter la vie en moi. Si heureuse de savoir que dans sept mois, je donnerai naissance à un petit ange. Moi qui l'ai tellement espéré !

Malgré tout ce qui m'a effrayé à l'annonce de cette grossesse, j'ai pris ma décision. Je ne pouvais me résoudre à penser à l'avortement. Pas après tout ce que j'avais déjà enduré sans succès, pas avec les valeurs que ma famille m'a inculquées. Les mots de mon frère au sujet de Josh ne m'atteignent plus. Il a beau être psychothérapeute, il n'a jamais été le mien, et il ignore à quel point Shane m'a fait souffrir !

Josh est un cadeau du ciel, contrairement à mon ex-mari.

J'en suis maintenant à la toute fin de ma dixième semaine de grossesse, et Josh n'a pas laissé entrevoir un seul instant qu'il pourrait vouloir prendre la fuite ! Malgré mes sautes d'humeur, mes nausées et mon caractère merdique. Il est venu avec moi pour l'examen prénatal. Il a semblé surpris de tous les tests effectués, que ce soit pour confirmer que j'étais bien enceinte ou déterminer une date approximative d'accouchement.

Le docteur Claudia Mills n'a rien à voir avec l'affreux gynécologue de la clinique de fertilité que Shane avait choisie à Calgary. Ce maudit docteur Shavez me collait littéralement les chocottes chaque fois que je devais aller le voir, alors que je chantonnerais presque lors de mes rendez-vous avec Claudia. Et pourtant, deux visites en deux mois, cela fait beaucoup pour une personne aussi anxieuse que moi ! Mais cette femme est si gentille, et elle comprend parfaitement chacune de mes inquiétudes. Après tout, on m'a répété un nombre incalculable de fois que je ne pourrais jamais avoir d'enfant.

— *Les hommes se remettent rarement en question devant ce genre de problème*, m'a-t-elle avoué dès notre première rencontre.

Je l'ai aussitôt adorée.

Avec l'énergie que réclame la croissance du bébé, je suis complètement lessivée. J'ai réduit mes heures de présence au cabinet. Eli a rapidement remarqué que je commençais à prendre quelques courbes, il ne lui a pas fallu longtemps pour faire le rapprochement avec une éventuelle grossesse. Pour la première fois depuis que nous nous connaissons, j'ai vu briller une pointe de jalousie dans le regard de ma meilleure amie. Je sais que Jason et elle font tout pour avoir un enfant, c'est la raison pour laquelle j'avais demandé à mes parents de ne pas en parler encore à mes frères.

Aujourd'hui, j'attends impatiemment que Josh rentre de la boutique à midi, car nous avons rendez-vous pour la première échographie. Mon père est rentré tôt lui aussi, toutefois il ne partage pas mon impatience. Une tension étouffante règne entre nous depuis mon annonce. Et cet état des choses n'a déjà que trop duré à mon goût. J'en ai assez ! Je suis chez moi ici, après tout, et je n'ai pas à marcher sur des œufs avec qui que ce soit !

— Tu vas enfin daigner me dire ce qui t'empêche d'agir normalement avec Josh et moi, Papa ?!

Ma question le fait brusquement sursauter et il renverse un peu

de son café. Je rêverais de boire une gorgée de ce nectar brûlant ! Mais Josh a décidé d'acheter une tonne de bouquins sur l'évolution de la grossesse et de me faire appliquer à la lettre toutes les saines habitudes que doit prendre une future maman ! Alors, plus de café…

— Tout va parfaitement bien, Zoé, me répond tranquillement mon père en essuyant les traces de sa boisson.

— Non ! Rien ne va plus avec toi depuis que je vous ai annoncé que j'étais enceinte, ne me prends pas pour une idiote.

Les poings sur les hanches, je le dévisage avec colère.

— Josh voulait même quitter la maison pour aller s'installer dans un appartement en ville, après votre conversation de ce soir-là !

Je me souviens très bien de cette discussion. Heureusement, cette fois au moins, ce n'est pas lui qui a eu le dernier mot ! Je ne sais pas comment je ferais pour gérer mes angoisses s'il n'était plus là.

— Je… je suis inquiet pour toi, Zoé. C'est normal, tu es ma fille. Ma seule fille.

Je soupire, nous y revoilà.

— Tu sais bien que Josh n'est pas Shane, n'est-ce pas ? Et puis, je ne suis plus aussi fragile qu'à mon retour, Papa.

— Mais…

— Je suis une adulte, Papa ! J'ai vingt-neuf ans, une maison bien à moi, une voiture, un métier, et même un chat ! Et aucune dette. Alors cesse de me traiter comme une gamine, le coupé-je.

Mon père et mes frères m'ont toujours surprotégée, mais Josh est là pour moi désormais, et il est temps qu'ils calment le jeu.

— Je le sais ! C'est aussi pour cette raison que ta mère et moi allons chercher à acheter une maison dans les environs.

Ahurie, je le dévisage en silence un instant.

— Maman et toi, vous voulez déménager ?

— Quand le bébé sera arrivé, vous aurez besoin de vous retrouver en famille. Je suis conscient que tu es plus forte que jamais, Zoé. Mais je suis aussi inquiet, car tout ceci arrive si vite… Comprends-moi, c'est mon rôle de père.

Je ferme les yeux quand il pose ses mains sur mes épaules. Nous savions tous depuis le départ que leur installation ici n'était que temporaire. C'était pour me laisser le temps de me remettre de l'enfer que m'avait fait traverser Shane, le temps de me sentir à nouveau en sécurité. D'accord, la présence de Josh change beaucoup de choses, même si ces derniers jours, je le sens au bord de l'abîme. Il ne dort quasiment plus et passe ses nuits à arpenter le couloir de l'étage. Parfois, il regagne même la véranda pour y finir la nuit.

— Tu es certain que c'est ce que vous voulez ?

— Zoé, je sais très bien que tu dois reprendre le cours de ta vie, je ne suis pas stupide. Je veux seulement m'assurer que tout se passera pour le mieux, avant de te laisser à nouveau voler de tes propres ailes, me confie-t-il.

— Personne n'a de meilleur père que moi, tu le sais ?

Il me sourit un instant et dépose un baiser sur mon front.

— Je le sais. Et je te promets de calmer mes ardeurs de Papa poule avec Josh, ironise-t-il gentiment.

Je ris en le regardant s'éloigner. Contrairement à moi, il travaille cet après-midi. Peu après qu'il ait franchi la porte, cette dernière s'ouvre à nouveau et Josh pénètre dans la maison. Malgré ses traits tirés, il me sourit et vient m'enlacer non sans avoir d'abord suspendu sa veste au crochet du vestibule qui lui est réservé. Avec la grossesse, mon anxiété et les TOC qui l'accompagnent ont gagné en puissance. La maison n'a jamais été aussi bien rangée !

Sa chaleur m'apaise.

Josh m'offre de faire la cuisine et je ne vais pas m'en plaindre. Néanmoins, avec lui, rien de ce que j'ai réellement envie de manger n'est au menu ! Je marmonne un instant contre sa mesquinerie, avant d'avaler mon repas. Mon appétit a considérablement augmenté ces dernières semaines.

Comme le docteur Mills travaille à l'hôpital, nous allons à mon rendez-vous en voiture. Josh a l'air d'un géant au volant de ma Mini. Je suis prise de fou rire chaque fois que c'est lui qui conduit. Toutefois, le pick-up que son ami Cole lui a laissé avant de partir en voyage étant depuis hier en révision, il n'a d'autre choix que de se plier en quatre !

— Cesse de te moquer de moi, ou tu vas marcher, marmonne-t-il.

Je m'esclaffe de plus belle.

— Comme si, toi, parfait gentleman que tu es, tu allais me faire marcher jusqu'à l'hôpital dans mon état.

Le ton rieur de ma voix le déride un peu.

— Tu profites de la situation, Zoé. C'est de la manipulation, là.

Il n'imagine même pas à quel point son sourire en coin me fait complètement fondre. Si notre fils lui ressemble, il laissera plus d'un cœur brisé dans son sillage.

— Tu as eu des nouvelles de Cole et Abby ?

— Une carte postale de Louisiane. C'est tout ce qu'il y avait au courrier, aujourd'hui, me répond-il.

Après avoir garé la voiture sur le parking de l'hôpital, il sort un carton de la poche arrière de son jean et me le remet. Une simple carte avec un paysage paradisiaque et une note : *On s'amuse grave ! Je suis fou d'elle ! Cole.*

— Eh bien, il ne se complique pas la vie, ton copain !

— Le mot *compliqué* ne fait pas partie du vocabulaire de Cole, me révèle Josh en ouvrant sa portière. Allez, on va être en retard si tu traînes.

Dans un soupir exagéré, je sors du véhicule. Josh m'attend devant ma porte, paume ouverte. Je me saisis de sa main et nous gagnons le centre hospitalier ensemble. J'ignore si c'est à cause des hormones, mais mes sentiments pour cet homme se sont décuplés en quelques semaines à peine, d'une façon que je ne m'explique pas moi-même.

Je suis tombée amoureuse du père de mon enfant comme on écoute une symphonie. Doucement, attentivement, et puis en se laissant transporter.

Dans la salle d'attente du docteur, je ne tiens pas en place tant je suis anxieuse. Josh m'invite à me calmer en massant doucement ma nuque. Je tente de calquer ma respiration sur le rythme langoureux de ses doigts. Néanmoins, quand la porte s'ouvre et que ma gynécologue m'appelle, je saute de ma chaise comme un diable hors de sa boîte pour la rejoindre dans son bureau.

— Comment se porte la future maman, aujourd'hui ? m'accueille-t-elle en souriant.

— Bien.

Je ne peux contenir le léger tremblement dans ma voix. Et si l'échographie nous révélait que quelque chose ne va pas chez le bébé ? Je suis une véritable boule de nerfs lorsqu'elle m'invite à m'allonger sur le lit d'examen. Le papier blanc crisse sous mon dos tandis que je m'installe. L'écran noir près de moi me renvoie mon propre reflet. À ma droite, Josh se tient debout et passe sans relâche une main rassurante dans mes cheveux. Ces petits gestes de tendresse sont de plus en plus fréquents chez lui et font battre chaque fois mon cœur un peu plus vite.

— Vous voulez bien remonter votre débardeur et descendre votre fermeture Éclair ? me demande la gynécologue.

Je m'exécute et passe mes doigts sur le doux renflement de mon ventre. Elle prépare la sonde et allume le moniteur.

— Ça va être un peu froid, m'avertit-elle avant de mettre du gel sur ma peau.

Elle prend place sur un tabouret tout près de moi et appose finalement la sonde sur mon bas-ventre. Pendant quelques instants, nous ne voyons rien à l'écran. Puis mon souffle se bloque dans ma gorge quand l'image apparaît enfin. Les doigts de Josh viennent chercher les miens. Je colle nos mains jointes sur ma poitrine quand le premier son résonne.

Les battements du cœur de notre enfant.

— Je vais prendre quelques clichés afin de vérifier que tout est normal, nous annonce Claudia.

Elle manipule la machine, concentrée sur sa tâche, alors que le bruit sourd résonne toujours à mes oreilles. Josh se penche un peu plus vers moi et me murmure :

— C'est notre bébé, Zoé. C'est magnifique, tu ne trouves pas ?

J'acquiesce. Ne pouvant contenir plus longtemps les larmes d'émotion qui me brouillent la vue, je les laisse couler sur mes joues. Ses lèvres viennent effleurer ma tempe. L'euphorie me gagne. Cette merveilleuse petite chose est notre enfant.

— Tout semble parfaitement normal, se réjouit finalement le docteur Mills. Voudrez-vous connaître son sexe, quand le moment de la seconde échographie sera venu ?

Je regarde Josh un instant et nous rions à travers nos larmes.

— Non. On a pris les paris, s'explique Josh. Elle croit dur

comme fer que ce sera un garçon, et moi, que ce sera une fille. On veut garder la surprise pour le jour de sa naissance.

— Très bien, alors. Ce sera donc une jolie surprise dans sept mois. Comme je vous l'ai dit, tout semble parfaitement normal du côté du bébé, néanmoins j'aimerais que vous cessiez de travailler jusqu'à la fin de votre grossesse. Et ce, pour plusieurs raisons. Tout d'abord, je vais vous prescrire une prise de sang, car vous me semblez très fatiguée pour n'en être qu'à votre premier trimestre, et au vu de ce que vous m'avez dit sur vos antécédents en gynécologie, je serais plus rassurée si vous restiez au calme. Ensuite, vous avez un métier relativement physique, qui demande parfois des manipulations lourdes qui pourraient vous être néfastes.

J'acquiesce. Je l'avais déjà prévue, celle-là. *C'est l'un des avantages à travailler pour son propre compte, pas besoin d'affronter un patron belliqueux*, pensé-je en souriant, fataliste.

— Je me suis déjà renseignée sur les démarches à effectuer pour prendre un congé prolongé, avoué-je.

Elle nous grave un disque des premiers clichés de notre bébé et je prends note de mon prochain rendez-vous, après le prélèvement sanguin, tandis qu'elle me remet les documents nécessaires à la validation administrative de ma grossesse et de mon arrêt de travail.

Au beau milieu du parking, alors que nous venons de quitter les lieux, Josh m'attire à lui. Ses bras puissants se referment autour de mon corps, et il me presse contre son torse. Je n'ai d'autre choix que de lever la tête pour le regarder dans les yeux.

— Ce sera un garçon, Josh. Je le sais, c'est un truc de femmes.

— Et je sais très bien que tu ne cesseras pas de le clamer haut et fort, tant et aussi longtemps que tu n'auras pas vu le merveilleux visage de notre fille, réplique-t-il en approchant sa bouche de la mienne.

— No…

Il s'empare de mes lèvres avec une telle férocité que j'en perds le souffle. Une bouffée de désir me gagne alors que je passe mes mains dans ses cheveux courts. Avec un sourire en coin, il me relâche doucement.

— J'arrive quand même encore à te faire taire.

Je balance mon poing dans son épaule saine et repars vers la

Mini en grommelant, avant de stopper net à quelques mètres de mon véhicule.

— Merde ! Quelqu'un a embouti ma voiture, juré-je en saisissant aussitôt mon portable afin d'appeler Dean.

Josh s'approche pour constater les dégâts pendant que je discute avec mon petit frère. La porte côté conducteur semble complètement enfoncée.

— Il doit y avoir des caméras de surveillance sur le parking, non ? me questionne-t-il.

Je secoue la tête en soupirant après avoir raccroché.

— D'après Dean, les caméras sont en rade. Et ça ne date pas d'hier, je me souviens que c'était déjà le cas il y a un an, quand je bossais ici.

Josh fronce les sourcils et observe les alentours.

— On n'a plus qu'à faire un rapport à la police, conclus-je en remettant mon portable dans mon sac.

L'ancien militaire se dirige de l'autre côté de la voiture et en ouvre la portière.

— Je l'avais pourtant verrouillée en partant, j'en suis sûr ! marmonne-t-il, avant d'inspecter l'habitacle. Ma veste en jean a également disparu, elle était sur le siège arrière.

— Tu es certain de l'avoir prise ?

— Oui, Zoé. J'en suis certain, chuchote-t-il en se penchant pour détailler de plus près la portière intacte.

Chapitre 21

Josh

Octobre nous fait don de ses températures de plus en plus basses. Zoé en est au commencement de son deuxième trimestre de grossesse. Hier après-midi, nous avons assisté à une nouvelle échographie du bébé. La future maman est en pleine forme et notre enfant aussi. Aucune ombre au tableau de ce côté, ce qui nous rassure tous les deux. Pour ma part, je suis sur un petit nuage. À l'âge de trente et un ans, je m'apprête à devenir père. Moi qui m'étais juré que cela ne m'arriverait jamais ! Je ne mérite pas cette chance et j'en suis parfaitement conscient…

Zoé a cessé de travailler au cabinet, comme Claudia Mills le lui a recommandé. Elle n'a gardé que les quelques patients – des personnes âgées pour la plupart – qui consultent en ostéopathie à son domicile. Jason, Dean et moi avons depuis longtemps descendu dans la véranda les équipements de son bureau au premier étage. Bien évidemment, elle ne veut pas entendre parler de ne plus me traiter et elle me fait rire aux larmes quand elle travaille sur mon épaule, assise sur un énorme ballon de yoga.

— *C'est meilleur pour le bébé et moi*, m'a-t-elle assuré alors qu'elle rebondissait autour de moi sur l'énorme bulle bleue.

J'aurais de loin préféré qu'elle cesse toute activité professionnelle, puisqu'elle m'a dit qu'elle en avait les moyens, toutefois elle s'ennuie à ne rien faire, seule à la maison alors que tout le monde part au boulot le matin. Je peux comprendre que l'inactivité lui pèse. Personnellement, je ne pourrais pas le supporter.

J'ignore si c'est dû au changement de saison, mais je suis à cran ces derniers temps. Depuis l'annonce de la grossesse de Zoé, je ne dors plus que par intermittence, même en sa présence, et l'incident sur le parking de l'hôpital n'a rien arrangé. Je suis certain que la personne qui a embouti sa voiture l'a fait de façon intentionnelle. De plus, les traces sur la peinture de la portière côté passager ne laissent aucun doute : on a forcé le véhicule pour voler ma veste. J'en ai longuement discuté avec Dean qui a promis de mener une enquête, toutefois le jeune agent a fait chou blanc. Toute cette histoire me fait surtout passer pour un paranoïaque.

Le manque de sommeil affecte peut-être également mes capacités de raisonnement.

C'est pourquoi, en ce début de samedi après-midi, je suis en train de garer mon pick-up dans la cour du *Heaven's*. J'ai besoin de faire le point loin de la pression de la ville, et Zoé n'aura pas besoin de moi, elle est partie faire du shopping avec Caitlin et Elisabeth. La plupart de ses vêtements ne lui vont plus du tout, ce qui la fait ronchonner dès qu'elle doit s'habiller. Eh oui, notre petite crevette prend déjà beaucoup de place dans le ventre de sa mère.

Aujourd'hui, je suis d'autant plus impatient de retrouver Fire que ma physiothérapeute, dans sa grande bonté, m'a enfin donné la permission de le monter. Je marche d'un pas rapide jusqu'à la grange. Bien que je prenne plaisir à venir rendre visite à ma monture tous les vendredis, la liberté que j'éprouve à être en selle me manque terriblement.

Tara et Aaron s'activent à sortir des meubles de l'aile des invités. Néanmoins, je suis tellement impatient de revoir Fire que je ne prends pas la peine d'aller les saluer. Je me contente de leur adresser un signe de la main avant de pénétrer dans l'écurie. Comme à chacune de mes visites, mon compagnon à quatre pattes me fait la fête. Je le sors de sa stalle puis le panse rapidement. En deux temps trois mouvements, il est harnaché et je quitte la grange en le guidant près de moi. Les oreilles pointées en avant, il a déjà compris qu'aujourd'hui serait une journée différente des autres. Son poil couleur de feu a pris de l'épaisseur avec le retour du froid et les journées de plus en plus courtes. Il a l'allure d'un ours polaire roux, un tantinet rondouillard.

Fire piétine d'impatience lorsque je mets le pied à l'étrier. J'ai l'impression d'être assis sur une bombe à retardement, toutefois il se contient et prend le trot à ma demande quand je l'engage sur le sentier que j'empruntais pour courir.

Mon exercice matinal aussi me manque. Pourtant je veux être solidaire de Zoé, alors tous les matins, nous allons marcher main dans la main sur notre ancien parcours de course. Je souris en me faisant la réflexion qu'elle est aussi survoltée que Fire depuis deux semaines. De ce que j'ai pu lire, un tel regain d'énergie est normal à ce stade de la grossesse. Elle est rayonnante.

L'air frais me revigore et je remonte la fermeture Éclair de mon manteau. Fire est tout heureux de notre sortie improvisée. Il m'entraîne en allongeant la foulée dans les grands champs que le frimas a rendus moins verdoyants. Mon esprit s'évade au rythme de son galop. Le temps se suspend autour de nous durant ces instants magiques. Pourtant mes angoisses, elles, restent bien présentes.

J'ai enfin l'impression d'accéder au bonheur aux côtés de Zoé. Je ne peux plus me leurrer. Ma compagne a pris une grande place dans mon existence, et pour rien au monde, je ne voudrais m'éloigner d'elle. Seulement, après un certain temps de reddition, mes démons me rattrapent. Depuis l'histoire de la voiture, je suis plus nerveux que jamais. J'ai ce sentiment épouvantable qu'une menace plane, non pas au-dessus de moi, mais tout autour de Zoé.

Or elle est tout ce qui m'importe dorénavant.

Je n'imagine plus repartir d'ici maintenant. Le souvenir du jour où Cole s'est présenté à la boutique pour m'annoncer qu'il voulait reprendre la route en août me revient en mémoire. Ce même jour où je lui ai remis le sachet contenant le bracelet fabriqué par Marie pour Abby, souvenir immuable de son amour perdu durant l'été. Je ne lui ai pas avoué à ce moment-là que mon avenir était désormais ancré à cette ville.

Il est aussi évident que je suis terrifié à l'idée de devenir père. Tenir un petit être dans mes bras… Il y a si longtemps que cela ne m'est pas arrivé. Huit ans… une éternité ! Est-ce que je saurai être un bon père ? Je ne veux pas agir de la même façon que le mien avec Arya, Noah et moi. Jamais. Je veux être ce papa que toute fille est fière de présenter à ses copines et auprès duquel elle n'hésite pas à venir se confier. Parce que oui, je suis persuadé que nous allons avoir une petite princesse.

Ressentant ma lassitude, Fire est repassé instinctivement au pas. Zoé m'a fait promettre de ne pas forcer si je décidais de monter, aussi je ne cherche pas à lui faire reprendre de la vitesse. Tandis que j'observe les alentours, je me promets d'amener ma compagne ici un jour prochain pour qu'elle fasse enfin la connaissance du troisième être le plus important dans ma vie, après elle et notre enfant.

— Salut gamin, m'interpelle la voix d'Aaron.

Le cow-boy vient à ma rencontre sur le dos de Dexter. Il est chargé de maintenir le hongre en forme durant l'absence de Cole, tout comme il a accepté de veiller sur Fire. Son chapeau, bien vissé sur sa tête, et le col de son manteau relevé haut dans son cou lui donnent l'air d'un cavalier du *Far West*.

— Belle journée, le salué-je en arrêtant Fire.

— Sublime.

En silence, nous profitons un long moment du paysage qui nous entoure. L'endroit est magnifique. Un jour, j'amènerai aussi ma fille ici.

— Tu m'as l'air tracassé, mon garçon.

Cole m'a toujours dit que ce type avait l'œil.

— Je vais être père, Aaron.

Depuis le départ de mon ami, à chacune de mes visites au ranch, j'ai pris l'habitude de discuter avec le compagnon de Tara tout en m'occupant de Fire. Un lien solide s'est peu à peu tissé entre nous. Il me semble soudain naturel de partager avec lui cette grande nouvelle. J'ai confiance en lui, et puis les trois premiers mois critiques de la grossesse sont derrière nous. Plus rien ne m'oblige à garder le secret. Il me sourit, des petites pattes d'oie apparaissent autour de ses yeux.

— C'est fantastique.

Aucun jugement dans sa voix, contrairement à la première réaction de Malcom. Je dois pourtant reconnaître que le père de Zoé a fait de gros efforts, ce que j'apprécie. Nos relations sont apaisées et nous prenons de nouveau plaisir à passer de longues heures à parler de nos campagnes respectives à l'étranger.

J'acquiesce en flattant distraitement l'encolure de Fire.

— Mais quelque chose ne va pas, je me trompe ? insiste Aaron.

Je prends une longue inspiration avant de lui livrer le fond de ma pensée.

— Je suis mort de trouille. Plus que je ne l'ai jamais été de toute ma vie…

Plus encore que lorsque j'étais en zone de guerre, pensé-je inconsciemment.

— La maman se porte bien ?

J'acquiesce encore.

— Le bébé aussi ?

— Oui. Tout se déroule normalement.

— Alors tout va bien, Josh. Vous devez avancer tous les deux doucement dans la même direction, pas à pas. Tu as le droit d'avoir la frousse, elle aussi doit avoir ses craintes.

Il a raison ! C'est avec Zoé que je devrais discuter de tout cela. J'ignore quelles sont ses peurs à elle. Elle ne m'en parle pas, pas plus que je ne partage mes angoisses avec elle.

Je suis troublé par tant de sollicitude de la part de cet homme, après tout, nous ne nous connaissons pas beaucoup. Toutefois, je ne doute pas un instant de sa grande sagesse. Côte à côte, dans le plus grand silence, seulement meublé par le doux son de la brise automnale et le pas de nos chevaux, nous regagnons le ranch. Plongés dans nos pensées.

De retour dans la grange, je passe un long moment à brosser ma monture. Son contact m'apaise et je me sens plus serein quand je remonte à bord du pick-up. Je salue Aaron et Tara par la vitre en quittant la cour.

Je laisse la route défiler lentement, si bien que lorsque je me gare devant la maison de Zoé, la voiture de Caitlin est là elle aussi. Les filles sont revenues de leur virée shopping.

Le rire de Zoé résonne quand je franchis le seuil de la maison. La fatigue qui la submergeait tout au début de sa grossesse a laissé place depuis quelques semaines à une incroyable vitalité. Avec son ventre doucement arrondi et ses seins voluptueux, elle est sublime. Joyeuse, ma compagne se précipite vers moi et me montre les sacs qui sont entassés sur la table de la salle à manger.

— Tu as fait des folies, dis donc !

Dès qu'elle se presse contre mon corps, son contact affole mes sens. Je lui vole un baiser.

— Plus rien ne m'allait, Josh. C'était un mal nécessaire, se dédouane-t-elle en plaquant à nouveau ses lèvres sur les miennes.

Je suis heureux que les sautes d'humeur du début de grossesse soient également passées, je ne savais parfois plus comment me comporter avec elle.

— Allez, montez ranger tous ces achats dans la chambre, je vais préparer le dîner, nous ordonne Caitlin en nous chassant d'un signe de la main.

Malcom nous adresse un sourire depuis la terrasse, tandis que je grimpe les marches derrière sa fille, chargé comme un mulet. Ils n'ont pas encore trouvé de maison qui leur plaît vraiment, néanmoins ils souhaitent toujours avoir déménagé avant la naissance du bébé. Zoé et moi ne nous plaignons pourtant pas de leur présence. Je crois même que ma compagne se sent rassurée de les avoir auprès d'elle pour affronter cette période si nouvelle pour elle.

— Tu avais besoin de tous ces vêtements ? demandé-je en lui faisant passer ses emplettes au fur et à mesure.

— Bien sûr. Sinon je ne les aurais pas achetés.

Réponse très assurée de la part de Zoé.

Assurance qu'elle perd un instant quand je me tourne vers elle avec un haussement de sourcils suggestif, une nuisette en satin noir plaquée contre mon torse, avant qu'elle ne me l'arrache des mains, les joues empourprées.

— Ça va, j'en ai marre de mes sous-vêtements de grossesse tout moches et en coton, ronchonne-t-elle. Et puis, je la trouvais super jolie.

— Je suis certain que tu es à couper le souffle là-dedans.

Je reprends la nuisette et la présente devant elle. En effet, elle doit être sublime sur son corps.

— Tu as d'autres surprises du même genre dans ces sacs ? la questionné-je en recommençant à fouiller.

Elle s'interpose entre moi et le reste de ses achats, et me fait sortir de la chambre à coucher.

— Je vais terminer seule ! s'exclame-t-elle en riant avant de me claquer la porte au nez.

Ce soir-là, le sommeil me fuit encore une fois. Zoé tente de m'aider à me détendre en massant doucement mes épaules, mais rien n'y fait. Alors, sous les couvertures, je l'attire contre moi et me réconforte à la chaleur de son corps. Je la sens qui s'endort dans mes bras. Le menton calé sur le haut de sa tête, je ferme les yeux durant quelques secondes.

Le visage couvert de sang et de morceaux de cervelle, je n'arrive pas à déterminer si les silhouettes qui approchent sont amies ou ennemies. Mon Beretta est coincé sous le cadavre de mon camarade. Impossible de l'atteindre.

J'entends un coup de feu, et le son d'un corps qui s'écrase non loin. Je tourne la tête en direction du bruit sans rien pouvoir discerner non plus. Je sors le couteau de combat du sac de l'ancien caporal et me relève d'un bond. L'adrénaline pulse dans mes veines et je fonce sur la première ombre qui se trouve devant moi.

Une main plaquée sur son torse, je repousse la silhouette jusqu'à ce que j'imagine être un mur de briques. Je plaque ma lame sur sa trachée, prêt à tuer.

— Sergent ! s'exclame une voix étranglée.

Mais je n'écoute pas. Je n'en suis plus capable.

— Sergent ! répète la voix.

Rien. Je ne parviens pas à me souvenir de qui il est.

— Walker !

On m'interpelle avec de plus en plus d'insistance.

— Josh !

— Josh !

C'est la voix paniquée et en manque d'air de Zoé qui me sort de mon cauchemar, pour m'embarquer dans un autre. Bien trop réel, cette fois.

La scène que je découvre alors me terrifie. Voilà, ce que je redoutais tant s'est produit !

Debout devant la jeune femme, je la maintiens fermement contre le mur de la pièce, mon bras en travers de sa gorge. Je recule si vite que je tombe à la renverse dans la chambre. Zoé se laisse glisser contre la paroi. À genoux, j'avance vers elle, mais terrifiée, elle recule dans un coin de la pièce.

J'entends des pas précipités dans l'escalier.

Chapitre 22

Zoé

Au milieu de la nuit, ma main cherche le contact de Josh près de moi. Je ne rencontre que du vide. Les draps sont froids au toucher. En étouffant un bâillement, je me redresse sur le matelas. Et là, je l'aperçois, vêtu de son jogging, debout, bien droit, devant la fenêtre de la chambre. Quand mes pieds nus rencontrent le sol gelé, un frisson me parcourt. La faible lumière d'un lampadaire éclaire faiblement sa silhouette immobile depuis la rue.

— Josh, chuchoté-je en m'approchant de lui.

Il ne se retourne pas. *Peut-être ne m'a-t-il pas entendue,* songé-je en posant une main sur son épaule. Grave erreur ! En un instant, je me retrouve violemment plaquée contre le mur de la pièce. Mon cœur martèle ma poitrine en un rythme effréné. Le souffle me manque. Son bras en travers de mon cou me coupe la respiration. Son regard est vide, totalement inexpressif. Loin d'être aussi forte que lui, je ne parviens pas à me défaire de sa prise.

— Josh, croassé-je.

Mes ongles griffent la peau de son avant-bras, je suis sur la pointe des pieds.

— Josh ! hurlé-je finalement avec l'énergie du désespoir.

Je vois qu'il revient soudain à lui. Ses yeux croisent les miens et il panique. Il me relâche et recule, visiblement horrifié. Il tombe lourdement sur le sol en heurtant la base du lit. Je me laisse aller contre le mur et finis les fesses sur le plancher glacé.

Un bruit de course dans les escaliers retentit alors que Josh tente de m'approcher. Instinctivement, j'ai un mouvement de recul. J'ai besoin de quelques secondes encore pour me calmer. Le visage inquiet de mon père apparaît dans l'embrasure de la porte.

— Zoé ! s'exclame-t-il.

Josh sursaute et se recroqueville contre le lit. Je fais un signe de main à mon père, lui signifiant de rester à l'écart. Je savais que cela arriverait un jour.

— Va-t'en, Papa.

— Mais…

— Va-t'en !

Mon ton est sec. Je n'ai pas besoin de lui pour gérer cette situation. J'en ai déjà discuté avec ma mère, après que Josh m'ait parlé de ce qui s'était passé chez son ancien employeur. Même s'il m'a juré qu'il ne laisserait jamais une telle chose se reproduire, je sais qu'il ne contrôle pas ses cauchemars. Tout comme moi, je ne contrôlais pas mes crises de panique après avoir divorcé.

Mon père disparaît finalement derrière la porte.

Lentement, tandis que mon cœur se calme et reprend un rythme normal, je rampe vers mon compagnon. Il fixe ses mains, posées à plat devant lui. Tout son corps tremble, et quand mes doigts entourent les siens, il recule à son tour. Cette fois-ci, je ne le laisse pas faire et suis le mouvement.

— Regarde-moi, Josh, s'il te plaît, murmuré-je d'une voix aussi apaisante que possible.

Il m'observe en biais, son regard fuit le mien. Nous sommes tous les deux agenouillés dans la pièce, face à face désormais. Mes paumes rencontrent ses joues couvertes d'une fine barbe et je m'approche encore un peu.

— Tout va bien, Josh, lui assuré-je. Tout va bien.

— Non.

— Je te dis que…

Ses yeux s'ancrent à moi, la terreur y règne en maître.

— Non. Je t'avais promis que ça ne se produirait jamais, Zoé. Je n'ai pas…

— Stop ! ordonné-je. Tu ne m'as rien fait, d'accord ?! Je n'aurais pas dû te surprendre ainsi. Tu m'avais prévenue et j'ai complètement oublié. Ne te blâme pas pour une réaction si insignifiante.

Il fronce les sourcils.

— Insignifiante ?! J'aurais pu te blesser, mon amour, chuchote-t-il en posant une main sur mon cou. Faire du mal à notre enfant…

Je reste une fraction de seconde bloquée sur les deux mots qui viennent de franchir ses lèvres pour la première fois. *Mon amour…*

— Je t'assure que ce n'est rien, Josh.

Malgré moi, les larmes me montent aux yeux. *Foutues hormones !* me sermonné-je intérieurement. Josh m'aide à me remettre debout et me conduit vers le lit. Je me hisse sur la pointe des pieds pour poser ma bouche sur ses lèvres. Il ne me rend pas mon baiser. Je secoue la tête, excédée.

Nous revoilà à la case départ, celle du type sans expression ni sentiments.

— Tu devrais te recoucher, me conseille-t-il en écartant les draps.

— Toi aussi.

Il acquiesce alors que je passe sous les couvertures, avant de contourner le matelas. Ses doigts glissent dans mes cheveux un instant. Puis il prend son oreiller et la courtepointe au pied du lit. Sans un mot de plus, il quitte la chambre. J'attrape mon coussin dans lequel j'étouffe un hurlement de frustration !

— Ton père est une vraie tête de mule, marmonné-je en caressant mon ventre, allongée sur le dos.

J'ai fini par sombrer dans un sommeil sans rêves et n'ai pas entendu le réveil. Quand je gagne le rez-de-chaussée, mon père est à table avec ma mère, et tous deux me regardent approcher en silence.

Josh n'est nulle part en vue, l'heure de notre promenade matinale est largement passée.

— Cessez de me dévisager de la sorte, lancé-je à mes parents en me servant un bol de céréales. Tout va bien !

— Que s'est-il passé ?

La question m'irrite sans doute plus qu'elle ne le devrait. Je manque de sommeil, l'homme de ma vie m'a faussé compagnie, je suis donc assez peu conciliante !

— Rien. Josh a fait une crise de panique, c'est tout.

Sous le regard de mon père, j'enfourne une grosse cuillérée de céréales. La conversation est terminée.

— Où est-il ? demandé-je alors à ma mère, la bouche pleine.

J'ai aperçu la courtepointe sagement pliée sur le coin du canapé en descendant. La pensée qu'il soit peut-être parti définitivement m'effleure une seconde. Impossible.

— Il bricole dans son camping-car, répond ma mère. Il y est depuis son réveil.

Mais qu'est-ce qu'il peut bien fabriquer un dimanche matin dans cette caravane toute déglinguée ?! Abasourdie, je passe dans la véranda et jette un œil à l'extérieur. Le bout d'une bâche bleue dépasse de la porte ouverte. Il vient de commettre un meurtre et veut cacher le cadavre dans son tas de tôles ? Exaspérée par son comportement, je retourne dans la cuisine, pose mon bol encore plein sur le plan de travail et enfile mon manteau et mes bottes par-dessus mon pyjama.

À l'instant où je sors de la maison, le froid matinal me fait frissonner et resserrer le vêtement sur moi. Un énorme fracas retentit dans la cour juste quand j'arrive devant la caravane. Je me pousse brusquement sur le côté, évitant de justesse le vieux chauffe-eau qui termine sa course sur le bitume.

— Mais qu'est-ce que c'est encore que tout ce cirque, Josh ?! m'exclamé-je en pénétrant dans l'horrible tas de ferraille.

Je reste figée devant le tableau qui s'offre à moi. À quatre pattes dans la caravane, une grosse agrafeuse à la main, Josh fixe l'immense bâche au-dessus du trou dans le plancher qu'il a involontairement percé au moment de son arrivée ici. Je peine à croire ce qu'il est en train de faire.

— Tu comptes réellement te réinstaller dans ce taudis ?!

Ma voix est montée dans les aigus. Mon compagnon s'assoit sur ses talons et délaisse sa besogne pour me fixer un instant, avant de passer une main sur son visage aux traits tirés.

— Je ne veux pas prendre le risque que… que ce qui s'est passé

cette nuit se produise à nouveau, articule-t-il difficilement en fuyant mon regard.

— Je t'ai dit que ce n'était rien, Josh. Peux-tu cesser ce manège ridicule et revenir dans la maison maintenant ?!

Il secoue la tête en signe de dénégation.

— Hors de question. Je veux terminer ça pour conserver un peu de chaleur à l'intérieur et ne pas me geler la nuit prochaine.

— On est le vingt-deux octobre, Josh. La chaleur, c'est terminé ! Tu vas attraper la mort en dormant ici !

— C'est mieux que de te faire du mal, Zoé.

Dans un soupir, je prends place sur la banquette de la petite table de cuisine. Je sais qu'il pense faire au mieux. Seulement, il doit comprendre que je l'accepte tel qu'il est, avec ses démons et ses fantômes.

— Tu sais, Josh, je…

J'ignore comment formuler ma phrase. J'ai envie de lui dire que je l'aime, avec ses qualités et ses défauts. Pourtant je me retiens encore.

— Je suis consciente que tu t'en veux, mais ce n'est pas de ta faute. Tu as vécu des choses terribles, là-bas, soufflé-je. Ton attitude est tout à fait compréhensible.

La toile bleue crisse sous ses pas quand il vient s'installer en face de moi. En silence, il se saisit de mes mains et les porte à ses lèvres. Un frisson, autre que ceux causés par le froid, me parcourt.

— Tu imagines si le bébé avait été là ?! Tu imagines ce qui pourrait arriver, si cela se produisait après sa naissance ?

Je sais qu'il marque un point.

— Tu ne pourras pas vivre éternellement dans ce tas de ferraille, Josh.

— Je sais.

Nous nous observons un moment, écrasés par le poids de la réalité. Sa bouche se promène sur mes doigts, il les porte à sa joue, s'y appuie un instant.

— Je vais retourner consulter, Zoé. Je ne peux plus vivre de cette façon. Je dois me défaire de toutes ces ombres qui me rongent de l'intérieur. Et pour rien au monde, je ne veux te quitter, c'est pour toutes ces raisons que je me réinstalle ici. Provisoirement. En attendant d'aller mieux et de ne plus jamais risquer de te mettre en danger.

— Tu n'as…

— J'ai besoin de le faire, Zoé. Pour moi… et pour nous donner une chance, ajoute-t-il dans un murmure.

Aussi fugace que violente, j'entrevois alors dans ses yeux l'immensité de la douleur qu'il ressent à l'intérieur. Mon souffle se coupe et je sens une larme rouler sur ma joue. Il l'essuie avec douceur.

— Ne pleure pas. Je serai toujours là, seulement nous ne dormirons plus sous le même toit. Pas avant que j'aie fait de réels progrès.

— Très bien. Si c'est ce que tu veux, abdiqué-je. Mais sache que je suis totalement contre cette idée grotesque.

— J'en prends bonne note.

Il se penche vers moi au-dessus de la table et vient cueillir un baiser sur mes lèvres. L'échange est bref… trop bref.

— Je suis désolé pour ce qui s'est passé.

— Ce n'était rien, répété-je une nouvelle fois, avant de me lever et gagner la sortie. J'espère que tu auras tellement froid que tu rentreras très vite pour que je te réchauffe. Et quand ce sera le cas, attends-toi à devoir supplier… longtemps !

Je l'entends rire dans mon dos. *J'aime ce son*, pensé-je en rentrant chez moi. Presque autant que j'apprécie sa chaleur dans ma vie.

Malheureusement pour moi, le froid ne l'a pas emporté sur son entêtement ! Voilà maintenant une semaine que Josh a repris ses quartiers dans le camping-car après avoir fait le plein de couvertures. J'aurais dû les cacher, il serait déjà revenu auprès de moi. La nuit, ses bras autour de moi me manquent. Sa respiration près de mon oreille. Son souffle dans mon cou. Absolument tout de lui me manque ! Je déteste ce sentiment d'avoir autant besoin de sa présence et de ne pas pouvoir en profiter.

Chaque matin, il vient me rejoindre dès son réveil, nous allons faire notre balade, puis il mange et part travailler. Je m'occupe des quelques patients qui viennent encore consulter à la maison en attendant gentiment que quelqu'un rentre me tenir compagnie. Rester inactive n'a jamais été dans mes habitudes, je déteste cela.

Nous passons également toutes nos soirées ensemble. En toute franchise, je ne peux en aucun cas me plaindre du manque d'attention de mon compagnon. Le moindre de mes caprices est exaucé, sauf celui qu'il regagne la maison pour dormir auprès de moi, bien entendu !

Ce soir, devant la télévision, nous avons à nouveau débattu d'un prénom pour notre fils à naître. Toutefois, *Monsieur* s'obstine à dire que ce sera une petite fille et refuse d'envisager le moindre prénom masculin. Ce n'est pas lui qui porte cet enfant tout de même, c'est moi ! Et je suis persuadée d'attendre un garçon.

C'est déjà le milieu de la nuit et le sommeil me fait défaut une fois encore. Comme chaque nuit depuis qu'il a décidé de quitter mon lit. Je me lève et descends à la cuisine. J'ai une faim de loup ! J'ouvre le réfrigérateur et reste un instant plantée devant, incapable de me décider. Une lueur étrange dans la véranda attire alors mon attention. L'esprit embrumé par la fatigue, je traîne les pieds pour m'y rendre.

Dans un cri d'horreur, je me précipite hors de la maison.

De hautes flammes lèchent déjà le toit du camping-car, prisonnier d'un cercle incandescent. La chaleur du feu me force à reculer tandis que je hurle à pleins poumons :

— Josh !

Chapitre 23

Josh

Je sais que Zoé n'accepte toujours pas ma décision de ne plus dormir dans la maison, mais je me sens rassuré de la savoir en sécurité loin de moi. Comme il est étrange pour un homme de penser que sa compagne est plus à l'abri du danger quand lui n'est pas dans les parages.

Sa présence près de moi, la nuit, me manque terriblement. Aussi, je tente de me concentrer sur autre chose.

Je suis allé consulter un psychologue à l'hôpital de *Black Valley*, et dès les premières secondes, j'ai eu envie de fracasser le crâne de ce pauvre type contre son bureau. Il m'a toutefois envoyé voir un médecin qui, lui, m'a prescrit un traitement afin que je puisse dormir en paix. J'avais d'abord une certaine réticence à le prendre, mais la fatigue l'a emporté. Tant pis si cela implique que j'affronte mes démons chaque nuit, j'ai besoin de me remettre en forme.

Par contre, je ne compte pas prendre de second rendez-vous avec ce psychologue totalement incompétent ! Alors, aussi difficile à admettre que cela puisse être, c'est auprès d'Oliver que j'ai décidé d'aller chercher l'aide dont j'ai besoin.

Fort de cette nouvelle décision, j'ai pris mes somnifères et me suis écroulé comme une souche. Cela fait du bien de pouvoir enfin dormir à peu près correctement. Qui sait, peut-être pourrai-je bientôt retrouver la chaleur de Zoé contre moi ?

Un bruit sourd derrière la porte du camping-car me tire de mon sommeil artificiel. Pelotonné au chaud sous tout un tas de couvertures, je me tourne vers l'extérieur, peinant à émerger.

Plusieurs minutes se sont écoulées dans le plus grand silence, quand l'odeur de brûlé me parvient.

Tout à fait réveillé cette fois, je m'assois vivement sur mon lit et suis pris d'une violente toux, le souffle coupé par l'épaisse fumée noire qui pénètre désormais à flots dans la caravane. Je gagne la sortie et me heurte à un mur. Impossible d'ouvrir la porte. Elle semble solidement barricadée de l'extérieur ! Je n'y vois quasiment plus rien, lorsque les flammes qui lèchent les petites fenêtres les font exploser vers l'intérieur, créant alors un appel d'air qui propage l'incendie à travers l'habitacle. Je me jette au sol et remonte le col de mon sweat sur mon nez. En rampant, je cherche du bout des doigts la texture de la bâche. Dès qu'enfin je la rencontre, je l'arrache à pleines mains du plancher et plonge dans le trou.

Le feu enveloppe le camping-car comme une seconde peau. Je peine à respirer alors que j'atterris violemment sur le béton de la cour, en plein sur mon épaule. Je me glisse sous le brasier jusqu'à l'arrière de la caravane. Les appels hystériques de Zoé me parviennent soudain, me poussant à accélérer encore le rythme. Je dois sortir de cette fournaise pour la rejoindre ! Elle hurle mon nom comme une litanie. La peur m'envoie des décharges d'adrénaline dans les veines.

Et si les flammes s'étaient propagées jusqu'à la maison ?

Devinant enfin une ouverture à travers les ondes de chaleur, je roule sur le côté et me retrouve dans l'herbe.

Pieds nus, je contourne comme un damné le camping-car en flammes. C'est le dernier obstacle qui se dresse entre Zoé et moi. Aussitôt soulagé de constater que l'incendie ne concerne que mon logis, je m'apaise totalement quand je vois la jeune femme accourir vers moi. Au loin, la sirène d'un camion de pompier retentit. En toussant et couvert de suie, je serre le corps de Zoé contre moi, mon visage enfoui dans ses cheveux.

La carcasse enflammée est assez éloignée de sa maison et de celle des voisins pour ne pas les mettre en danger.

C'est comme avoir allumé un immense feu de joie dans la cour arrière. J'aperçois, dans la lueur des flammes, les parents de Zoé qui rassurent les autres résidents, sortis en panique de leurs demeures.

Les pompiers débarquent en trombe et tentent de maîtriser le brasier après avoir sécurisé la zone et fait reculer les badauds. Malgré tous leurs efforts, le camping-car finit par s'écrouler dans un jet d'étincelles.

— Mais qu'est-ce que tu as foutu ? m'interpelle la voix forte de Jason.

Il s'approche de nous dans son imposant uniforme. Derrière lui, deux véhicules de police et une ambulance viennent se garer devant la maison, sirènes hurlantes.

— Je… me suis levée pour… parce que… commence Zoé d'une voix hachée.

— Calme-toi, chuchoté-je à son oreille en la pressant contre moi.

Ses mains sont agrippées à mon pull et ne me lâchent plus.

— J'ai été réveillé par un bruit sourd dans la cour, la fumée avait déjà envahi les lieux et les flammes entouraient tout le camping-car, commencé-je. Lorsque j'ai voulu sortir, la porte était bloquée de l'extérieur.

Zoé étouffe un hoquet de stupeur et lève les yeux vers moi. Des larmes roulent sur ses joues.

— Alors, si… s'il n'y avait pas eu le trou… tu serais…

— Chut, ma belle, murmuré-je. C'est terminé, je vais bien !

Jason nous interrompt :

— Quel trou ?

— Le plancher du camping-car avait cédé sous mon poids le jour de mon arrivée, lui expliqué-je. Je ne l'avais pas encore réparé, je suis passé par le trou pour sortir.

Je tousse violemment et une jeune femme à l'air sévère, arborant un brassard de médecin secouriste, s'avance vers nous.

— Monsieur, je vais vous demander de venir avec moi.

— Ça va, affirmé-je sans pouvoir contenir une nouvelle quinte de toux sèche.

— Vous saignez, Monsieur, je vais donc devoir insister.

Je constate alors que du sang s'écoule à nos pieds. Le dessus de ma main gauche en est couvert. Il y en a même sur le pyjama de Zoé.

— D'accord.

Ma compagne s'apprête à me suivre quand je l'arrête.

— Va passer des vêtements plus chauds d'abord, tu veux bien ?

207

Complètement secouée, elle acquiesce en silence et regagne la maison tel un robot. Caitlin et Malcom sont sur le perron et répondent aux questions d'un policier. La secouriste me fait asseoir dans l'ambulance et me tend une couverture que je passe autour de mes épaules, puis un masque à oxygène.

— C'est nécessaire ?

— Vous me remercierez dans quelques jours, m'assure-t-elle.

Avec des ciseaux, elle découpe la manche de mon sweat. *Génial*, songé-je. J'avais presque réussi à m'en sortir sans mal.

— Vous avez un morceau de verre planté dans le biceps, m'annonce-t-elle à l'instant où Zoé nous rejoint en compagnie de Jason. Le mieux serait de vous conduire à l'hôpital pour l'extraire et recoudre la plaie.

— Non. Faites-le ici.

Son regard stupéfait posé sur moi, elle tente de me contredire.

— Vous n'êtes pas sérieux ?!

— Cela ne sert strictement à rien de vous obstiner avec lui, lui explique ma compagne. Il est capable de le faire lui-même, vous savez…

Elle marque un point !

La secouriste hausse les épaules et rapproche les objets dont elle aura besoin pour l'intervention.

— Très bien alors. Vous êtes un veinard, je suis le seul médecin urgentiste qui assure parfois des gardes avec les secours. Un autre soir, ça aurait été direction l'hôpital sans discussion. Allons-y, je vais d'abord anesthésier la zone…

— Ce n'est pas la peine, la coupé-je. Plus vite ce sera fait, plus vite vous pourrez repartir.

— Vous allez déguster.

Je hausse les épaules à mon tour.

— Ça lui donnera de quoi réfléchir, ironise Zoé.

La douleur m'importe peu. Certes, c'est désagréable, mais cela ne dure pas assez longtemps pour réellement me faire souffrir. Je repense aux cicatrices de mon flanc. Ça, c'était de la douleur pure et dure.

— Tu es complètement malade, mon vieux, me lance Jason en se détournant.

— Ça fait partie de mon charme.

Je retiens quelques jurons, et Zoé arbore une moue satisfaite en me voyant serrer les dents. Lorsque l'urgentiste a terminé de recoudre la plaie, elle réalise un bandage et m'autorise enfin à quitter l'arrière du véhicule.

— Mes gars ont trouvé la barre de métal qui entravait probablement la porte. On peut donc exclure toute cause accidentelle. Cet incendie est de nature criminelle, mais je ne vous apprends rien, n'est-ce pas ? nous annonce Jason quand nous le rejoignons près de son camion.

Dean détourne soudain notre attention des débris calcinés en garant sa voiture en travers de la rue dans un crissement de pneus, avant de courir vers nous.

— Qu'est-ce qui s'est passé ici, nom de Dieu ?! Les parents vont bien ?!

— Tu arrives avec un train de retard, frérot, raille le pompier. Tout le monde va bien.

J'observe un instant Zoé. Elle tient ma main comme si sa vie en dépendait, sa tête est posée contre mon torse. Ce que je m'apprête à faire me brise le cœur, pourtant je ne vois aucune autre solution.

— Dites, les gars… vous auriez un bout de canapé que je pourrais squatter quelque temps ? demandé-je aux deux frères.

Ils me dévisagent un instant, puis Jason acquiesce. Ils savent ce qui s'est passé la semaine dernière. On ne se cache rien dans cette famille.

— Il reste une chambre inoccupée au sous-sol, ajoute Dean.

— Tu ne vas pas me laisser seule ?!

La voix brisée de Zoé déchire le silence.

— Pas après ce qui vient de se produire ?! poursuit-elle en pointant le tas de cendres fumantes dans sa cour.

— C'est temporaire…

— Je refuse que tu t'éloignes encore plus !

Les larmes jaillissent de ses yeux aux pupilles dilatées par toutes les émotions qu'elle vient de traverser. Je prends son visage entre mes mains et colle mon front au sien.

— Laisse-moi m'habituer aux somnifères, Zoé, murmuré-je

contre ses lèvres. Laisse-moi commencer à me faire suivre. Ensuite, je te promets que…

Elle me coupe la parole en plaquant durement sa bouche sur la mienne. Elle m'attire à elle comme si elle était perdue au milieu de l'océan, sans aucun repère, et que j'étais son unique planche de salut. Je lui rends son étreinte, tentant de faire passer tout ce que je ressens pour elle dans cet échange.

— Alors reviens-moi vite, souffle-t-elle en tournant les talons pour regagner sa maison, tandis qu'elle essuie ses larmes du revers de la main.

Je reste un instant planté là, incapable de la quitter des yeux. La voix de Dean me tire de mes pensées :

— Je vais voir si les parents n'ont besoin de rien, et puis je t'accompagne à la maison. Tu me raconteras tout ce dont tu te souviens pendant le trajet.

Octobre a cédé sa place à novembre, et les premières chutes de neige ont fait leur apparition.

— Tu me sembles bien nerveux, aujourd'hui, constate Marie, ce jour-là.

Effectivement, je ne tiens pas en place, errant sans but d'un bout à l'autre du magasin. J'ai ma première séance avec Oliver, cet après-midi. Il a semblé plus que surpris quand il a entendu ma voix au téléphone alors qu'il pensait que c'était Jason qui l'appelait. Il ne m'aime pas, je le sais bien. Et je dois bien avouer que le sentiment est partagé… J'espère pourtant que nous serons capables de dépasser cela pour le bien de Zoé, et qu'il sera en mesure de m'aider.

Ma compagne me manque. Notre éloignement forcé me pèse chaque nuit un peu plus, même si je passe la voir tous les jours.

— J'ai un rendez-vous important après le boulot, avoué-je d'une voix tendue.

— Un rendez-vous pour le bébé ?

Eh oui, toute la ville est au courant désormais ! À dix-sept semaines, il est devenu impossible à Zoé de cacher son joli ventre rond. Le fait que je rapporte sans cesse à la boutique des livres sur la grossesse y est sans doute aussi pour beaucoup.

— Non… Je vais à ma première séance de thérapie.

— La guerre fait bien des ravages dans l'esprit et le cœur des hommes, acquiesce-t-elle avec douceur.

Je reste un instant sans voix. *Comment ?!* Jamais je n'ai évoqué devant elle mon engagement chez les Marines. Mon air surpris la pousse à se justifier en souriant :

— C'est la coupe de cheveux qui vous trahit, vous, les militaires. Je l'ai deviné dès l'instant où tu as franchi cette porte.

— Je…

La vieille dame me fait signe de venir m'installer sur la chaise près d'elle.

— Tu veux savoir pour quelle raison je t'ai engagé ?

— Parce que vous aviez besoin d'aide ?

Elle rit et me tapote gentiment la main.

— Charles, mon défunt mari, a fait le Vietnam. Quand je l'ai rencontré, il revenait du front. Il était un peu comme toi. Il parcourait le pays à la recherche de quelque chose qu'il ne trouvait jamais, mais aussi pour fuir ce qu'il avait rapporté de la guerre.

Je suis stupéfait. Marie ne m'avait encore jamais parlé de son mari.

— Il était originaire de Boston, alors il détonnait ici. Je l'ai vite remarqué, poursuit-elle en souriant, et j'ai immédiatement su qu'il serait l'homme de ma vie. Néanmoins, pour y parvenir, il a fallu qu'il s'ouvre à moi. C'est la seule exigence que j'aie jamais eue à son encontre.

Derrière ses lunettes, ses yeux plongent dans les miens.

— Tu dois faire de même avec Zoé, mon petit.

La clochette au-dessus de la porte retentit, interrompant ces instants de confidence. Je me lève pour aller servir le nouvel arrivant. L'homme, grand, à l'allure athlétique, la trentaine passée, un regard fuyant caché derrière de petites lunettes carrées, me désigne sur l'un des présentoirs un bracelet de perles rouges, fabriqué quelques jours plus tôt par Marie.

— Excellent choix, le félicité-je en l'emballant dans une petite boîte et du papier de soie.

— C'est pour ma femme. Je suis certain qu'elle l'aimera.

Je relève les yeux vers lui pour lui remettre son paquet, avant d'encaisser le billet qu'il me tend. Son visage m'est vaguement familier. Il me sourit sans que la moindre gentillesse atteigne son regard et sort de l'échoppe en laissant sa monnaie. *Étrange*, songé-je. Néanmoins, j'oublie bien vite l'incident quand je regarde l'heure.

— Je dois y aller, Marie. Sinon je vais avoir du retard.

— Bien sûr. Ferme à clé derrière toi, je ne vais pas tarder à monter.

Sur le pas de la porte, je m'arrête un instant et me retourne.

— Les cheveux, hein ? demandé-je.

Ma patronne acquiesce en riant.

— Vous avez tous la même coupe, peu importe l'époque !

Je lui souris et ferme la boutique avant de m'éloigner au pas de course. Hors d'haleine, je toque à la porte du bureau d'Oliver quelques minutes plus tard. Mon souffle me fait encore défaut depuis l'incendie. Le médecin avait raison, je regrette encore de ne pas avoir accepté son oxygène plus longtemps.

Le frère aîné de Zoé vient m'ouvrir tandis que je porte mes mains à ma bouche pour les réchauffer.

— Je ne pensais pas que tu viendrais, on dirait que tu prends un malin plaisir à me surprendre… reconnaît-il de but en blanc en prenant place dans son fauteuil. Tu peux t'installer.

Il me désigne l'un des sièges devant lui. Je me débarrasse de mon manteau et de mon bonnet et m'assois, raide comme un piquet.

— Repos, Josh. On n'est pas à l'armée ici, me signale-t-il.

— J'étais chez les Marines, je prends soin de rectifier.

Ce tatouage, déchiqueté par le tir d'obus, n'orne pas mon flanc pour rien.

Pendant ce qui me semble une éternité, Oliver me pose des questions sur tout. Ma famille, mon humeur du jour, mon enfance, puis il se focalise sur ma vie au sein des Marines. Combien de déploiements, de missions ou combats contre les forces ennemies…

— Trop. La réponse sera toujours trop.

— Alors, parle-moi maintenant de ce qui se passe dans tes cauchemars.

J'acquiesce en silence et commence à lui raconter cette scène qui me hante et qui a déclenché mes dernières crises. Je ne lui épargne rien. Les débris qui ont écrasé mes hommes, le goût de la poussière dans ma bouche à ce moment-là. Le son que peuvent produire les balles quand elles sifflent à vos oreilles et celui de leur impact dans la chair. La sensation du sang chaud, puis des morceaux d'os et de cervelle sur mon visage. L'adrénaline qui est montée dans mes veines alors que je pressais mon couteau sur la gorge de cette ombre.

— Était-il ami ou ennemi ? me questionne Oliver.

— Ami. C'était les hommes d'une autre unité qui entouraient l'immeuble. Ils venaient nous aider à nous dégager.

— Tu l'as tué ?

Son interrogation est directe.

— Non. Ils m'ont arrêté juste à temps. Ça s'est passé durant mon second déploiement.

— C'est le seul cauchemar que tu fais ? Cette scène qui se rejoue en boucle ?

— Non, murmuré-je en me levant.

— La séance n'est pas terminée, Josh.

— Oui, je sais. Je dois seulement me dégourdir les jambes.

Je vais me poster devant la fenêtre qui donne sur le jardin où jouent les filles.

— Raconte-moi alors…

Sa voix s'éloigne, le décor autour de moi prend des teintes ocre, je suis déjà ailleurs. Je suis de retour à mon tout dernier déploiement, quelques jours avant mon retour définitif à la vie civile.

— *J'en ai marre de ce foutu désert !* s'exclame le démineur en *enfilant la dernière pièce de son attirail.*

— *On sera bientôt de retour au bercail. Va m'inspecter ce truc qu'on dégage d'ici au plus vite.*

Adossé au véhicule militaire, fusil en main, je le regarde avancer prudemment vers l'engin explosif que le chien a reniflé. Il faut toujours que ce soit notre unité qui tombe sur les cas pourris,

213

songé-je à l'instant où un reflet attire mon attention non loin de notre position, près d'une dune.

Une embuscade !

— Reviens te mettre à couvert ! hurlé-je au démineur.

Mais il ne m'entend pas, ou décide de ne pas m'écouter. Je ne saurais le dire.

— Caporal, à couvert !

Il avance toujours droit devant lui.

— Walker ! J'ai dit à couvert ! m'écrié-je alors que mes hommes, protégés par le blindé, essuient les premiers tirs.

Alors que son regard croise le mien...

Dans la réalité comme dans le désert, je m'écroule à genoux. Le frère aîné de Zoé m'interpelle, je n'arrive plus à respirer. Mes mains se serrent autour de mon cou, comme pour donner vie à une nouvelle crise.

— Josh, calme-toi. Respire tranquillement, m'ordonne la voix posée d'Oliver qui m'a rejoint sur le sol.

Je secoue violemment la tête. Je n'y arrive pas.

— Compte avec moi, Josh. Un, deux, trois, quatre, douze, onze, dix, neuf...

Je compte avec lui, je me concentre sur son intonation, calme mais ferme. Puis je compte encore. Et comme par miracle, le souffle me revient. Je plaque mes paumes sur le plancher. Mon cœur reprend un rythme normal.

— Comment... ?

— Le cerveau est incapable de gérer deux choses en même temps. Compter dans le désordre aide à reprendre le contrôle de l'esprit lors d'une crise de panique, d'angoisse ou de peur, m'explique-t-il en m'aidant à me relever.

Je me rassois sur mon siège et il s'installe à mes côtés.

— Qu'est-ce qui a provoqué une telle réaction ?

Je pose mon regard torturé sur lui.

— C'est moi qui l'ai tué, soufflé-je.

Il m'observe sans comprendre, alors que moi, je viens tout juste de prendre conscience qu'un retour aux sources est inévitable, si je veux me défaire de ces fantômes...

Chapitre 24

Zoé

Il n'est pas passé me voir hier, et l'absence de nouvelles me fait paniquer. Quelqu'un a-t-il de nouveau tenté de s'en prendre à lui ? Lors de l'enquête, les pompiers ont trouvé des traces d'accélérant dans les débris du camping-car, ainsi que la barre de métal qui a maintenu la porte fermée. Heureusement, celui qui a tenté de l'éliminer ignorait qu'il y avait un trou dans le plancher. Maintenant, je crois que Josh avait raison quand il affirmait que ma voiture a été délibérément emboutie. Moi qui pensais qu'il était juste un peu paranoïaque. Après tout, c'est un ancien militaire qui a vécu des choses affreuses. Il a sûrement tendance à voir le danger partout…

Quoi qu'il en soit, j'en ai plus qu'assez de cet éloignement qu'il m'a de nouveau imposé, même si c'est pour mon bien. Je veux le retrouver près de moi. Je tourne en rond dans la maison. J'ai besoin de sa présence. Et je suis folle de rage contre mes frères qui l'hébergent ! S'ils n'avaient pas accepté, Josh serait ici, sous notre toit, là où est sa place désormais !

Cela fait déjà trois fois aujourd'hui que je range tous mes vêtements dans les tiroirs de ma commode. Quand Josh n'est pas là, mon TOC devient incontrôlable.

Et pour couronner le tout, mes parents m'ont annoncé à midi qu'ils ont enfin trouvé une maison qui leur plaît. Dans deux semaines, ils seront partis. Certes, ils ne partent pas très loin, juste plus près du cabinet, mais que vais-je faire, moi, si Josh ne se décide pas à revenir vivre ici ? Devenir folle, sans aucun doute !

Impossible de rester plus longtemps loin de lui. Dans un élan de fureur, je gagne le rez-de-chaussée et enfile à la hâte manteau, bonnet et bottes.

— Mais où vas-tu à cette heure ? me questionne ma mère.

— Me défouler sur quelqu'un !

Je passe la porte et, sous la lueur des lampadaires, j'avance d'un pas rageur en luttant contre le froid. Les journées ont considérablement raccourci, et le soleil n'est déjà plus qu'un lointain souvenir. La température glaciale me mord les joues, tandis que je cherche frénétiquement mes gants dans mes poches. Je les enfile en vitesse et souffle sur mes doigts. Il n'y a décidément qu'une femme enceinte et sur les nerfs pour se balader en ville à une heure pareille.

Quand un frisson instinctif – autre que ceux provoqués par la morsure du froid – me parcourt, je me fige.

Pas un bruit. Je regarde autour de moi, nerveuse tout à coup. Pas une ombre. Personne. Pas même un chat errant. Je suis complètement seule. Je reprends mon avancée d'un pas encore plus rapide. Je hais cette sensation constante d'être surveillée. Car oui, l'idée que Shane ait pu emboutir ma voiture puis tenter de faire frire le nouvel homme de ma vie – qui plus est, père de mon enfant – m'a traversé l'esprit. En fait, elle ne quitte plus mes pensées. J'ai même demandé à Dean de faire des recherches sur ses allées et venues des derniers mois. Toutefois, son enquête n'a rien donné. Shane n'a pas quitté Calgary une seule fois depuis notre séparation.

Arrivée devant la maison de mes frères et Elisabeth, je ne prends pas la peine de frapper. J'entre directement et referme brusquement la porte derrière moi. Je suis aussi terrorisée que frigorifiée ! Quatre paires d'yeux surpris se posent sur moi. Ils sont tous attablés dans la salle à manger, et le désordre qui règne sur les lieux me fait grincer des dents. Josh se lève vivement pour me rejoindre, je remarque tout de suite ses traits tirés et l'inquiétude dans son regard.

— Tu n'es pas venu me voir depuis deux jours, lui reproché-je en guise de bonsoir.

Il m'aide à retirer mon manteau en silence. Ses yeux se posent avec tendresse sur mon ventre qui continue à prendre de l'ampleur.

— Je n'étais pas au mieux de ma forme, je ne voulais pas te faire peur, s'excuse-t-il.

Le père de mon enfant me détaille comme si cela faisait des mois qu'il ne m'avait pas vue. Il prend mes mains entre les siennes et les porte à ses lèvres. Je remarque tout à coup qu'il a souvent ce geste tendre envers moi.

— Je suis désolé. J'aurais dû passer quand même.

Et soudain, toute la frustration de ces dernières vingt-quatre heures et ma peur panique de ces dernières minutes s'envolent, juste grâce à sa présence. Immobile au milieu de l'entrée, je laisse mes yeux glisser sur la pièce, et mon regard se fixe sur Eli, assise devant une coupe de vin intacte. Je fronce les sourcils. Quelque chose cloche. Je pointe la porte du doigt.

— Dehors, les gars.

Tous me dévisagent comme s'il venait de me pousser des cornes.

— Tu ne serais pas en train de me mettre à la porte de chez moi, là ? me questionne Dean.

— Si, tout à fait. Allez sur le perron, dans le garage, parler de trucs de mecs, quoi ! Dehors, répété-je. Croyez-moi, les gars, vous ne *voulez* pas contrarier une femme enceinte privée de la compagnie de son cher et tendre depuis plus de deux semaines !

D'un même mouvement, les trois hommes gagnent la porte qui donne sur le garage et, après avoir tout de même enfilé leurs manteaux, disparaissent en grommelant.

— Ils sont plus malins que je ne le croyais, ironisé-je en m'approchant finalement de ma belle-sœur.

— Pourquoi leur as-tu demandé de partir ?

— Parce que je viens de m'apercevoir que ma meilleure amie ne va pas bien.

Elle me regarde, puis se lève et va vider sa coupe de vin dans l'évier.

— J'ai du retard. Beaucoup de retard, murmure-t-elle.

— Tu as fait un test ?

Mon cœur s'accélère dans ma poitrine. Je souhaite tellement que mon frère et Eli fondent enfin leur petite famille.

— J'en ai acheté un… mais j'ai tellement la frousse du résultat, tu n'imagines pas ! Et si je me faisais des idées ?

Je la rejoins, passe mon bras sous le sien et l'entraîne vers la salle de bains. Je sais où mon amie cache ce qu'elle ne veut pas que

Jason découvre. Je fais donc un détour par leur chambre et fouille dans un tiroir rempli de vieux pulls. *Le voilà !* pensé-je, triomphante, en extirpant la boîte qui contient les deux tests de grossesse. Eli m'attend, assise sur le rebord de la grande baignoire. J'ouvre le carton et lui tends l'un des bâtonnets en plastique.

— Je te laisse deux minutes, assené-je en refermant la porte derrière moi.

— Mais…

— Je suis là, Eli. On va faire ça ensemble, OK ?

Seul le silence me répond, j'en déduis qu'elle accepte et vais patienter dans le salon. Quand elle réapparaît brusquement près de moi, je manque de lâcher un hurlement de surprise ! Suis-je donc la seule personne au monde qui ne se déplace pas comme un ninja prêt à abattre son ennemi ?!

— Nom de Dieu ! Cessez de me surprendre de la sorte, je vais mourir prématurément d'une crise cardiaque…

Je m'interromps quand je m'aperçois que la pauvre est aussi blanche que la neige qui recouvre sa pelouse.

— On doit attendre trois minutes, m'annonce-t-elle en s'asseyant dans le canapé sans même prendre note de ma remarque.

Je vais m'installer à ses côtés et prends ses mains glacées dans les miennes tandis qu'elle cale sa tête sur mon épaule.

— J'aimerais tellement qu'il soit positif, chuchote-t-elle.

En silence, nous patientons. Les trois minutes s'écoulent. Puis quatre… Cinq ! Comment fait-elle pour ne pas courir dans la salle de bains ? Comprenant son angoisse, je pose une main sur son genou.

— Je vais aller voir, d'accord ?

Terrifiée, elle acquiesce.

Je suis en fait aussi anxieuse qu'elle en pénétrant dans la pièce. Le bâton est posé près du lavabo. Mon cœur s'envole lorsque je découvre les deux lignes bien nettes qui barrent le dispositif. Je m'empare de la boîte et relis les indications une nouvelle fois. Comme si je ne les connaissais pas déjà par cœur après tous les tests que j'ai déjà faits moi-même !

— Ma chériiie ! C'est positiiif ! hurlé-je avec enthousiasme.

Je l'entends se précipiter dans le couloir.

— C'est vrai ?

— On ne peut plus vrai.

Les mains sur la bouche, elle me dévisage, les yeux brillants.

— Il ne reste plus qu'à aller faire une prise de sang, souffle-t-elle d'une voix étranglée.

Je vois bien qu'elle retient ses larmes de joie. Brusquement, elle s'empare du test et s'élance comme une tornade en direction du garage. Je la suis plus calmement, sourire aux lèvres. Je ne peux m'empêcher de rire en découvrant les trois hommes assis près de la voiture de Dean. Eli saute littéralement sur Jason.

— Regarde, mon amour, regarde !

L'expression de mon frère change du tout au tout dès qu'il comprend la raison de l'hystérie de sa femme. Il prend son visage entre ses mains et l'embrasse avec fougue. J'en suis presque gênée.

— On va avoir un petit Andrews, nous aussi, annonce Eli à la cantonade.

Les yeux de Josh ne m'ont pas lâchée une seconde depuis que j'ai fait mon apparition dans la pièce. Il se lève et vient me rejoindre sur le seuil de la maison. Il me pousse un peu pour entrer et referme la porte du garage dans son dos.

— Il ne faudrait pas que tu attrapes un coup de froid.

Je trouverais sans doute ce petit côté protecteur mignon, s'il daignait revenir vivre auprès de moi !

— J'aimerais te parler de quelque chose, m'annonce-t-il en prenant ma main.

Je lui emboîte le pas et il m'entraîne au sous-sol, là où se trouve la chambre des invités.

— Josh, ce n'est pas prudent.

Il se tourne vers moi, surpris.

— Qu'est-ce qui n'est pas prudent ?

— Toi et moi, seuls dans la même pièce, lui indiqué-je avec la plus grande mauvaise foi.

Eh oui, j'ai parfois la rancune tenace.

— Tu vas m'en tenir rigueur vraiment très longtemps, n'est-ce pas ?

— Tant que tu ne reviendras pas.

Il marmonne quelques mots inintelligibles dans sa barbe, avant d'ouvrir la porte de sa chambre. Puis il s'assoit sur le lit, m'entraînant avec lui.

— J'ai commencé ma thérapie, m'avoue-t-il dans un souffle.

— Avec quel spécialiste ?

Il fixe un instant le sol en silence.

— Ton frère.

J'en reste sans mot. Il se confie à mon frère, mais pas à moi ?!

— Tu suis une thérapie avec Oliver ?

Il opine.

— Alors que tu refuses de t'ouvrir à moi ? Il doit vraiment y avoir un truc qui cloche chez moi ! m'exclamé-je, vexée au-delà des mots, en me relevant.

— Zoé, écoute-moi un instant, s'il te plaît.

— Oh, mais je suis tout ouïe !

Josh se passe une main tremblante dans les cheveux.

— J'aimerais… enfin, je voudrais savoir si tu accepterais de m'accompagner… chez moi…

Sa phrase reste en suspens, un lourd silence s'installe entre nous deux.

— Chez toi ? Au Texas ? demandé-je, histoire d'être certaine d'avoir bien compris.

Il acquiesce derechef.

— J'ai téléphoné à Claudia, elle m'a affirmé que, jusqu'à ton septième mois de grossesse, tu pouvais voyager sans problème.

Que suis-je censée répondre à ça ? paniqué-je.

— Pourquoi veux-tu rentrer au Texas ?

Il expire lentement.

— Je veux te parler de moi, Zoé. Je désire que tu saches ce qui me hante à ce point, chuchote-t-il. Mais pour ça, je dois être là-bas…

J'en ai un instant le souffle coupé. Je suis consciente que c'est un immense pas en avant pour lui. Pour nous.

— D'accord. Partons tout de suite pour le Texas, alors.

Ses yeux s'ancrent aux miens. L'intensité de son regard me réchauffe de l'intérieur.

— Tu es certaine ?

— Oui, affirmé-je.

Sans prévenir, il m'attire contre lui et m'embrasse avec voracité. J'en ai la tête qui tourne et profite pleinement de ce moment en lui rendant son étreinte.

Le lundi suivant, je termine de boucler ma valise, espérant n'avoir rien oublié. Je suis fébrile, Josh doit passer me prendre bientôt, notre vol est à dix heures. Je n'ai jamais mis les pieds au Texas. Il m'a prévenue qu'il n'était pas nécessaire de me charger de vêtements trop chauds, les températures sont clémentes là-bas. Nous allons descendre dans un hôtel tout près d'Aquilla, sa ville natale, dans le comté de Hill. J'ai piqué une formidable colère en apprenant que cet idiot avait réservé deux chambres. Encore maintenant, il a peur que quelque chose se passe mal ! Il dort sous médication et m'a certifié lui-même faire enfin de bonnes nuits de sommeil. Néanmoins, il refuse toujours de les partager avec moi. C'est à n'y rien comprendre !

Il nous faut environ deux heures pour gagner l'aéroport de Calgary. Une fois sur place, Josh se charge de tout. Billets, enregistrement des bagages. Après avoir patienté plus de quarante minutes en salle d'embarquement, nous montons enfin à bord. J'ai toujours eu les avions en horreur, je le laisse donc prendre place près du hublot. L'ancien Marine nous a déniché un vol avec une seule correspondance, mais près de sept heures nous séparent néanmoins de l'aéroport d'Austin.

Après notre escale, je m'assoupis à peine embarquée dans le second appareil. Dormir seule ne me réussit pas. Je suis constamment fatiguée.

Je suis réveillée par un tendre baiser de Josh qui m'annonce que nous allons atterrir.

Sur le parking de l'aéroport, un pick-up de location nous attend. Josh a refusé catégoriquement que je contribue aux frais de ce voyage. Je sais que Marie le rétribue très bien pour son travail et il semble fier de pouvoir m'offrir ce petit interlude loin de *Black Valley*. Un doux soleil de fin de journée nous accueille et mon compagnon m'informe que je peux dormir encore, notre hôtel se trouve à deux bonnes heures de route.

Cependant, les paysages qui défilent derrière la vitre captent vite mon attention. Je suis heureuse de découvrir l'endroit où a grandi le père de mon enfant, cet homme que j'aime plus que de raison. Nous n'avons pas besoin de parler, le silence qui baigne l'habitacle nous convient parfaitement. Josh tient ma main dans la sienne et nous roulons vers sa libération.

Pas besoin de plus.

Quand nous arrivons à l'hôtel, Josh se charge de notre enregistrement à la réception puis me guide vers l'ascenseur pour monter à l'étage où se trouvent nos chambres. Il a choisi un établissement très agréable. Alors qu'il m'ouvre la porte avec la clé magnétique, je me rends brusquement compte que je suis épuisée. Il dépose mes bagages au pied de mon lit et quitte la pièce après m'avoir embrassée tendrement. Mais sans un mot.

Je ne suis pas dupe, je sais qu'il est terrifié de se retrouver ici. Pourtant, je n'en peux vraiment plus de cette situation insupportable !

Et je suis déterminée à faire ce qu'il faut ici pour qu'il rentre à la maison avec moi, dès notre retour en Alberta.

Chapitre 25

Josh

Malgré la nervosité que je ressens d'être si près de ma ville natale, le voyage, le stress, la route en pick-up depuis l'aéroport et le somnifère ont eu raison de moi au milieu de la nuit.

Je suis néanmoins surpris de me réveiller si tard. Il est plus de onze heures quand j'ouvre les yeux. Comme Zoé n'est pas venue tambouriner à ma porte en proie à la panique, j'en déduis qu'elle doit toujours dormir, elle aussi. Dans son état, le voyage l'a sans doute doublement fatiguée.

Une bonne douche finit de me tirer des brumes du sommeil.

Une serviette autour des hanches, je consulte le menu du service en chambre. Pour une fois, je ne suis pas descendu dans un motel bas de gamme et sordide. Je voulais le meilleur pour Zoé. Je ne me leurre pas, je vais avoir du mal à me faire pardonner l'enfer que je lui fais traverser… je vois bien les regards courroucés qu'elle me lance de temps à autre. Elle m'en veut toujours de m'être installé dans le camping-car, puis chez ses frères. Pourtant, j'ai cette impression tenace que, tant que je ne suis pas trop près d'elle, elle ne court aucun danger. Après tout, quelqu'un a bel et bien tenté de me tuer dans sa cour, et c'est ma veste qui a été volée dans sa voiture après qu'elle ait été emboutie !

Je décide d'aller la rejoindre afin que nous puissions déjeuner ensemble. J'enfile jean et tee-shirt en me demandant si elle a profité de sa grande baignoire. J'ai justement choisi cette chambre pour elle, car je sais que Zoé adore se prélasser dans l'eau. Je toque doucement à sa porte, rien. Je fronce les sourcils. Si ma jeune compagne a l'obsession de l'ordre, moi j'ai celle de la sécurité. Aussi ai-je pris soin de demander une seconde clé magnétique. N'obtenant toujours pas de réponse après avoir frappé plus fort, j'enfonce la carte dans le mécanisme et entre en coup de vent. Personne.

Mon souffle se bloque dans ma gorge quand j'aperçois des traces de sang sur le carrelage immaculé de la pièce. La piste mène tout droit à la salle de bains.

La pire des pensées traverse mon esprit : *une fausse couche...*

Je pousse brutalement la porte de la salle d'eau et me fige. Zoé se tient debout devant le lavabo, un pied dans les airs. Du sang s'écoule le long de ses orteils. Ma respiration redevient normale.

— Qu'est-ce qui t'est arrivé ?

Dans un hurlement, elle se tourne vers moi en reposant son pied au sol. Le liquide poisseux manque de la faire glisser, je la retiens de justesse et pose ma main sur son ventre rond.

— Le bébé va bien ?

Une plainte lui échappe.

— En dehors de l'arrêt cardiaque que tu viens de provoquer en faisant irruption ici comme un possédé, c'est mon pied, le problème, Josh ! Ou plutôt le morceau de verre qui est planté dedans ! s'exclame Zoé.

— Je me suis cru dans un épisode de *Criminal Minds* en découvrant tout ce sang dans la chambre !

Je l'entraîne vers la baignoire géante. Elle sautille à côté de moi, avant de prendre place sur le rebord. Je m'y installe moi aussi et soulève délicatement sa jambe pour poser son pied sur mon genou.

— Comment as-tu fait ton compte ?

— Je me suis pris une boisson dans le minibar. En s'ouvrant, elle m'a glissé des mains pour éclater sur le plancher.

Elle grogne quand je passe mes doigts sous la plante de son pied afin de localiser la pointe de verre.

— Ça fait mal, idiot !

Je me lève pour me saisir de sa trousse de toilette. J'y déniche une pince à épiler. Zoé me dévisage, les yeux écarquillés, quand je reviens tranquillement m'asseoir près d'elle.

— Tu ne vas pas vraiment...

— Si, je dois le retirer, ma belle. À moins que tu penses pouvoir marcher avec cet éclat planté sous le pied ?

Elle cache ses yeux derrière ses mains, tandis que j'ouvre l'arrivée d'eau de la baignoire. Je ris malgré moi de sa réaction. Comment va-t-elle survivre à un accouchement, si elle a déjà du mal à me laisser retirer un petit bout de verre de sa voûte plantaire ?!

— Je rêve ou tu te moques de moi !

— Du tout, Zoé. Jamais je n'oserais, gloussé-je.

Elle me pousse avec son pied, laissant une magnifique traînée de sang sur mon tee-shirt. Je profite de l'avoir distraite pour saisir vivement sa cheville et l'immobiliser. D'un geste sûr, je retire l'intrus.

— Aïe !

Le saignement redouble pendant quelques secondes, le temps que je place son pied sous le jet d'eau. Peu à peu, les coulées rouges s'estompent avant de disparaître dans la bonde.

— Tu vois, il n'y a pas mort d'homme.

Zoé grommelle dans mon dos tandis que je fouille de nouveau sa trousse à la recherche de pansements. Enfin, j'essuie sa peau avec une serviette-éponge, désinfecte la plaie et applique un bandage.

— Voilà, tu es comme neuve, annoncé-je en lui volant un baiser.

Elle m'envoie la serviette à la tête à l'instant où je quitte la salle de bains pour appeler le service de chambre. Je meurs de faim !

Nous avons mangé assis sur le grand lit de sa chambre. Zoé confortablement calée contre moi, j'ai senti diminuer quelque temps le stress qui me gagne depuis hier.

Aussi, quand nous nous sommes remis en route, ai-je décidé de faire découvrir à la femme de ma vie la petite ville où j'ai grandi avec mon frère. Je lui ai montré les endroits où nous traînions, puis le lycée où nous avons fait les quatre cents coups.

Ce n'est qu'en fin de journée que j'immobilise le pick-up devant la demeure de mes parents. La vieille voiture de ma mère est garée au même endroit que le jour où j'ai pris la route. Les mains crispées sur le volant, je sens brusquement la tension monter en moi.

— Josh, on n'est pas obligés, tu sais, me confie Zoé en posant sa paume sur ma jambe.

— Si. Il le faut. J'ai besoin de ce qui va suivre, lui avoué-je dans un murmure. J'ai besoin que tu saches.

Une silhouette massive apparaît sur le seuil de la petite villa de plain-pied. Je sais qu'il s'agit du colonel. Je sors du véhicule et le contourne pour aller ouvrir à Zoé. Debout face à moi, elle caresse ma joue tendrement.

— Je suis avec toi, ne l'oublie pas, d'accord ?!

Sa voix douce me touche et j'acquiesce en refermant la portière.

Jaillissant derrière l'homme immobile, une tornade aux cheveux blond foncé se précipite vers moi en riant. Je peine à reconnaître ma sœur cadette quand elle me saute dans les bras pour m'étreindre de toutes ses forces.

— Josh ! s'exclame-t-elle.

J'entends les sanglots dans sa voix. Je la serre à mon tour. Comme elle m'a manqué ! Avec les déploiements, puis mon départ d'ici, j'ai laissé passer tant d'années de sa vie. Je l'éloigne un peu de moi pour la détailler. À tout juste vingt-cinq ans, Arya est désormais une jeune femme radieuse. Ses yeux bleus brillent de mille feux, elle ressemble à un ange.

— Je suis content de te voir, murmuré-je dans son cou en l'étreignant derechef.

— Mais où étais-tu passé ?

Sa question ne m'étonne pas. Je n'ai donné aucun signe de vie depuis un peu plus de quatre ans, et me voilà qui débarque à l'improviste !

— Ici et là, éludé-je en songeant que, de toute façon, cela n'a pas grande importance.

Je me recule d'un pas et, sous le regard acéré de mon père, je lui désigne la mère de mon enfant.

— Arya, je te présente Zoé. Zoé, ma petite sœur, Arya.

Contrairement à moi, Arya a le contact facile. Elle embrasse ma compagne comme si elles étaient des amies de longue date. Bien que Zoé ait volontairement décidé de porter un tee-shirt bien ample pour tenter de dissimuler sa grossesse au premier regard, Arya s'écarte brusquement d'elle avant de me fixer avec stupéfaction. Mon expression anxieuse répond à ses interrogations.

— N'en parle pas encore au colonel.

— Il va s'en étouffer avec sa bière, glousse ma sœur.

Dieu, qu'elle m'a manqué !

La main de Zoé trouve la mienne, alors qu'Arya nous entraîne vers la maison. Rien n'a changé ici.

Mon père se dresse devant moi avec le même air sévère.

— Joshua.

Un seul mot, puis il tourne les talons pour rentrer.

— Susan, regarde donc qui daigne nous faire l'honneur de sa visite, annonce sa voix dure en résonnant dans la cuisine.

J'aperçois ma mère qui prépare à manger. En faisant visiter les environs à Zoé, je n'ai pas pensé au fait que nous allions arriver tard, à l'heure du repas.

Elle lève les yeux sur moi et se fige. Je sais ce qu'elle pense en cet instant. Que je lui ressemble beaucoup trop.

— Bonjour, Maman.

À ma grande surprise, elle laisse en plan ce qu'elle est en train de préparer et vient me serrer dans ses bras. Je ne m'attendais pas à un tel accueil.

Puis elle jette un coup d'œil à Zoé qui est restée en retrait avec Arya. J'en profite pour faire les présentations et, comme si je n'avais jamais quitté cet endroit, nous sommes invités à partager le repas familial.

Autour de la table, un silence gêné règne un temps. Entre le colonel et moi, la tension est palpable. Ma mère, ma sœur et Zoé discutent presque à voix basse. J'entends brièvement Arya dire à Zoé qu'elle a désormais un superbe appartement près du lycée où elle poursuit ses études en cycle supérieur. Elle est si contente de s'être trouvée à la maison le jour où je me décide enfin à faire mon grand retour.

Pendant ce temps, mon père et moi nous fixons toujours. Je sais qu'il aimerait me voir baisser les yeux, comme autrefois. Seulement, peu m'importe son grade dans les Marines, ce tyran n'a plus autorité sur moi désormais !

Sans que je comprenne vraiment pourquoi, Arya décide alors qu'il est temps pour elle de larguer la bombe.

— Vous savez quoi ?! Zoé et Josh vont avoir un bébé, annonce-t-elle, toute fière d'être au courant avant tout le monde.

La fourchette de ma mère résonne dans son assiette quand elle lui échappe, et l'ambiance dans la pièce devient soudain glaciale.

— Comment oses-tu te présenter ici avec elle, Joshua ? gronde le colonel.

— Je suis toujours votre fils.

— Non. Plus depuis le jour où tu as franchi le seuil de cette maison sans lui !

Il se lève violemment de table, j'en fais autant, espérant par la même occasion de faire obstacle entre Zoé et ma famille.

— C'est Noah qui devrait être à ta place ! Noah qui méritait cette vie que tu lui as lâchement dérobée ! hurle-t-il, désormais incapable de se contrôler.

J'entends les pleurs de ma mère et le hoquet de surprise de Zoé, toutefois mes yeux ne quittent pas mon père une seule seconde.

— Quand accepteras-tu enfin le fait qu'il n'est pas mort par ma faute ?! Tu as lu toi aussi le rapport d'opération ! Tu sais qu'il a désobéi à mon ordre ! Un ordre direct de son supérieur ! vociféré-je à mon tour.

— Tu ne mérites plus de porter mon nom, crache le colonel avec hargne. Tu as causé la mort de mon fils !

— Ce n'est pas vrai !

— C'est comme si tu avais appuyé sur la gâchette toi-même !

À ma grande surprise, Zoé pose sa main sur mon bras.

— Partons, Josh. Je comprends mieux maintenant, et de toute évidence, nous ne sommes pas les bienvenus ici.

Elle se dresse à mes côtés et fixe durement mon père.

— Je refuse que notre enfant ait un lien quelconque avec un être aussi aveugle et égoïste, ajoute-t-elle avant de m'entraîner vers la sortie.

Il ne nous faut que quelques secondes pour regagner le pick-up, toutefois la voix désespérée de ma sœur me retient au moment de mettre le contact.

— Je suis désolée, Josh, je ne…

Je ressors du véhicule et prends son visage de poupée entre mes mains.

— J'étais venu ici pour le leur annoncer, Arya. Même si je savais comment cela allait se passer, lui affirmé-je. Tu n'as rien à te reprocher.

— Tu pars de nouveau ?

J'acquiesce, malheureux de voir les larmes poindre dans son regard.

— Je n'ai plus ma place ici depuis longtemps.

— Tu me donneras des nouvelles, cette fois ? murmure-t-elle.

Zoé sort du pick-up et lui tend une de ses cartes de visite.

— Voilà mon numéro de portable. N'hésite jamais à nous téléphoner.

Les larmes dévalent les joues de ma cadette, et sa détresse me brise le cœur. Je me sens horriblement mal de lui faire endurer une nouvelle séparation, mais elle a sa propre vie maintenant. Je suis certain qu'elle s'en remettra très vite. Elle prend la carte en souriant malgré tout à Zoé.

— Est-ce que je pourrai venir voir le bébé, quand il sera né ? me demande-t-elle, pleine d'espoir.

Je dépose un baiser sur son front.

— Quand tu voudras, sœurette. Quand tu voudras…

Je la serre une dernière fois contre moi avant de remonter dans la voiture et de faire marche arrière. À l'instant de quitter les lieux, je croise le regard peiné de ma mère, debout sous le porche. Pour la dernière fois, je laisse la maison de mon enfance disparaître dans mon rétroviseur. Plus rien ne me rattache ici désormais, même si je n'en avais jamais douté. Il était cependant vital pour moi que Zoé comprenne à quel point ma famille est différente de la sienne.

— Tu crois que c'est à cause des hormones que je mourais d'envie de planter ma fourchette dans la main de ton père ?

Malgré tout ce qui vient de se passer, ou peut-être pour m'en libérer, j'éclate de rire si brusquement que je fais sursauter la femme exceptionnelle qui se tient près de moi.

— Non. Jeremiah Walker a cet effet sur tout le monde.

— Tu me rassures alors !

Elle entrelace ses doigts avec les miens, tandis que le paysage texan défile à nouveau autour de nous. Tous ces lieux familiers font resurgir des images dans mes pensées. Je stoppe le véhicule en bordure d'un grand parking vide, à l'heure où le soleil commence à descendre sur l'horizon.

— Allons marcher, dis-je en sortant.

— Tu es au courant que je me suis blessée au pied, ce matin.

— Il me semble en avoir été informé en effet…

Ulcérée par tant d'indifférence, Zoé ronchonne en me suivant néanmoins. Je pousse une clôture devant nous et nous pénétrons dans le stade de football du lycée d'Aquilla.

— Tu étais dans l'équipe ? me questionne-t-elle.

— Oui. Les Cougars ont bonne réputation, et le football tient une place importante dans le cœur de tout Texan qui se respecte.

Elle me sourit.

— Laisse-moi deviner… tu étais quarterback, et toutes les filles étaient à tes pieds ?

— Tout faux. J'étais running back.

Zoé me dévisage.

— Cette fois, c'est toi qui me parles en chinois.

— J'étais le porteur de ballon. Les courses de longues distances. C'est Noah qui était quarterback, terminé-je dans un souffle.

Nous atteignons le centre du terrain en silence. Et elle me pose enfin la question fatidique, celle pour laquelle nous sommes ici, aujourd'hui.

— Qu'est-il arrivé à Noah ? Quand tu m'as parlé de lui, la première fois, tu ne m'as pas dit qu'il était mort.

— C'est un peu la raison de notre présence ici, en fait, lui avoué-je. Je voulais te montrer où nous avions grandi, avant…

Je m'assois dans l'herbe et l'invite à faire de même. Mon esprit se perd un moment dans les souvenirs de cette terrible journée.

— C'était lors de notre dernier déploiement de six mois, en 2012. L'escouade que je commandais était en patrouille en dehors de la base quand on nous a demandé d'aller désamorcer des explosifs qu'un des chiens avait détectés. Arrivée sur les lieux, la première équipe avait déjà poursuivi sa route, ne jugeant pas les lieux potentiellement dangereux. Noah était caporal, mais également démineur. L'un des meilleurs, expliqué-je. Avec mon unité, on a débarqué du char… Noah ne cessait de se plaindre du désert…

Et je lui raconte tout comme je l'ai vécu. Comme je le vis encore dans mes cauchemars.

Alors que je hurle une fois encore mon ordre de repli, son regard croise le mien. Nos yeux sont identiques et je vois mon propre visage se refléter dans la visière de son casque. Noah secoue la tête et me fait signe de regagner le char. Les balles percutent le métal derrière moi, je ne peux que me mettre à couvert pour regarder mon frère avancer vers les explosifs. Trois petits drapeaux rouges lui indiquent l'emplacement des engins. Je tire vers la colline afin de détourner l'attention des soldats embusqués et atteins une première cible qui dévale la dune.

— *Couvrez-moi !* criai-je *à mes hommes au moment où je m'élance vers Noah.*

Un projectile l'atteint de plein fouet et il tombe à genoux dans le sable. Puis l'horreur me fige sur place quand je le vois poser la main sur la charge mortelle pour la faire exploser.

— Il a fait sauter les deux autres grâce à la puissance de la première. J'ai été sonné par le souffle des explosions en chaîne. Mes gars m'ont récupéré et ramené à la base. Noah nous a permis de sortir vivants de cette embuscade, ajouté-je d'une voix éteinte. Il a été emporté avec toute l'escouade ennemie… Il est mort pour nous sauver. Il s'est sacrifié pour *me* sauver.

Je suis de retour dans le désert, au milieu de mes fantômes, auprès de son spectre qui me hante.

— Ce n'est pas toi qui l'as tué, Josh, murmure Zoé.

— C'est tout comme, mon père a raison.

Elle saisit mon visage entre ses mains et me ramène à la réalité par ce simple contact. Je me perds dans ses yeux.

— Il voulait mettre son petit frère à l'abri ! Et c'est ce qu'il a fait ! assene-t-elle. Je sais que si tu avais pu le sauver, quitte à y laisser ta propre vie, tu n'aurais pas hésité ! Noah devait le savoir aussi. Tout comme il devait savoir que, malgré tous tes efforts, tu n'y parviendrais pas, car il était trop tard.

Elle pose ses lèvres sur les miennes avec tendresse.

— Et clairement, ce n'est pas ce qu'il voulait. Il voulait que tu vives...

Mon front posé contre le sien, je ne peux empêcher une larme solitaire de venir s'échouer au coin de ma bouche. *Sans Noah, jamais la vie n'aurait mis cette femme extraordinaire sur ma route*, songé-je, le cœur empli de gratitude.

Chapitre 26

Zoé

Le retour jusqu'à l'hôtel se fait en silence. Je ne crois pas que les mots soient nécessaires dans une telle situation. Josh m'a dévoilé son passé comme il ne l'avait jamais fait avec quiconque auparavant, m'a-t-il avoué. Songeuse, ma main dans la sienne, je me demande si je ne devrais pas tout lui raconter, moi aussi. Toute mon histoire avec Shane. Ce passé qui me ronge de l'intérieur. Toutefois, je ne peux m'empêcher de penser que ce que j'ai traversé n'est rien en comparaison de ce que lui a enduré. Je comprends mieux désormais pourquoi il m'a assuré que plus rien ne l'attendait ici. Qu'il était prêt à s'investir pleinement avec moi auprès de notre enfant.

Quand nous sortons de l'ascenseur et longeons le couloir qui mène à nos chambres, j'observe Josh. Tentant de deviner ses intentions. Il ouvre la porte de ma chambre et me laisse entrer en premier avant de refermer derrière lui. Épuisée, je retire mon jean et, en culotte, je fouille dans ma valise pour y dénicher un pantalon de pyjama. Assise au pied du lit, je bataille un instant avant de réussir à ôter mes chaussettes trop serrées.

— Tu veux que je change ton pansement ? me questionne Josh, toujours immobile près de la porte.

— Tu comptes rester avec moi cette nuit ?

Il semble réfléchir un instant.

— Non. Pas après la journée que nous venons de passer. Avec tout ce que ça a remué…

— Très bien. Alors tu peux quitter ma chambre, acquiescé-je en avançant vers lui.

Mon compagnon fronce les sourcils. Tiens tiens, serait-il mécontent ?! J'ouvre le battant et désigne le couloir.

— Tu es sérieuse, tu me fous à la porte ?

— C'est ce que tu fais chaque soir depuis près d'un mois, non ? répliqué-je.

— Je ne…

Je l'interromps d'un signe de la main.

— Tu n'essaies même pas, Josh. Tu dors sous médication maintenant, et pourtant, tu ne tentes même pas de passer une nuit avec moi.

— Zoé, murmure-t-il.

Ne flanche pas, songé-je en regardant ses traits s'adoucir. Je le pousse, la paume contre son torse. Il recule jusque dans le corridor.

— Bonne fin de soirée, Walker, conclus-je en lui fermant la porte au nez.

Seule dans la grande pièce, j'étouffe un éclat de rire. Son air ahuri valait le détour. Je décide de me faire couler un bain chaud. La vapeur relaxante envahit bientôt la pièce. Je remonte mes cheveux en chignon et défais le pansement qui couvre la plaie sous mon pied avant de pénétrer dans la baignoire. Un soupir d'extase franchit mes lèvres quand la chaleur me gagne tout entière. Je suis fatiguée de cette journée. Toutes les révélations de Josh ont affecté mon corps autant que mon esprit.

Je sais enfin ce qui le hante, il me faut juste attendre qu'il comprenne de lui-même qu'il n'est pas responsable de la décision prise par Noah.

Encore une fois, je me retrouve seule dans un lit immense. Il y a trop d'espace, alors je ramène les couvertures à moi afin de m'en faire un petit nid. Allongée sur le dos, dans la faible lueur de la chambre, je fixe le plafond, priant pour que le sommeil vienne vite me chercher.

Je dois être maudite, car Morphée s'est refusé à moi tout au long de la nuit. J'ai regardé la télévision, grignoté tout un tas de cochonneries dans le minibar – finalement, ce n'est peut-être pas plus mal que Josh n'ait pas été là – et tourné dans tous les sens sous les draps jusqu'aux premières lueurs du jour. Je sais que Josh veut m'amener quelque part aujourd'hui avant de reprendre l'avion, pourtant je traîne au lit comme un paresseux sur sa branche ! Ce n'est que lorsqu'il toque à la porte que je roule hors des couvertures. À peine le battant ouvert, il entre dans la pièce avec un chariot sur lequel est posé un petit-déjeuner pantagruélique... même s'il est déjà plus de dix heures. L'ancien Marine fronce les sourcils en découvrant les emballages qui ornent fièrement mon couvre-lit.

— Tu n'as qu'à rester avec moi, si tu veux tout surveiller, lancé-je en commençant à détailler ce qui se trouve sur le chariot. Je meurs de faim !

— Tu es exaspérante, Zoé.

Je lève les yeux au ciel.

— Je ne suis pas exaspérante, je suis enceinte ! Je mange donc pour deux, mon cher, lâché-je, la bouche pleine. Alors, où comptes-tu m'emmener, aujourd'hui ?

Le changement de sujet n'est pas du tout subtil, pourtant il s'en contente en esquissant un petit sourire.

— J'aimerais rendre visite à quelqu'un d'important avant de repartir, m'annonce-t-il simplement.

J'acquiesce, même si des milliers d'idées m'envahissent.

— Mes parents ont acheté une maison, au fait. Ils partent dans deux semaines.

Pour quelle raison est-ce que je lui balance la nouvelle comme ça ? Je n'en sais rien. Peut-être pour lui faire comprendre que, bientôt, je me retrouverai vraiment seule chez moi s'il ne se décide pas à revenir. Il encaisse sans rien dire, ce qui a le don de m'énerver ! J'aimerais le secouer comme un prunier et qu'il me dévoile enfin ce qui se passe dans sa tête ! Toutefois, je dois me rendre à l'évidence, avec cet homme, ce n'est pas par la force que j'arriverai à quoi que ce soit. Aussi devrais-je me contenter de ce qu'il m'a confié hier... pour l'instant.

Sur la route, seule la radio nous préserve du silence. Malgré ma nuit blanche, je me sens en pleine forme. Le soleil est au rendez-vous, et la température, très agréable. Josh s'engage bientôt sur un sentier de gravier au bout duquel se dressent une maison toute simple et une petite grange, un peu à l'écart. Une jeune femme rousse entretient de belles rocailles fleuries devant l'habitation. Au moment où elle se tourne vers nous, je suis complètement soufflée par son incroyable beauté.

Elle salue Josh d'un signe de la main lorsque nous sortons du pick-up. Ma respiration se bloque dans ma gorge à la seconde où j'aperçois un garçon d'environ huit ans qui court dans notre direction. La ressemblance entre eux est frappante, et je me demande soudain ce que nous faisons ici.

— Oncle Josh ! s'écrie le gamin, me délivrant aussitôt de toute angoisse.

Le neveu de mon compagnon lui saute dans les bras. Nous sommes donc dans la demeure de Noah, au sein de sa famille. Je comprends désormais mieux encore pourquoi Josh s'en veut autant de la mort tragique de son frère. Noah a laissé derrière lui femme et enfant, alors que Josh n'avait rien de tout cela. Il était libre de toute attache. Je ne peux m'empêcher d'essuyer une larme. Malgré son épaule toujours fragile, Josh serre l'enfant contre lui de toutes ses forces.

— Ça faisait longtemps, murmure la voix émue de la rouquine qui s'est approchée.

Elle me tend une main amicale pour me saluer, et tout comme moi, quelques larmes brillent dans ses yeux.

— Christa.

— Zoé, me présenté-je.

— Qu'est-ce qui vous arrive, les filles ? questionne Josh en se tournant vers nous.

Christa lui balance sa paire de gants maculés de terre au visage. Son fils les rattrape au vol.

— Où étais-tu donc passé, sale type ?! s'exclame-t-elle en s'avançant vers eux pour se joindre à leur étreinte.

Je me sens de trop, tout à coup. Josh aurait dû venir seul. Je n'ai pas ma place dans ces retrouvailles. Je recule d'un pas pour retourner l'attendre dans le véhicule.

— Tu as rencontré Zoé, à ce que je vois ? lance alors Josh.

— Oui. Je constate avec bonheur que tu as enfin renoncé à ton idée stupide de ne pas avoir d'enfant, lui répond Christa. L'heureux événement est prévu pour quand ?

Cette fois, mon débardeur ajusté ne pouvait cacher ma grossesse. Josh me fixe, le regard brillant. Il a toujours cette expression quand on lui parle de notre enfant à naître.

— Fin mars, annoncé-je à sa place.

— Tu entends ça, Thomas, tu vas avoir un cousin ou une cousine !

Mon compagnon laisse son neveu glisser sur le sol. Ce dernier vient se poster fièrement devant moi et me tend la main.

— Thomas Walker, enchanté, m'annonce-t-il avec son plus beau sourire.

— Zoé Andrews, enchantée également.

Je me dis que les frères Walker devaient énormément se ressembler. Josh intervient dans mes pensées en s'adressant à son neveu :

— Thomas, tu voudrais accompagner Zoé aux écuries ? Je suis sûr qu'elle serait ravie de faire la connaissance de ton cheval.

D'abord surpris, le garçon acquiesce en silence et me fait signe de le suivre jusqu'à la grange. Je laisse Josh discuter avec Christa. Quand nous entrons dans la petite écurie, un cheval couleur de feu nous accueille d'un hennissement joyeux. Il est magnifique. Il approche doucement son nez de mon épaule et vient souffler dans mes cheveux. Thomas le sort de son box et l'attache à une poutre. Il me tend ensuite une brosse et nous effectuons ensemble un pansage dans les règles, tout en devisant agréablement. C'est la première fois que je brosse un cheval et Thomas est très fier de me montrer comment on doit procéder, étape par étape. Nous passons un long moment seuls avec le cheval.

— Tu prends bien soin de Shine, j'espère ? l'interroge tout à coup la voix de Josh.

— Oui ! Je crois que Zoé aussi aime prendre soin de lui.

— C'est ce que je vois.

Josh s'approche dans mon dos et m'enserre dans ses bras. Je ferme les yeux à son contact. S'il savait combien tout cela me manque. Il dépose un baiser dans le creux de mon cou et mon corps tout entier tremble sous cette infime caresse.

— Ta mère voudrait te voir, petit garnement, s'esclaffe Josh devant la mine dégoûtée de son neveu.

Le garçon ne se fait pas prier pour détaler, non sans avoir pris soin de nous informer que les bisous des grands, c'était vraiment dégoûtant.

— Quel scandale il nous aurait fait, si je t'avais embrassée pour de vrai, chuchote Josh à mon oreille.

— Tais-toi, s'il te plaît. Tu ignores l'effet que tu as sur moi en ce moment.

Ma voix est rauque de désir et je me dégage de ses bras pour lui faire face.

— Pourquoi ne m'avais-tu pas parlé de Thomas et Christa ?

— Comment aurais-je pu te dire que mon frère s'est sacrifié pour moi, pour que je rentre sain et sauf, alors qu'il laissait une famille derrière lui ? C'est tellement difficile à accepter, Zoé, m'explique-t-il en reprenant le pansage de Shine là où son neveu s'est arrêté.

Pendant un instant, j'observe ses mains qui se promènent sur la robe du bel hongre.

— Shine est le frère de Fire. Ils sont jumeaux, ce qui est assez rare chez les chevaux. Ils ne sont pas totalement identiques, mais ils ont le même caractère, dit-il en posant son front contre celui de l'animal. C'est Noah qui m'a offert Fire avant notre premier déploiement. Il est le dernier lien qui me rattache à mon frère.

— Tu ne m'as jamais amenée voir Fire. Pourquoi ?

— Je ne pensais pas que cela t'intéresserait.

Son aveu m'offusque.

— Parce que je ne ressemble pas à l'une de ces cowgirls qui traînent dans les rodéos que tu fréquentes ? m'insurgé-je, les poings sur les hanches.

— En effet ! Toi, tu as la grande classe. Je t'aurais tout de suite remarquée lors d'un tel événement.

Lentement, il s'approche de moi et pose ses doigts à la base de mon cou. Ses pouces viennent caresser mes joues.

— Tu es le genre de femme que l'on voit briller même dans l'obscurité la plus totale, souffle-t-il avant de m'embrasser.

Après avoir passé la journée chez Christa en compagnie de Thomas et dégusté un repas des plus savoureux dans une ambiance chaleureuse, nous rentrons à l'hôtel. Je suis fourbue d'avoir suivi Thomas dans ses aventures à travers le grand jardin qui entoure la maison, pourtant un sentiment de plénitude m'a envahie tout au long de cette belle journée. Le garçon est comme son oncle, déconnecté de toute technologie, ce qui est rare chez les enfants de nos jours.

Mon compagnon me suit dans ma chambre sans dire un mot. Je range mes chaussures dans le petit placard prévu à cet effet et pars dans la salle de bains avec l'idée d'utiliser une dernière fois la baignoire. Autant en profiter, c'est mon dernier soir ici ! Persuadée que Josh est déjà reparti, je m'attarde un long moment dans l'eau chaude puis, enveloppée dans le peignoir moelleux de l'hôtel, je sors de la pièce, prête à aller me coucher. Je sursaute en le découvrant assis sur mon lit, le regard perdu. Ainsi, il n'a pas rejoint ses quartiers pour la nuit…

— À quoi penses-tu ? murmuré-je en prenant place près de lui.

Il tourne son visage vers moi et m'observe un instant avant de murmurer :

— Je suis mort de peur, Zoé. Plus que je ne l'ai jamais été auparavant.

— Moi aussi, j'ai peur, Josh. Ce n'est pas rien d'avoir un enfant.

Il pose doucement une main sur ma joue et ancre ses yeux aux miens.

— J'ai tellement peur que tu m'abandonnes. Qu'un matin, tu te réveilles et t'aperçoives que m'avoir laissé entrer dans ta vie était une terrible erreur.

Sa voix n'est qu'un souffle dans la pièce, et mon cœur se serre.

— Tu es la lumière que je cherchais dans les ténèbres, Zoé. J'ignore comment je pourrais envisager de poursuivre ma vie sans toi, maintenant, m'avoue-t-il.

Je passe mes doigts entre les siens et les porte à mes lèvres, comme il a l'habitude de le faire.

— Jamais je n'aurais cru aimer quelqu'un comme je t'aime aujourd'hui, Josh. Alors que tu le désires ou non, tu es coincé avec moi. Avec nous, rectifié-je en posant nos mains jointes sur mon ventre. Ne compte pas sur moi pour te dire un jour de sortir de nos vies.

L'expression d'apaisement sur son visage vaut toutes les réponses du monde. Il m'attire à lui et, avant de déposer sa bouche sur la mienne, souffle :

— Il faudra me passer sur le corps pour que je m'éloigne de toi, désormais. Mon cœur et mon âme t'appartiennent, Zoé. Je t'aime.

Chapitre 27

Josh

Ce ne sont pas des paroles en l'air. Je lui appartiens corps et âme. Depuis que j'ai franchi la porte de son bureau… non, depuis cet instant dans le bar, nos destins sont liés. Je suis tombé amoureux sans m'en rendre compte. Sa lumière a chassé les ténèbres qui me retenaient prisonnier de leur étreinte mortelle. Tellement d'années à tenter de les fuir, et une seconde pour entrevoir la rédemption à ses côtés…

— Je t'aime, répété-je contre ses lèvres avant de l'embrasser.

Dieu, qu'elle me manque ! Son contact, devenu une véritable drogue, m'apaise instantanément. Quand elle passe ses mains derrière ma nuque, je ne peux réprimer un frisson de bien-être. J'ai cette incroyable sensation d'être exactement là où se trouve ma place. Ce sentiment si puissant n'est pas dû à une simple attirance sexuelle, ou encore au goût de ses lèvres sur les miennes. Non. Il est présent dans tous les pores de ma peau, chargé de tout l'amour que j'éprouve pour elle.

Zoé passe une jambe par-dessus les miennes et s'installe à cheval sur moi sans briser notre échange. J'ai tant à lui dire encore, alors je me recule un instant.

— J'aimerais te parler de certaines choses, soufflé-je contre sa bouche.

— J'en ai marre de parler, Josh. Tout ce que je veux pour l'instant, c'est toi.

Elle appuie fermement ses paumes contre mon torse et, sous la pression, je bascule en arrière sur le matelas.

— Je me languis depuis des jours de t'avoir tout à moi… en moi, murmure-t-elle à mon oreille avant de la mordiller, taquine.

Toujours sur moi, son ventre rond tendu entre nous, elle défait la ceinture de son peignoir. Le souffle me manque tant elle est d'une beauté sans nom. Mes doigts viennent caresser ses hanches, puis remontent sur les courbes de sa taille que je peux sentir frissonner à mon contact. Je poursuis jusqu'à ses seins, rendus lourds et sublimes par la maternité, elle ne peut retenir un gémissement quand j'en pince doucement les mamelons. Elle s'arque sur moi et je me redresse sous son corps.

Zoé vient alors réclamer ce qu'elle désire depuis la nuit où je l'ai involontairement agressée en m'embrassant sauvagement, je la sens à fleur de peau, comme si elle se tenait sur le bord d'un gouffre.

La jeune femme soulève mon tee-shirt, ses ongles sillonnent mes côtes quand elle le fait passer par-dessus ma tête. Je la rapproche de moi, sa poitrine vient se coller à mon torse. Elle ondule subtilement du bassin contre mon jean. Son sexe frottant sur mon érection déclenche des décharges électriques dans tout mon corps. Mon désir pour elle est plus qu'évident.

Ma bouche redécouvre la saveur de sa peau en semant des traînées de baisers à la naissance de ses seins, de son cou et de ses épaules. Zoé s'offre à moi sans crainte et sans pudeur, comme le soir de notre première rencontre.

Avec soin, je la fais basculer sur le matelas, son peignoir termine de s'ouvrir complètement sur le couvre-lit. Ses mains aventureuses détachent mon ceinturon et je l'aide avec empressement à me débarrasser de mes derniers vêtements. Je ne peux m'empêcher de l'observer encore, lentement, de la tête aux pieds. Elle est magnifique, telle une déesse n'attendant plus que moi pour la satisfaire. Je capture ses lèvres un instant, puis descends tranquillement le long des courbes de son corps. Les soupirs qui s'échappent de sa gorge m'excitent plus encore, néanmoins c'est à elle que je veux donner du plaisir. Je veux prendre le temps d'honorer chaque parcelle de peau qui se révèle à moi.

Le goût d'elle m'a tellement manqué. Je savoure, me délecte de chaque frisson qui la parcourt. Quand j'atteins le centre de son désir, ses doigts s'agrippent au drap et son souffle s'accélère. Je plaque ses hanches contre le matelas pour la maintenir en place. Le plaisir monte en elle, crescendo et, au moment où un cri d'extase franchit ses lèvres, un sourire satisfait se dessine sur les miennes.

Je la laisse redescendre de son nuage et me place au-dessus de son corps frissonnant. Elle me fixe sans me voir, haletante, perdue dans un brouillard de plaisir qui me ravit. Pas seulement parce que j'en suis l'auteur, mais aussi parce que je la sens enfin complètement détendue. Elle se redresse et vient poser ses lèvres dans mon cou. Elle en suce la peau avant de me susurrer à l'oreille :

— Maintenant, Josh. Je te veux maintenant.

— Pourtant, je n'ai pas encore fini de te donner du plaisir, chuchoté-je en passant mes doigts sur son sexe.

Elle se cambre contre moi.

— Tu ne vas tout de même pas contredire une femme enceinte qui meurt d'envie de sentir l'homme de sa vie en elle ?

La lueur de désir brut qui brille dans ses yeux décide pour moi. Je la couve du regard en souriant, me demandant encore une fois ce que j'ai bien pu faire pour mériter qu'elle apparaisse dans ma vie et l'illumine ainsi.

— Je ne prendrais certainement pas ce risque, soufflé-je en la pénétrant d'un coup.

Sa bouche se colle à la mienne et ses ongles viennent s'enfoncer dans les muscles de mes fesses, tandis que j'entame de lents mouvements de va-et-vient. Ma respiration se bloque dans ma gorge, tant il est bon de ne faire de nouveau plus qu'un avec elle. La sensation de plénitude totale qui me gagne chaque fois que je suis proche de cette femme me submerge en une vague de désir brûlant. Je me perds entre ses bras et elle s'abandonne avec moi. Avide d'elle, je l'embrasse à en perdre le souffle, à en perdre la raison. Je suis totalement à sa merci. Quand je la sens se contracter autour de moi, je laisse l'orgasme monter en moi pour la rejoindre. J'étouffe son gémissement de plaisir entre mes lèvres. Le savourant comme la plus délicieuse des récompenses.

Haletant, je laisse mon regard errer dans ses prunelles. Soudain, je me rends compte que ce n'est pas seulement notre enfant à naître qui me relie à elle pour la vie, mais bel et bien mon cœur. Il est certes hanté, fracturé et blessé, toutefois il ne bat désormais plus que pour elle.

Je me laisse rouler à ses côtés pendant qu'elle vient se lover contre mon torse. Je cale mon menton sur sa tête et nous restons ainsi un moment sans rien dire, reprenant doucement nos esprits et notre souffle, savourant ces divines retrouvailles. Son index dessine des motifs imaginaires sur ma peau. Je dépose un baiser dans ses cheveux, me délectant de son parfum de vanille.

— Alors, quelles sont ces choses dont tu devais me parler ? me questionne-t-elle innocemment.

Elle me sourit, fière de m'avoir fait céder. J'ignore si j'ai eu à un quelconque instant une opportunité de faire autrement que de la suivre dans son désir, et cela m'est bien égal.

— Je voulais te demander pardon pour l'éloignement que je t'ai imposé, après la nuit où je…

— Tu n'as pas à t'excuser, Josh.

— Si. Car je sais que je t'ai fait du mal en te laissant seule, surtout après l'incendie. Seulement j'avais si peur de te blesser, Zoé. Toi, le bébé… C'était beaucoup trop de choses à gérer d'un coup, insisté-je.

Elle lève son visage vers moi et j'en profite pour lui voler un baiser.

— Cette séparation m'a pesé à moi aussi, Zoé. Ne plus t'avoir près de moi toutes les nuits, ne plus sentir ton corps chaud contre le mien, ne rencontrer qu'une place vide et froide à mes côtés. Mais je devais prendre cette précaution ! Si je t'avais à nouveau agressée... continué-je.

Zoé se rapproche un peu plus et passe une jambe par-dessus les miennes. Je caresse distraitement sa cuisse.

— Je veux que tu saches que c'est terminé. Plus jamais je ne mettrai de distance entre nous, lui assuré-je en la sentant s'apaiser contre moi.

— Très bien, sinon j'aurais dû en venir à te ligoter pour te garder à la maison.

Je souris en rabattant une couverture sur nos corps enlacés. *Décidément, la grossesse réussit à son caractère*, songé-je juste avant de m'assoupir.

Notre vol de retour était programmé de très bonne heure, ce qui nous permet d'atterrir à Calgary en début d'après-midi. Une fois arrivé à *Black Valley*, je me gare directement devant la maison de Jason et Dean. Seul le jeune frère de Zoé est encore là. Après nous avoir salués, il remet une lettre à sa sœur.

— Elle est à ton nom, je ne sais pas comment elle a atterri dans mon courrier, lui explique-t-il alors que je m'apprête à descendre récupérer au sous-sol le peu d'affaires que j'ai ici.

Le pied sur la première marche, je jette un coup d'œil à Zoé et me fige. Son expression change du tout au tout dès l'instant où elle ouvre l'enveloppe. Tremblante, elle tend la feuille de papier à son frère. J'entends Dean étouffer un juron. Les sourcils froncés, je me hâte de descendre les escaliers qui mènent à la chambre d'amis, ramasse mes effets et remonte à l'étage. Ma compagne discute à voix basse avec son cadet. La bonne humeur qui faisait briller ses yeux quelques minutes auparavant s'est dissipée, remplacée par une ombre d'angoisse qu'elle cherche à dissimuler dès qu'elle m'aperçoit.

— Est-ce que tout va bien ? m'inquiété-je.

— Oui. Aucun souci.

Zoé me rassure d'un petit sourire et lance un regard presque menaçant à son frère, avant de rejoindre la porte d'entrée. Une bouffée d'anxiété monte en moi, toutefois je décide de ne pas la questionner davantage. Elle me parlera de ce qui la tracasse quand elle sera prête à le faire.

Le retour chez Zoé se fait dans un silence pesant. Je transporte nos bagages dans sa chambre et l'aide à remettre de l'ordre dans ses tiroirs. Je vois bien que son TOC est de retour, et cette lettre en est sûrement la raison, mais Zoé ne semble pas encore décidée à m'en parler. Et je suis mal placé pour vouloir lui tirer les vers du nez.

Ce soir-là, elle ne se détend enfin qu'à mon contact, lorsque je viens me coucher près d'elle. Elle se colle à moi comme si cela faisait une éternité que nous ne nous étions pas touchés. Son attitude depuis notre passage chez ses frères m'inquiète de plus en plus, néanmoins si ma seule présence à ses côtés peut chasser ce qui semble la mettre dans un tel état, alors tant mieux. Je saurai me montrer patient, comme elle l'a été avec moi !

Elle m'embrasse tendrement avant de fermer les yeux, la tête posée sur mon torse. Je soupire de contentement en déposant un baiser dans ses cheveux, avant de fermer les paupières à mon tour.

Je suis heureux de reprendre ma place dans la maison. Je ferai dorénavant tout ce qui est en mon pouvoir pour nous construire un avenir heureux…

J'ai pu passer ces trois derniers jours en compagnie de Zoé, qui semble peu à peu s'apaiser après sa grosse angoisse à notre retour du Texas. Lundi matin, il est néanmoins temps pour moi de reprendre le travail à la boutique. Après avoir volé un baiser à ma compagne encore couchée, je sors de la maison dans le froid glacial de la mi-novembre.

C'est moi qui fais l'ouverture aujourd'hui, et le calme ambiant apaise mon esprit tourmenté. Je ne cesse de me poser des questions sur l'attitude de Zoé à l'ouverture de cet étrange courrier, jeudi chez son frère, tout en me disant que s'il s'agissait de quelque chose de grave, Dean ou elle aurait fini par m'en parler.

— Bonjour, jeune homme ! me salue gaiement Marie.

Pour une fois, elle ne me prend pas par surprise, j'avais aperçu sa silhouette à travers la vitre de la porte.

— Bonjour à vous, chère madame !

Malgré la baisse de moral de Zoé, je suis d'humeur plus sereine depuis notre retour. Je suis désormais en paix avec mon passé, et cette fois, je suis bien décidé à rester en contact avec ma sœur, Christa et Thomas. Plus question de les priver de nouvelles, leur laissant présager le pire…

— Ce petit retour aux sources semble t'avoir fait le plus grand bien, fiston, remarque gentiment ma patronne.

— Oui. Je suis content d'avoir fait ce voyage avec Zoé.

— Tu lui as parlé, tu t'es confié à elle ?

Je souris à toutes ses questions. Elle m'avait manqué !

— Oui, Marie. J'ai suivi vos conseils à la lettre. Et je crois bien que cela a été la meilleure décision que j'aie jamais prise.

Heureuse, elle me rend mon sourire. Quand la clochette retentit dans la boutique, je gagne mon poste tandis que Marie s'enthousiasme :

— Les fêtes de fin d'année approchent, les clients se feront bientôt beaucoup plus nombreux.

Ce qui me rappelle que je dois commencer à réfléchir à un cadeau pour Zoé. Ainsi que pour ses frères, ses parents, sans oublier Eli… et mes amis du *Heaven's* ! Je dresse mentalement une liste provisoire tout en servant notre première cliente de la journée.

Comme l'avait deviné la vieille dame, du matin jusqu'au soir, un incroyable flot d'acheteurs ne cesse d'aller et venir dans la boutique. À tel point que je ne peux même pas rentrer déjeuner à la maison comme c'était jusqu'ici mon habitude. Je suis impressionné de voir tous ces gens venir faire leurs achats de Noël chez Marie.

Exténué, je regagne notre foyer en fin de journée sans trop faire attention à ce qui m'entoure, après avoir fermé le magasin. Le soleil a déjà disparu et le froid est mordant ! Si bien que je suis complètement frigorifié quand je pénètre dans le vestibule. Je vais devoir m'habituer à ces températures polaires. Je me déchausse, retire manteau, gants et bonnet… et me fige en découvrant Zoé assise dans le canapé, le regard perdu, et Dean, en uniforme, qui se tient près d'elle. Elle semble complètement bouleversée.

— Qu'est-ce qui se passe ? m'inquiété-je.

Zoé m'observe sans parvenir à prononcer la moindre parole, son frère lui pose une main rassurante sur l'épaule.

— Dis-lui, Zoé. Tu ne peux pas lui cacher éternellement ton passé.

Chapitre 28

Zoé

Ce matin, j'ai attendu patiemment que tout le monde ait quitté la maison pour sortir de sous les couvertures. Mon cœur bat la chamade depuis que j'ai reçu le message de Dean, hier soir. Il a tout arrangé pour cet après-midi. Après être passée à la salle de bains, je descends au rez-de-chaussée et manque de me prendre les pieds dans un carton. Mes parents ont commencé à préparer leur déménagement et je songe un instant avec tristesse que la maison sera bien vide pour Noël.

Je n'aurais pas dû réagir aussi violemment au courrier que mon frère m'a remis à notre retour du Texas. Je vois bien que Josh s'inquiète depuis, cependant je ne peux me résoudre à lui en parler tant que je ne sais pas vraiment de quoi il retourne. Recevoir une lettre de mon ex-mari demandant une rencontre, plus d'un an et demi après notre séparation, c'est très perturbant. Surtout quand l'injonction d'éloignement est encore en vigueur.

C'est Dean qui a organisé le rendez-vous.

Si les rôles avaient été inversés, je n'aurais sans doute pas cessé de questionner Josh afin de découvrir ce qui le tracassait. Toutefois Josh n'est pas comme moi, il n'aime pas envahir la vie des gens. C'est une autre des raisons qui font que je l'aime autant.

Installée à la table de la cuisine, mon bol de céréales posé devant moi, je repense à cette soirée où tout a basculé. Cette soirée qui m'a enfin ouvert les yeux et qui m'a ramenée près des personnes qui m'aiment vraiment…

Je suis surprise quand on frappe à la porte du loft. Sur le coup, je me dis que c'est sûrement Shane qui a oublié ses clés. Il est sorti faire des courses et, comme toujours, il a refusé que je l'accompagne. Dès que j'ouvre, Elisabeth s'engouffre dans l'appartement. Je suis stupéfaite de la voir ici, elle est censée être à Black Valley, auprès de mon grand frère !

— Qu'est-ce que tu viens faire ici en pleine soirée ? demandé-je. Jason est avec toi ?

— Non, je suis seule. Je veux que tu rentres à Black Valley avec moi, Zoé. Ça suffit ! Tu ne peux pas vivre enfermée ici toute ta vie auprès de ce dingue ! C'est complètement malsain !

Ma meilleure amie me fixe avec intensité et je ne peux manquer la supplication muette dans son regard. Je ne suis pas idiote, je sais que ma situation n'est pas normale, mais je me dis aussi qu'au fond, Shane est quelqu'un de bien. Je ne l'aurais pas épousé sinon... enfin... je crois.

— Eli, je ne peux pas...

— Ouvre les yeux, bordel ! Il te garde prisonnière ! Tu peux tout juste aller au boulot et chez ton gynéco ! Ce n'est pas une vie, Zoé ! Tu ne vois plus ta famille, tes amis, tes collègues... il t'a complètement isolée du monde.

Une partie de moi sait très bien qu'elle a raison, mais l'autre est toujours amoureuse de Shane.

— Tu devrais partir avant qu'il ne rentre, Eli, marmonné-je.

— Je ne partirai pas d'ici sans toi, pas cette fois.

Combien de fois durant ces trois dernières années a-t-elle tenté de me faire revenir à Black Valley ? Je ne les compte même plus. Je soupire, incapable de lui répondre. Sûre d'elle, elle s'engouffre dans la grande chambre à coucher et sort une valise du placard. Elle jette mes vêtements pêle-mêle à l'intérieur tandis que je reste là, figée, perdue dans mes pensées désordonnées. Je ne peux pas quitter mon mari ainsi...

Quand la porte du loft s'ouvre sur Shane, mon amie s'empresse de regagner le salon et mon cœur s'emballe de terreur. Je comprends soudain que jamais une femme ne devrait réagir ainsi en présence de son époux.

— Mais qu'est-ce que tu fiches chez moi ?! hurle Shane en apercevant Eli.

— *Je viens récupérer ma meilleure amie !*

Je n'ai jamais vu Elisabeth aussi en colère de toute ma vie. Elle soutient sans broncher le regard furieux et rempli de haine de mon mari. Même s'il n'a jamais été physiquement violent avec moi, je recule instinctivement d'un pas.

— *Elle allait partir, murmuré-je.*

— *Toi, la ferme !*

Il pointe un doigt rageur dans ma direction.

— *Cesse de la traiter comme un chien ! intervient Eli.*

— *Pourquoi ? C'est pourtant tout ce qu'elle est, non ?! Une chienne incapable de me donner un fils !*

J'encaisse ses paroles sans un mot, je les encaisse toujours depuis trois ans. Ce que je ne vois pas venir, c'est la gifle monumentale qu'Eli lui assene. Shane réagit aussitôt. Il empoigne ma meilleure amie par la gorge et la plaque violemment contre le mur du salon. J'avance vers eux et tente de défaire sa prise autour du cou d'Elisabeth.

— *Dégage, espèce de conne ! rage Shane.*

De sa main libre, il me repousse avec toute la force dont il est capable et je suis propulsée en arrière. J'atterris lourdement sur la table en verre du salon, qui cède sous l'impact. Je sens les éclats de la vitre me lacérer le dos à travers mon chemisier. J'ignore combien de temps s'écoule avant que je sois capable de redresser la tête, sonnée. J'aperçois Eli griffant le visage de Shane, qui lâche enfin son emprise sur elle. Elle me rejoint en se faufilant entre le mur et mon mari.

— *Ça va ? m'interroge-t-elle.*

Les larmes dévalent mes joues, mais j'acquiesce pour la rassurer. Eli m'aide à me remettre sur pied alors que Shane s'approche de nous, une traînée de sang orne son visage déformé par la haine. Des coups violents à la porte me font sursauter.

— *Police ! Ouvrez, ou nous enfonçons la porte !*

Shane ignore leur injonction d'un ricanement. Menaçant, il continue d'avancer dans notre direction. Le battant s'ouvre avec fracas et trois policiers entrent en trombe dans le loft. En un instant, mon mari se retrouve couché sur le sol et menotté. Intérieurement, je remercie le voisin qui a appelé les forces de l'ordre. Et la police, d'avoir une fois encore accepté de se déplacer... Combien de fois sont-ils déjà venus ici ? Et jamais je n'ai voulu porter plainte...

Après ça, les policiers m'ont à nouveau demandé si je voulais porter plainte contre lui. Et cette fois, j'ai accepté, enfin consciente du danger que représentait cet homme que j'avais pourtant épousé. Pendant qu'Elisabeth m'aidait à terminer mes bagages, je voyais la trace de la main de mon mari apparaître peu à peu autour de son cou.

Cependant, les policiers ne m'ont pas laissé repartir avec elle, ce soir-là. Ils m'ont escortée jusqu'au foyer pour femme en détresse le plus proche. Ils allaient revenir le lendemain matin, m'ont-ils dit, afin de prendre ma déposition.

C'est entre les pleurs des enfants et ces femmes brisées par la violence que mon TOC est apparu. Une seule nuit a suffi à bousculer mon monde, et tout remettre en question. Shane ne m'avait jamais aimée. J'étais juste une femme comme une autre, qui avait fait l'affaire pour être présentée à sa famille et ses amis.

Le divorce n'a pas été simple, toutefois j'en suis sortie la tête haute avec une mesure d'éloignement. Il avait déjà commencé à me harceler au téléphone. J'ai dû faire changer mon numéro à plusieurs reprises.

Et aujourd'hui, alors que je pensais que toute cette histoire était derrière moi, il m'envoie une lettre pour me demander de lui accorder une entrevue.

Perdue dans mes pensées, je ne vois pas passer la matinée, et quand Dean pénètre dans la maison, il me fait sursauter. Lorsque j'ai ouvert le courrier de Shane, je lui ai demandé de garder cette histoire pour lui et de me laisser gérer la situation. J'aurais aussi bien pu parler à un sourd ! Il m'a pris la lettre des mains et m'a dit qu'il allait organiser la rencontre.

— Alors, tu lui as dit ce que tu avais prévu pour aujourd'hui ? me questionne mon frère au sujet de Josh.

— Non. Bien sûr que non !

Je m'en veux de ne pas m'être confiée à mon compagnon, seulement j'avais peur qu'il veuille s'interposer. Et au plus profond de moi, je sais que je dois faire face seule, une toute dernière fois. Je ne suis plus la femme fragile qui a été balancée à travers une table en verre telle une vulgaire poupée de chiffon. Je suis désormais bien plus forte que ce que Shane imagine.

— Tu ne devrais pas lui cacher une chose aussi importante, soupire Dean.

— S'il te plaît, ne commence pas. Je n'ai pas l'intention de lui cacher quoi que ce soit. Seulement…

— Seulement tu ne lui as toujours pas dit ce qui se passe ! C'est du pareil au même !

Je grogne en enfilant une parka ultra large. J'espère qu'ainsi, Shane ne remarquera pas ma grossesse. Je flotte dans le vêtement, toutefois je n'en ai cure. Cela fait plus d'un an qu'il ne m'a pas vue, ma prise de poids, qui apparaît un peu sur mon visage, ne devrait pas le surprendre. Je me tourne vers Dean, et remarque qu'il est vêtu de son uniforme. Je sais pourtant qu'il a pris son après-midi afin de m'accompagner.

Quelques minutes plus tard, il gare sa voiture de patrouille devant chez *Joe's*. Maintenant que je suis au pied du mur, ma respiration s'emballe, je n'arrive pas à la calmer.

— Tu es vraiment certaine de vouloir y aller ? me demande mon frère en détachant sa ceinture de sécurité.

J'opine en silence. Quand nous entrons dans le café, quelques têtes se tournent dans notre direction. Des gens saluent Dean, et moi, je n'ai déjà plus d'yeux que pour lui. Mon sang se glace dans mes veines. Shane est installé à une table au fond du café. Et ce que je découvre alors me pétrifie.

Une poussette est placée à ses côtés, qu'il fait bouger lentement.

— Je rêve ou quoi ?! chuchote Dean dans mon dos.

— On voit la même chose…

Je suis complètement déboussolée. Il n'a pas changé d'un pouce depuis que j'ai quitté Calgary. Il est toujours aussi musclé, ses larges épaules sont visibles sous sa veste. Quand ses yeux bleus se posent sur moi, j'arrête de respirer. J'avance lentement vers sa table et m'installe en face de lui sans retirer mon manteau. Mon ex-mari jette un regard inexpressif à mon frère qui a pris place au petit bar du café.

— Tu ne m'en voudras pas d'avoir pris mes précautions, le salué-je.

— Non, pas du tout. Tu m'as l'air en forme.

Je soupire. S'il pense que je suis venue ici afin que nous parlions de la pluie et du beau temps, notre entrevue ne va pas durer longtemps !

— Qu'est-ce que tu me veux, Shane ?

Un babillement provenant de la poussette le distrait un instant.

— Je te présente mon fils, Elliot, m'annonce-t-il en prenant le bambin sur ses genoux.

Je reste sans voix.

— Tu n'as pas perdu de temps, à ce que je vois.

Ma voix est sèche. Je n'ai pas envie d'être aimable avec lui.

— En fait... je voyais déjà une autre femme lors des derniers mois de notre mariage, m'avoue-t-il.

J'éclate de rire, c'est plus fort que moi. Je m'adosse à ma chaise et laisse mon hilarité se déverser sur lui avec tout mon mépris. Comment ai-je pu croire une seule seconde que j'étais amoureuse de ce monstre ?

— Je ne suis pas vraiment étonnée. Je n'étais qu'une chienne incapable de te donner un enfant, après tout.

Il baisse les yeux sur la table, puis caresse doucement la tête de son fils.

— Je me suis remarié...

— Je me moque éperdument de ta vie, Shane. Qu'est-ce que tu veux me dire qui soit assez important pour te décider de contourner une injonction d'éloignement ?

Des tonnes de questions fusent dans ma tête et je fais de mon mieux pour les garder à distance. Je me concentre sur le fait que j'ai un coup de fil important à passer dès que je serai sortie de cet endroit.

— Je suis une thérapie et... on nous encourage à aller demander pardon aux gens que nous avons blessés, m'explique-t-il alors.

Je le fixe un instant, puis je pense à Josh, à Eli, qui elle aussi a souffert par sa faute.

— Jamais tu n'obtiendras mon pardon, Shane. Jamais, assené-je en me levant.

Je gagne la sortie d'un pas vif tandis que mon frère m'emboîte le pas. Dans sa voiture, je peine à retrouver mon calme. Mon regard se porte alors sur une jeune femme blonde qui entre dans le café et se dirige vers Shane. Elle lui prend le bambin des mains et l'embrasse. *J'espère qu'il ne lui fera jamais endurer ce que j'ai vécu*, pensé-je, le cœur au bord des lèvres.

— Qu'est-ce qu'il voulait ?

Je tourne la tête vers Dean.

— Quelque chose qu'il n'aura jamais.

Dès que nous arrivons à la maison, je monte passer des vêtements confortables, avant de retourner au salon où Dean s'est installé. Je prends place à côté de lui et il passe un bras autour de mes épaules pour m'attirer dans une étreinte rassurante. Nous restons un moment ainsi, en silence. Jusqu'à ce que je me souvienne de l'appel que je veux passer au docteur Mills. J'ai besoin de certaines réponses.

— Je reviens, dis-je à Dean en gagnant l'étage.

Drogo vient s'installer près de moi sur mon lit, alors que je compose le numéro du bureau de Claudia. La secrétaire me met en attente, après m'avoir indiqué que mon docteur est en pause entre deux patients. Il est toujours bon de garder des contacts amicaux dans les endroits où l'on a travaillé. Cela évite parfois d'attendre une réponse trop longtemps. Mon cœur bat à nouveau la chamade, et bien que je sache que c'est un peu normal durant la grossesse, j'ai également conscience qu'en cet instant, cela n'a rien à voir avec mon état de future mère.

— Zoé, quelque chose ne va pas ? me surprend tout à coup la voix de ma gynécologue.

— En fait, je me demandais si vous aviez reçu mon dossier du docteur Shavez ? J'ai fait une découverte pour le moins surprenante aujourd'hui…

— Je vérifie sur votre fiche, un instant.

Je peux l'entendre qui farfouille dans ses affaires, avant de percevoir le son caractéristique des touches d'un clavier informatique.

— Non, malheureusement, je n'ai encore rien reçu. Voulez-vous que je le recontacte ? me demande-t-elle gentiment.

— Non. Je vais m'en charger moi-même. Merci d'avoir pris le temps de me répondre.

Je la salue et raccroche.

Comment Diable Shane peut-il avoir un enfant, alors que pendant trois ans, nous avons tout tenté sans succès ?

Il est clair que ce n'était pas moi, le problème, songé-je en caressant mon ventre. Seulement, il semblerait bien que cela n'ait pas été lui non plus…

Je suis redescendue m'installer sur le canapé depuis un moment, quand la porte de la maison s'ouvre et mon frère se lève. Josh est revenu du travail. Je ne dois pas avoir l'air bien, car mon compagnon me le fait aussitôt remarquer d'un ton inquiet.

Dean vient poser sa main sur mon épaule et m'incite à enfin me libérer du poids de mon passé. Mes yeux rencontrent le regard perplexe de Josh. Mon frère a raison, je ne peux pas continuer ainsi.

— Tu veux bien t'asseoir près de moi ? l'invité-je en tapotant le canapé à mes côtés. J'ai moi aussi des trucs à te dire.

Il s'installe en silence alors que Dean gagne la cuisine pour nous laisser seuls.

— J'aimerais te raconter pourquoi j'ai divorcé de mon mari, commencé-je.

— D'accord.

Je lui vole un baiser pour y puiser la force qui soudain me fait défaut.

Et puis je lui raconte ce qui s'est passé ce soir-là…

Chapitre 29

Josh

Je suis attentif à chacun de ses mots. Ce qu'elle me raconte, cette soirée qu'Eli et elle ont vécue, fait monter la rage en moi. Comment un homme peut-il volontairement infliger de telles souffrances à sa femme, qu'elles soient psychologiques ou physiques ? J'ai vu tant d'horreurs durant mes déploiements, je pensais que rien ne pourrait plus me surprendre… visiblement, je me trompais. Pourtant je ne réagis pas, conscient qu'il est important pour elle que je l'écoute jusqu'au bout.

Mais je ne peux m'empêcher de sortir de mes gonds quand elle m'annonce d'une voix tremblante :

— Je suis allée le voir, aujourd'hui.

— Quoi ?! Et tu n'as pas cru bon de m'en parler avant ?!

— Josh, s'il te plaît, ne crie pas… c'est déjà bien assez dur comme ça, murmure-t-elle.

J'expire un grand coup, je dois garder mon calme.

— Il avait un petit garçon avec lui. Son fils, poursuit-elle.

Je fronce les sourcils en l'observant.

— Attends, tu m'as dit qu'il ne pouvait pas avoir d'enfant !

— Effectivement, c'est ce que je croyais. Mais de toute évidence, il y a eu un problème, autre que lui… ou moi, conclut-elle en caressant son ventre.

Elle est sous le choc, je le vois bien. Je ne réussis pas à me sortir de la tête cette image d'elle projetée à travers une table en verre. Je les ai déjà senties sous mes doigts, ces petites aspérités dans son dos. J'ai toujours pensé que c'était les cicatrices de ces petites blessures qu'on se fait quand on est gamin. Je me pince l'arête du nez pour m'apaiser et reprends, incapable de contenir mes reproches.

— J'ai du mal à croire que tu ne m'aies rien dit. Ce type est clairement violent, nom de Dieu ! Tu t'es mise en danger, Zoé.

Je me tourne avec colère vers Dean qui se tient non loin, nonchalamment appuyé au comptoir de la cuisine.

— Et toi, tu la couvres ! Ne me dis pas que tu l'as encouragée dans cette démarche…

Le jeune homme s'approche de moi.

— C'est ma sœur, Josh. Elle est adulte et prend ses propres décisions depuis longtemps. Et même si j'avais tenté de l'en dissuader, tu sais aussi bien que moi qu'elle m'aurait envoyé sur les roses !

— Les gars, ça suffit, intervient Zoé.

Son ton autoritaire et ses poings rageusement posés sur ses hanches nous ordonnent de nous taire plus encore que ses paroles.

— Josh, tu as raison, j'aurais dû t'en parler. Mais au vu de ta réaction, je suis soulagée de ne pas l'avoir fait. Dean, je n'avais pas besoin qu'on me protège, mais j'ai cédé quand tu as insisté pour m'accompagner. J'estime donc avoir pris toutes les bonnes décisions !

Alors qu'elle finit sa tirade, la porte de la maison s'ouvre et Caitlin et Malcom pénètrent ensemble dans le vestibule. Nous cessons tous de parler pour nous observer les uns les autres.

— Quelque chose ne va pas ? s'inquiète Caitlin en retirant son manteau.

— Je meurs de faim, annonce Zoé d'une voix d'outre-tombe.

Voilà une façon comme une autre de désamorcer la situation, songé-je en la regardant gagner la cuisine. Dean s'éclipse rapidement et Caitlin va aider sa fille à préparer le repas. Je me lève à mon tour pour donner un coup de main à Malcom avec les cartons. Le week-end prochain, les parents de Zoé auront quitté la maison. Je me demande si le fait de se retrouver seule avec moi l'angoisse. Il n'y a pas de raison, tout se passe bien depuis notre retour du Texas, je ne me réveille plus au milieu de la nuit, en sueur et désorienté. Je tente de me rassurer en me disant qu'il est temps pour nous, désormais, de trouver notre équilibre, avant l'arrivée de notre enfant.

Ce soir-là, à table, alors que les deux femmes discutent du bébé, je tends une oreille attentive pour ne rien perdre de leur conversation. J'ai beau avoir lu des tonnes de livres sur le sujet, j'ai l'impression que je ne serai jamais prêt pour le grand jour.

En aidant Malcom à faire la vaisselle, je me rends compte que j'ai mal réagi à l'annonce de Zoé, aujourd'hui. Elle m'a confié son secret, et moi, j'ai complètement occulté ce qu'elle avait dû ressentir à se retrouver devant son bourreau, pour ne me focaliser que sur mon ego malmené. Je me demande comment elle a réussi à supporter une telle situation durant trois ans, cela m'est totalement inconcevable.

Je gagne alors l'étage afin de la rejoindre et me dirige tout d'abord vers la salle de bains. Je fais couler l'eau dans la baignoire et tamise les lumières, avant d'aller retrouver Zoé dans notre chambre. Assise au bord du lit, elle observe la rue par la fenêtre. Je m'installe derrière elle pour lui masser les épaules. Dans un soupir, la jeune femme laisse sa tête partir vers l'arrière.

— C'est agréable, chuchote-t-elle.

Je pose mes lèvres dans son cou.

— Je t'ai fait couler un bain. Tu as besoin de te détendre.

Elle se dégage et se tourne vers moi, un doux sourire sur les lèvres.

— C'est vrai ?!

J'acquiesce et lui tends la main après m'être relevé. Elle s'en saisit puis se laisse guider jusqu'à la salle d'eau. La pièce est envahie par la vapeur. Ma compagne me dévisage longuement et me vole un baiser tandis que je lui retire son tee-shirt et dégrafe son soutien-gorge. Elle me laisse la dénuder, et ensuite l'escorter jusqu'à la baignoire. À l'instant où je vais quitter la pièce, elle me retient :

— Reste… s'il te plaît.

— Tout ce que tu veux, acquiescé-je en prenant place sur le rebord du bain.

Je saisis un gant de toilette, le mouille et le passe lentement sur ses épaules tendues. Je m'en veux toujours de ma réaction. J'aurais dû l'écouter et l'appuyer dans sa démarche au lieu de m'emporter.

Elle cale sa joue contre ma cuisse et m'observe. Elle semble exténuée.

— Je suis désolé d'avoir réagi de la sorte, tout à l'heure. Tu avais pris toutes les précautions nécessaires en laissant Dean t'escorter, murmuré-je en caressant son visage.

— Je n'aurais pas dû te cacher le contenu de cette lettre non plus.

Un silence apaisant flotte autour de nous durant un moment, Zoé se détend peu à peu dans l'eau chaude qui soulage les tensions de son corps. Elle est magnifique, je ne peux empêcher mon regard d'errer sur chaque parcelle de peau qui s'offre à ma vue.

— Il voulait quoi, au juste ? lui demandé-je à voix basse.

Elle ferme les yeux avant de lâcher dans un soupir.

— Mon pardon.

Je suspends mon massage sur ses épaules, abasourdi.

— Il ne l'obtiendra jamais, ajoute-t-elle en mêlant ses doigts trempés aux miens.

En ce matin du vingt décembre, Marie m'a ordonné de quitter la boutique et de ne plus revenir avant le cinq janvier ! Zoé est plus qu'étonnée de me voir rentrer à la maison à peine un peu après neuf heures.

— La patronne refuse de me revoir avant l'année prochaine, lui expliqué-je. Elle veut que je passe du temps avec la femme sublime qui occupe mes pensées.

— Que tu es bête, parfois !

Je la serre entre mes bras et elle éclate de rire. Jamais je ne pourrai me lasser de ce son cristallin. Je sais que Zoé est particulièrement fatiguée ces derniers jours, ce qui est on ne peut plus normal à vingt-quatre semaines de grossesse. Le bébé prend de plus en plus de place et commence à la gêner dans son sommeil.

En souriant, elle prend soudain ma main, comme elle le fait de plus en plus souvent ces dernières semaines, et la pose précipitamment sur son abdomen tendu. Je suis toujours fasciné quand notre enfant nous rappelle sa présence en donnant des coups de plus en plus vigoureux dans le ventre de sa mère.

— Elle a le rythme dans le sang, notre princesse, murmuré-je à son oreille.

— Il. Je n'en démords pas, Josh. Ce sera un garçon.

Je grogne en enfouissant mon nez dans son cou, son parfum de vanille m'enivre comme lors de notre première rencontre. La maison est bien vide depuis le départ de ses parents et je sais que cette solitude lui pèse, même si elle passe encore beaucoup de temps avec Caitlin. Ces vacances inopinées ne pouvaient pas mieux tomber !

— Nous allons pouvoir finaliser tranquillement les achats de Noël, si tu n'es pas trop fatiguée, lui proposé-je.

— On pourrait aussi aller voir Fire !

Sa proposition me fait sourire. Depuis notre excursion au Texas où elle a rencontré Shine, Zoé m'accompagne chaque fois que je vais rendre visite à mon cheval. Et ce traître semble avoir un faible pour elle. Quand je l'ai vu pour la première fois poser avec douceur son nez sur le ventre de ma compagne, un frisson m'a traversé.

Elle me harcèle depuis deux semaines pour que nous retournions le voir, mais je sais que Cole et Abby sont rentrés de voyage et je ne veux pas troubler leurs retrouvailles familiales. De plus, je suis égoïste, je veux garder Zoé pour moi tout seul encore quelques jours. Aaron et Tara sont au courant de l'heureux événement que nous attendons, toutefois je leur ai fait promettre de ne rien dire à mes camarades. Nous avons prévu de passer le réveillon de Noël chez les Parker, et c'est seulement à cet instant que tous mes amis feront la connaissance de Zoé.

— Il fait un froid de canard là-bas, lancé-je pour transiger encore. Le ranch est en plein vent ! Et puis, je n'ai toujours rien acheté à tes parents.

Elle marmonne entre ses dents quelques mots que je ne saisis pas, avant de me fixer d'un drôle d'air et d'éclater de rire.

— Avoue que tu es jaloux que ton cheval m'aime plus que toi !

Je ris avec elle.

— Je l'avoue. Je suis totalement jaloux.

Je dépose mes lèvres dans son cou et en suce tendrement la peau tandis qu'elle soupire, son dos collé contre mon torse.

— On pourrait en profiter pour acheter quelques trucs pour le bébé, soufflé-je.

Elle se retourne entre mes bras, et la lueur qui brille dans son regard m'informe que j'ai gagné la partie.

— Je monte m'habiller, m'annonce-t-elle en gagnant l'étage.

Je souris en l'observant qui monte péniblement les escaliers. Jamais de toute ma vie, je n'aurais imaginé aimer quelqu'un comme j'aime cette femme. C'est pour cette raison que j'ai chargé Eli de conserver le cadeau que je compte lui offrir. Je ne veux pas courir le risque qu'elle tombe dessus par hasard dans la maison. Ce Noël doit être absolument parfait !

Une fois prêts, nous gagnons le centre-ville dans mon pick-up – plus adapté à son état que la Mini Cooper. J'ai toujours en tête l'épisode de la voiture vandalisée sur le parking de l'hôpital, sans parler de l'incendie criminel du camping-car. Depuis ce dernier incident, une déroutante sensation de danger ne me quitte jamais.

Je sais que Dean mène discrètement l'enquête de son côté, toutefois rien d'exploitable ne lui a encore permis d'avancer.

Dans le grand magasin du centre, Zoé s'extasie devant tout ce qu'elle découvre, et j'ai du mal à lui refuser quoi que ce soit. Même si elle rouspète chaque fois que je mets un nouvel article dans le panier. J'en profite de mon côté pour terminer mes cadeaux de Noël et m'acheter quelques nouveaux jeans et pulls.

— Je ne sais pas quel cadeau choisir pour ton amie Becca, soupire ma compagne en plein milieu d'une allée. C'est si gentil à sa famille de nous recevoir. Seulement, je ne sais rien d'elle !

— Becca n'est pas quelqu'un de très difficile, tu sais ! Sinon elle ne serait pas en couple avec Will, ironisé-je.

Son coude s'enfonce dans mes côtes et me coupe la respiration.

— Je ne veux pas passer pour une idiote devant tes copains ! s'exclame-t-elle.

— Comment pourrais-tu passer pour une idiote, ma chérie ? Tu es la femme la plus intelligente que je connaisse.

— Tu dis ça juste pour que j'arrête de paniquer. Eh bien, sache que cela ne fonctionne pas, Josh Walker !

J'éclate de rire en me demandant néanmoins comment je vais survivre à ses brusques poussées d'hormones jusqu'en mars ?! Peu importe, j'affronterais des ouragans pour elle ! Elle le sait et en profite pleinement quand cela peut lui servir, mais qui suis-je pour m'en plaindre ? Je passe un bras autour de sa taille et me penche pour murmurer à son oreille :

— Est-ce que tu sais que je suis fou de toi ?

Je la vois rougir, avant de lever les yeux vers moi. Tout en mordillant sa lèvre inférieure, elle me sourit.

— Oui. Sinon ça ferait un moment déjà que tu aurais pris tes jambes à ton cou.

— Impossible d'être un tant soit peu romantique avec toi, n'est-ce pas ?!

Elle me fixe avec une telle intensité que je me tais un instant, me demandant quelle énormité elle va encore sortir.

— Je t'aime aussi, Josh, souffle-t-elle simplement.

— Je me charge du cadeau pour Becca et Will, dis-je en lui volant un baiser.

Une fois dans le rayon des articles pour bébés, Zoé ne parvient pas à faire de choix tant tout ce qu'elle voit lui plaît. Je la laisse s'extasier et donner libre cours à ses envies, néanmoins, chaque fois qu'elle sélectionne des articles aux couleurs trop masculines, je les remets discrètement en rayon pour choisir à la place une teinte plus unisexe. Quand elle repère mon manège et jette un œil au panier, elle m'adresse un regard surpris.

— Mais pourquoi changes-tu la couleur de tout ce que je prends ?!

— Parce que nous ignorons toujours si ce sera un garçon ou une fille, Zoé.

— Mais…

— Pas de mais, ma belle. On prend des affaires qui pourront convenir aux deux sexes, insisté-je en lui retirant des mains un petit body bleu.

Elle me tourne le dos en rouspétant. Comme je la vois se diriger vers l'allée des sous-vêtements pour femmes, je la questionne :

— Tu cherches quelque chose en particulier ?

— Plus aucun de mes soutiens-gorge ne me va, ronchonne-t-elle encore.

J'esquisse un sourire en coin quand je reçois une boîte de culottes en plein torse. J'éclate de rire. Si elle savait comme elle est sexy quand elle prend ce petit air courroucé !

Chapitre 30

Zoé

Tant de questions me tracassent concernant Shane, depuis que je l'ai vu avec son fils. Comment se fait-il qu'en près de trois ans et malgré tous nos efforts, nous n'ayons jamais réussi à concevoir un enfant ? Alors qu'aujourd'hui, lui est père, et moi, bientôt maman…

Après un an et demi à tenter de tomber enceinte naturellement, Shane avait réussi à me convaincre que la clinique de la fertilité serait sans doute le seul moyen de palier à mon incapacité d'enfanter. Mais aujourd'hui, je commence à me demander si ce n'était pas ma peur de lui le vrai souci.

Quoi qu'il en soit, j'ai besoin de réponses !

C'est pourquoi, pendant que Josh range les courses, je gagne mon ancien bureau à l'étage, qui sera bientôt la chambre du bébé. Je ferme le battant derrière moi et m'avance vers la fenêtre qui donne sur la cour arrière, tout en composant le numéro du cabinet du docteur Shavez. La secrétaire, après avoir pris quelques informations sur la nature de mon appel, me fait patienter un moment.

— Shavez à l'appareil, me salue bientôt une voix grave.

— Bonjour, ici…

— Madame Greyson, oui, on m'a mis au courant.

Je serre mon portable entre mes doigts. Je déteste être interrompue de façon aussi grossière, mais c'est bien là tout le problème avec cet odieux personnage.

— C'est désormais Mademoiselle Andrews, en fait, rectifié-je sèchement.

Silence au bout du fil.

— Mon dossier complet vous a été réclamé il y a plusieurs mois déjà par ma gynécologue actuelle, le docteur Claudia Mills, continué-je sur le même ton. Or rien ne lui a encore été transmis…

— Ma secrétaire semble avoir omis de mentionner à votre médecin ainsi qu'à vous-même que votre dossier, comme ceux de plusieurs autres patientes d'ailleurs, a disparu de nos fichiers informatiques de façon inexpliquée.

Je reste un instant sans voix.

— Comment une telle chose est-elle possible ?!

Comme s'il était importuné au beau milieu d'une tâche importante par une enfant, il émet un claquement de langue agacé.

— Nous avons dû procéder il y a quelque temps à des licenciements parmi nos collaborateurs, suite à de… fâcheux malentendus.

— Et quel est le rapport avec la perte de mon dossier ?

— Sa disparition a eu lieu au même moment, m'explique-t-il d'un ton pincé.

Excédée, je fais voler mes cheveux derrière mon épaule.

— Est-il possible d'avoir le nom des personnes congédiées et soupçonnées d'avoir volé ces dossiers ?

— Je ne suis pas autorisé à vous fournir des informations sur les membres, actuels ou passés, de mon personnel. Ce serait la porte ouverte à toutes sortes de dérives ! Mais sachez qu'une enquête a été ouverte, termine-t-il d'un ton sans appel.

Je suis sidérée ! Il s'agit tout de même des notes relatant l'intégralité de mon parcours dans sa clinique ! Les analyses, leurs résultats…

— Maintenant, Mademoiselle Andrews, badine-t-il avec dédain, vous allez devoir m'excuser. J'ai des patients qui requièrent mon attention.

Et la tonalité de fin de communication retentit à mon oreille. Je sursaute quand la porte s'ouvre doucement dans mon dos. Josh pénètre dans la pièce, chargé des sacs contenant les nouvelles affaires pour notre enfant. Il m'observe un moment.

— Est-ce que tout va bien ? Tu fais une drôle de tête.

Je désigne mon téléphone.

— J'ai enfin eu mon ancien gynéco. Ce connard a perdu l'intégralité de mon dossier ! lui expliqué-je.

— Je croyais que c'était des professionnels dans cette clinique ?!

— Il m'a dit qu'il y avait eu des licenciements difficiles et que mon dossier avait disparu à ce moment-là. J'ai surtout l'impression qu'il a fait une erreur et qu'il tente de tout mettre sur le dos des autres.

J'ouvre la commode que mon père et Jason ont montée dans la chambre et commence à ranger les vêtements de nouveau-né achetés aujourd'hui. *Quel incompétent, cet abruti !* ruminé-je avec colère.

Le soir du réveillon, j'observe mon reflet dans la glace et soupire en retirant mon pull. Je n'arrive pas à trouver quoi porter pour notre dîner de réveillon chez les amis de Josh. Quand il entre dans ma chambre, vêtu d'un jean et d'un sweat tout simple, j'envie sa prestance et son allure.

— Plus rien ne me va, Josh ! me lamenté-je, debout au milieu de la pièce, en soutien-gorge et survêtement.

— Arrête, tu es magnifique, peu importe ce que tu portes.

Du doigt, je désigne mon pantalon de jogging infâme !

— Tu te fous de moi, là ?! Je suis mieux habillée pour aller jardiner ! m'exclamé-je.

Josh s'approche de moi et glisse ses mains dans mon dos, me collant contre lui. Mon ventre proéminent m'empêche de le sentir. Je laisse mon front se poser sur son torse et inspire longuement. Je suis fatiguée… tout le temps fatiguée ! *Encore trois mois et demi avant l'accouchement*, pensé-je avec désespoir.

Je suis extrêmement nerveuse de rencontrer enfin les amis de Josh. Et je sais que je nous mets en retard avec mes innombrables essayages.

— Bon, allez, je vais mettre une robe, c'est le plus simple, conclus-je en me dégageant de ses bras.

Josh me retient un instant contre lui et me vole un baiser.

— Je t'attends en bas, souffle-t-il avant de tourner les talons.

Je ne peux m'empêcher d'admirer la vue quand il se détourne. Un sourire aux lèvres, j'ouvre mon placard et en sors une petite robe noire qui m'arrive juste sous les genoux. Je la passe et noue la fine ceinture blanche disposée sous ma poitrine. Je me maquille légèrement, passe un dernier coup de brosse dans mes cheveux puis descends rejoindre Josh.

J'ai le cœur serré en découvrant mon grand salon vide. L'an dernier, ma famille s'était réunie ici, autour de moi, car c'était la première fois que je célébrais Noël avec eux depuis mon mariage. Mais cette fois, tout le monde est éparpillé. Mes parents sont en vacances chez un couple d'amis qu'ils n'avaient pas vus depuis des lustres, Jason et Oliver sont tous les deux dans leur belle-famille respective et Dean est de garde au poste de police. Pourtant, le regard que Josh pose sur moi éclipse tout en un instant. Je lui adresse un sourire.

— Sublime, murmure-t-il en déposant un doux baiser sous mon oreille.

— Tu n'es pas mal non plus.

Il prend ma main et me fait lentement tourner sur moi-même. Je me sens si petite près de lui sans mes escarpins ! Je m'apprête à m'éloigner pour aller les chausser, quand il me retient. Sans un mot, il sort un écrin de la poche arrière de son jean et me le tend.

— Joyeux Noël, Zoé.

Mes yeux font la navette entre la petite boîte de velours et lui. Mon cœur s'emballe et mes pensées partent dans tous les sens. Est-ce que...

— Josh, articulé-je avec difficulté.

Il ouvre le couvercle et, nichée au creux du boîtier, se dévoile une magnifique bague en or blanc sertie d'un diamant encadré de deux aigues-marines. Je reste silencieuse quand il la passe à mon annulaire gauche, toutefois ma main tremble dans la sienne.

— Ce n'est pas une demande en mariage, Zoé, respire ! me rassure-t-il.

— Alors...

— Je voulais juste t'offrir quelque chose de significatif.

Du doigt, il désigne les deux petites pierres d'un bleu presque transparent.

— Comme notre enfant naîtra en mars, j'ai fait rajouter les aigues-marines, m'explique-t-il.

— Pourquoi un tel cadeau ?

J'essuie une larme qui roule sur ma joue. Je dois avoir l'air d'une parfaite idiote !

— Parce que je t'aime, Zoé. Et que je te fais la promesse qu'un jour, quand je jugerai le moment parfait, je te demanderai ta main.

Il colle son front au mien et murmure :

— En plus, Becca et Abby ne pourront plus rabâcher que je suis un radin, m'avoue-t-il dans un sourire. Et c'est aussi une jolie marque de possession, non ?!

— Comme si *ceci*, dis-je en désignant mon ventre, n'était pas suffisant !

Je ris avec lui, enivrée de bonheur. Il a toujours les mots qu'il faut pour désamorcer les situations stressantes.

Un peu plus d'une heure et demie plus tard, nous atteignons le ranch des Parker. Mère Nature a su se montrer clémente ce soir et nous a préservés des lourdes chutes de neige de ces derniers jours. Pourtant, en traversant le centre-ville de *Black Valley*, je ressens plus que jamais la présence de ce danger insidieux qui plane au-dessus de nous depuis l'accrochage de ma voiture et l'incendie du camping-car.

Néanmoins, juste pour cette soirée, je décide d'en faire abstraction. Je sais par Dean que, malgré tous les efforts de sa brigade, l'enquête est dans une impasse pour le moment, faute d'éléments.

— Tu es prête ? m'interroge Josh en mettant le pick-up au point mort.

Je sors de mes pensées au son de sa voix.

— À vrai dire… non, je suis morte de trouille. Et si tes amis ne m'aimaient pas ?

Dans la faible lueur de la cour, je le vois lever les yeux au ciel.

— Personne ne peut résister à ton charme… La preuve, je n'y suis pas arrivé, me confie-t-il en riant.

Je l'imite et sors du véhicule. Il vient me rejoindre et me tend son bras pour que je puisse m'agripper à lui et ne dérape pas sur le sol gelé avec mes escarpins. Dans sa main libre, il transporte une caisse de bières. Prise d'une angoisse soudaine, je pile en bas des marches et le retiens pour qu'il me regarde. Je frissonne dans mon manteau, mes jambes dénudées ne m'aident en rien !

— Attends, c'est ça, ton cadeau pour Becca ?!

— Techniquement, c'est Mitch qui nous reçoit, m'explique posément Josh.

— Je savais que j'aurais dû m'en charger ! ragé-je, morte de honte à l'idée de me présenter sans présent pour notre hôtesse.

— Mais qu'est-ce que tu fiches à parler tout seul dans la cour, Josh ?! lance tout à coup une voix féminine dans le noir.

Nom de Dieu ! Il ne leur a pas dit qu'il venait accompagné ! Je le foudroie du regard et cet idiot se contente de hausser les épaules. La jeune femme sur le pas de la porte ne peut pas encore me voir, la carrure massive de Josh me dissimule complètement.

Mon compagnon entrelace alors ses doigts aux miens, se retourne le plus sereinement du monde et me fait avancer devant lui. L'inconnue aux cheveux blonds reste un instant figée par la surprise, puis me sourit gentiment en nous laissant entrer.

La chaleur qui règne dans la maison est un vrai bonheur pour mes pieds gelés !

— Josh ! Il était temps que tu arrives ! s'exclame aussitôt une montagne de muscles couverts de tatouages.

Une belle petite rouquine apparaît derrière lui et le pousse d'un coup de hanche bien senti. Le géant passe une main derrière son dos et lui vole un baiser avant de la laisser passer. La jeune femme se fige en m'apercevant.

— Becca, Abby, je vous présente Zoé, annonce Josh, visiblement très fier de sa surprise.

Il me désigne ensuite Monsieur Muscles.

— Et voici Cole, le type qui n'est pas très expressif sur ses cartes postales.

— Enchantée de vous rencontrer, les salué-je timidement, alors que Josh m'aide à retirer mon manteau.

Trois paires d'yeux effarés passent de Josh à moi – et à mon ventre proéminent –, durant un long silence extrêmement gênant. Jusqu'à ce que Josh plaque la caisse de bières sur le torse de Cole.

— Tu veux bien apporter ça à Mitch ?

— Ouais. Les autres sont au salon, acquiesce son ami en tournant les talons.

Les filles le suivent sans un mot, nous laissant seuls un instant. Furieuse, je me tourne vers mon compagnon.

— Tu ne leur as rien dit ?! sifflé-je.

— Tu aurais voulu que je leur dise quoi ? *Au fait, je vais venir avec une fille que j'ai rencontrée dans un bar, que j'ai mise enceinte et avec qui je vais faire ma vie parce que je suis fou d'elle.* Avoue que ça ne le faisait pas trop ?!

— Josh, je passe pour une véritable idiote en ce moment !

Il prend mon visage entre ses mains puissantes.

— Pas du tout. C'est moi qui passe pour le mal élevé de service, me promet-il avant de poser un vif baiser sur mes lèvres. Toi, tu es la superbe énigme de la soirée !

Il me guide jusqu'au salon, tandis que je grommelle toujours contre lui. Trois autres personnes se trouvent dans la pièce. Le feu dans la grande cheminée attise ma convoitise, et je m'en rapproche à la hâte.

— Zoé, voici Will, Lucas et Mitch, mon ancien employeur.

Il me désigne chacun d'eux, et je souris en reconnaissant le visage de Lucas. Effectivement, mon frère Jason et lui jouaient au base-ball ensemble, cela me revient, maintenant que je l'ai sous les yeux.

— Tu es un monstre d'avoir jeté ainsi cette pauvre jeune femme dans la gueule du loup, Josh ! s'insurge alors Abby en m'attrapant la main. Viens, Zoé, laissons ces hommes des cavernes entre eux.

Le sourire qu'elle m'adresse me réconforte et nous gagnons la cuisine en compagnie de Becca. Abby débouche une bouteille de vin et m'en tend une coupe, avant de s'interrompre.

— Désolée ! s'exclame-t-elle en plaçant le verre dans les mains de son amie. Je te sers un jus de fruits ?

Je ne peux empêcher un rire libérateur de franchir mes lèvres.

— Si vous saviez combien j'ai hâte de revenir à un régime normal ! Josh surveille tout ce que j'avale !

— Je ne l'aurais jamais cru maniaque et protecteur, s'étonne Becca. Tu en es à combien ?

— Vingt-cinq semaines.

Comme en écho à ma réponse, le petit garnement qui grandit en moi se manifeste. Je pose une main sur mon ventre et Abby étouffe une exclamation quand la lumière fait briller la bague que Josh m'a offerte avant que l'on parte.

— Vous êtes fiancés ?

— Non. C'est mon cadeau de Noël, rectifié-je.

— Eh bien, c'est qu'il a du goût, Walker !

Je ris à la remarque d'Abby qui saisit ma main dans la sienne pour examiner le bijou.

— Beaucoup de goût même, ajoute Becca d'une voix douce en souriant. Bienvenue dans notre grande famille un peu étrange, Zoé.

Le bébé donne un nouveau coup comme pour approuver les dires de notre jeune hôtesse, et je lui souris avec reconnaissance, ravie d'être là et désormais totalement détendue.

Chapitre 31

Josh

Les températures n'ont cessé de baisser depuis début décembre. À la mi-janvier, le givre nous empêche de voir correctement à travers les fenêtres de la maison. Je suis vraiment heureux que Becca et Abby aient si vite intégré Zoé dans leur cercle d'amies, le soir de Noël. Je sais que je n'ai pas tout à fait joué franc-jeu en l'emmenant chez eux sans rien dire à personne. Rien à propos du fait que je ne venais pas seul, mais également sur l'état de ma compagne. Pourtant, je suis toujours certain d'avoir agi au mieux.

Les filles sont restées un long moment entre elles, tandis que les gars ne cessaient bien sûr de me questionner… mais cela aussi, je m'y étais attendu. Puis Cole est allé kidnapper Abby pour la ramener au salon, et le reste de la troupe s'est à nouveau trouvé réuni. J'avoue que c'est plutôt déroutant de voir mon ami totalement à la merci de la belle rouquine. Mais je ne suis sûrement pas le mieux placé, avec Zoé désormais à mes côtés, pour lui jeter la pierre, je le concède !

Planté au milieu de la chambre du bébé, j'observe le berceau qu'Oliver vient de m'aider à installer. C'était celui de ses filles, mais également des quatre enfants Andrews. Je suis content, voir l'expression ravie de Zoé lorsqu'elle l'a découvert ici valait tout l'or du monde. La pauvre est épuisée par sa grossesse. Aussi, avec l'aide de ses frères, j'ai entièrement aménagé l'immense pièce qui accueillera notre enfant tandis qu'elle supervisait les choses tel un chef de chantier, assise dans un somptueux rocking-chair ! Les murs ont été repeints en blanc, seuls les accessoires et le mobilier donnent de la couleur à la chambre. Oliver place maintenant la table à langer là où Zoé souhaite qu'on l'installe.

— Comment va-t-elle ? me questionne son frère aîné après qu'elle soit partie s'allonger un moment.

Bien que je poursuive ma thérapie avec lui, nous ne parlons jamais de Zoé. C'est le seul aspect de ma vie que nous n'abordons pas lors de mes séances.

— Elle se fatigue vite et son dos la fait souffrir comme tu as pu le voir, mais Claudia m'a assuré qu'à vingt-huit semaines, c'était tout à fait normal. Et ta mère prend bien soin d'elle quand je ne suis pas là.

Il sait déjà que j'ai le numéro du docteur dans les raccourcis de mon portable.

— Oui, je me souviens parfaitement de l'état d'Amanda à ce stade, confirme-t-il. Et ma mère s'est effectivement beaucoup impliquée durant ses deux grossesses. Je plains presque Zoé et Eli.

J'ai enfin pu rencontrer sa petite famille quelque temps après notre retour du Texas. Ses deux filles sont de vraies tornades sur pattes, mais absolument adorables ! Je lui suis reconnaissant de tout ce qu'il fait pour moi depuis que j'ai décidé d'affronter mon passé. Il m'assiste pas à pas dans ma reconstruction, et j'ai conscience que, sans son aide, j'aurais sûrement abandonné depuis longtemps. Même si maintenant, j'ai toutes les raisons du monde de me relever et de devenir toujours plus fort.

— J'ai voulu l'accompagner à son cours de préparation à l'accouchement, la semaine dernière. Je suis sorti de la salle complètement…

— Terrorisé, termine Oliver en riant.

Il me donne une tape sur l'épaule.

— Je suis passé par là, mon vieux ! Et crois-moi, ça ne fait que commencer !

Je grogne tandis que nous descendons sans bruit au rez-de-chaussée. Dans la cuisine, je lui offre une bière et sors une bouteille d'eau pour moi. Après une première gorgée, il pose la boisson sur le plan de travail.

— Et toi, comment vas-tu ?

Durant un instant, sa question me prend au dépourvu. J'ignore quoi lui répondre.

— Je crois que je suis encore plus terrifié que lors de mon premier déploiement, avoué-je dans un souffle.

Il opine en silence.

— Qu'est-ce qui t'effraie ?

— J'ai peur d'être un mauvais père. Du même genre que celui que j'ai eu, continué-je en songeant au colonel.

Je m'interromps quelques instants.

— J'ai peur qu'elle décide un jour qu'elle ne veut plus de moi dans sa vie et dans celle de notre enfant.

— On craint tous d'être de mauvais parents, c'est normal d'en passer par là. Mais une chose est certaine, Josh, si Zoé a décidé de te faire une place dans son existence et dans son cœur, ce n'est sûrement pas pour t'en chasser du jour au lendemain. Tu as fait un travail colossal sur toi-même, et ça, ce n'est pas rien. Tu parviens enfin à garder les démons de ton passé hors de ton présent.

Il avale une nouvelle gorgée de bière.

— Tu sais, devenir père ne s'apprend pas dans les bouquins, m'explique-t-il en désignant le livre qui traîne sur le comptoir. On apprend au fur et à mesure. J'ai fait des erreurs, tu en feras aussi, mais c'est ainsi que l'on avance dans la vie.

— Merci, Oliver.

— Il n'y a pas de quoi.

— Tu n'imagines pas la frousse que j'ai eue lors des premières fausses contractions !

Le jeune homme éclate de rire.

— Oh que si, je sais ! Moi, je courais dans la maison comme une poule sans tête en tentant d'appeler les urgences avec la télécommande de la télé, pendant qu'Amanda se foutait de ma gueule ! s'esclaffe-t-il.

Ce soir-là, alors que le calme règne dans la maison, j'observe la chambre qui accueillera notre enfant dans quelques semaines. Les

275

mains de Zoé viennent entourer mes hanches, son ventre rond s'appuie dans mon dos. Elle colle sa tête près de mon bras et j'entrevois son sourire.

— Il va être bien ici, murmure-t-elle en contemplant la pièce. Tout près de nous.

— Oui… Elle sera bien.

Elle me pince le flanc en grommelant et tourne les talons pour regagner notre lit. Tandis qu'elle s'engouffre sous les couvertures, je prends soin de placer un coussin sous ses jambes douloureuses. Quand je m'allonge près d'elle, elle me fixe avec une telle intensité que je ne peux détourner les yeux. Délicatement, elle caresse ma joue.

— Tu vas perdre ton pari, Josh, chuchote-t-elle, taquine.

Je saisis sa main et embrasse ses doigts un à un.

— C'est ce qu'on verra.

Le lundi suivant, Marie me laisse seul à la boutique, car elle a un rendez-vous important. Les heures s'écoulent avec une telle lenteur que je me rends brusquement compte combien sa présence apporte vie et gaieté à son échoppe. Je ne sers que deux clients dans toute la journée ! Heureusement, j'ai apporté un magazine d'articles pour bébé, que je feuillette dans l'espoir de trouver enfin la poussette que Zoé a vue sur Internet et qu'elle veut absolument !

Cela fait quelques semaines que je ne suis pas allé voir Fire, toutefois je me refuse à m'éloigner autant de ma compagne, seule à la maison. Mon cheval me manque et Tara le sait bien, tout comme elle comprend la raison de mon absence prolongée. C'est sans doute pour cela qu'elle me téléphone tous les deux jours pour me donner des nouvelles de mon compagnon. La dernière fois que j'ai passé autant de temps sans le voir remonte à mon ultime déploiement avec Noah.

Parfois, le souvenir de mon frère disparu refait surface. Sur les conseils d'Oliver, je ne tente plus de le refouler comme je le faisais auparavant. J'accepte ces retours en arrière quand ils se présentent à moi et essaie de focaliser mon esprit seulement sur les bons moments passés avec lui. Je ne me repasse plus en boucle le drame qui lui a coûté la vie. Et depuis, les cauchemars se sont taris, ils ne me réveillent plus la nuit et ne viennent plus perturber mes pensées à tout va.

— Tout s'est bien passé ? me questionne Marie en pénétrant dans la boutique en fin de journée.

— Oui. Plutôt tranquille.

Elle me sourit gentiment et me fait un clin d'œil.

— C'est lundi, c'est normal, me confie-t-elle.

— Et votre rendez-vous ?

Elle pose son sac à main derrière le comptoir et me tapote doucement le dos.

— Je déteste toujours autant notre système de santé et perdre des heures à attendre que l'on prononce mon nom dans ces haut-parleurs de mauvaise qualité ! Mais la bonne nouvelle, c'est que je ne suis pas encore prête à rejoindre mon créateur, conclut-elle dans un sourire.

— La meilleure nouvelle de l'année, alors !

J'adore ce petit bout de femme !

— Allez, dehors maintenant, m'ordonne-t-elle en balayant l'espace de sa main. Va rejoindre ta magnifique dulcinée !

— Certaine ?

Elle acquiesce en me désignant clairement la porte. *Je ne vais sûrement pas la contrarier*, songé-je en esquissant un sourire avant d'enfiler mon manteau.

— À demain, Marie ! m'exclamé-je quand je sors dans le froid.

Durant le trajet, je suis à nouveau assailli par une étrange impression. Cette même impression qui revient sans cesse pendant mes trajets à pied, et ce, de plus en plus souvent. Ce sentiment désagréable d'être épié… Je stoppe net ma progression, en plein milieu du trottoir enneigé, et me retourne brusquement. Quelques passants de l'autre côté de la rue, une dame qui entre dans le seul café du coin… *Rien d'anormal en soi*, songé-je en secouant la tête. *Je dois encore me faire des idées…* Pourtant un frisson, autre que ceux provoqués par la morsure du froid, me parcourt l'échine quand j'aperçois du coin de l'œil une ombre familière qui tourne dans une ruelle toute proche. Je n'aime pas cette angoisse qui me noue soudain la gorge. Je me précipite vers ce que je ressens comme une menace… mais ne découvre qu'une ruelle déserte… et calme. Mais justement, tout me semble trop calme depuis l'incendie de la caravane.

La chaleur apaisante de mon foyer m'accueille dès que j'entre dans la maison, égayée par les voix de Zoé et Eli. Les deux amies sont installées sur le canapé et discutent avec animation. Alors que je me rapproche d'elles, Elisabeth se lève d'un bond et court vers les toilettes. Je pose mes mains sur les épaules de Zoé qui renverse la tête pour m'observer.

— Qu'est-ce qu'elle a ? l'interrogé-je.

— Nausées « matinales ».

Elle mime les guillemets avec ses doigts en souriant. Je l'embrasse sur le front. J'adore la voir si détendue.

— Bon sang que j'en ai marre, se plaint Eli en revenant prendre place sur le sofa.

— Ce sera bientôt terminé, crois-moi.

Zoé la réconforte en lui frottant le bras. Son amie ronchonne et j'échoue lamentablement à étouffer un éclat de rire. La jeune femme me dévisage, vexée.

— Ça te fait rigoler, toi ?! s'insurge-t-elle d'une voix acerbe.

— Pas du tout… Mais il faudrait savoir, quand même ! Tu voulais avoir un enfant, non ? Eh bien, ça fait partie du jeu.

Elle marmonne encore quelques mots que je ne saisis pas, sans doute une insulte bien sentie envers la gent masculine.

— Eli, arrête un peu de te plaindre ! Moi, je ressemble à une baleine, lui rappelle son amie.

— Une magnifique baleine.

Zoé rit quand je lui souffle ces mots à l'oreille.

— La grossesse te va si bien à toi, grommelle Elisabeth. Moi, je bourgeonne comme une adolescente, j'ai perdu mes chevilles de vue depuis des semaines, et je vomis à toute heure de la journée !

— Rien n'est plus faux ! Moi non plus, je ne peux plus mettre mes escarpins, tellement mes chevilles et mes pieds ont enflé !

En soupirant, je les abandonne toutes les deux au salon et gagne la cuisine. Non seulement je vais passer la soirée à les entendre bavarder et se plaindre de leur grossesse, mais en plus, il va me falloir les nourrir correctement pour éviter leurs foudres !

Chapitre 32

Zoé

Je confectionne non sans mal une tente à l'aide de vieux draps de lit dans l'ancienne chambre de mes parents, quand j'entends un raffut monstre provenant de la cuisine. Je laisse tomber ce que je suis en train de faire et gagne le salon. Dans l'espace ouvert, j'aperçois Josh qui ramasse un grand récipient sur le sol. Lorsqu'il se redresse, il m'adresse un sourire contrit, ignorant sciemment la farine qui lui recouvre les chaussettes.

— Je gère la situation, m'assure-t-il d'emblée.

— Ce n'est pas l'impression que j'ai.

Dans un soupir, je pars chercher l'aspirateur, quand on frappe à la porte. *Déjà ?* Je n'ai pas le temps de mettre la main sur la poignée, que le battant s'ouvre à la volée et deux frimousses vêtues de leurs habits de neige se faufilent entre les jambes d'Oliver pour entrer dans la maison.

— Les filles, on se calme ! s'exclame mon frère en pénétrant à son tour dans le vestibule.

Il dépose deux sacs sur le sol, pendant que ses enfants se précipitent dans ses bras. Il les aide à retirer leurs manteaux que j'accroche dans l'entrée. Mes nièces filent ensuite directement vers Josh qui vient de sortir l'aspirateur et salue mon frère d'un signe de la main.

— Pourquoi Josh est-il couvert de… farine ? me questionne Oliver à voix basse.

— Bridget et Emma ont demandé des pancakes pour le repas. J'ai eu le malheur de le dire à Josh, et le voilà en pleine préparation.

Mon frère ne peut s'empêcher de rire.

— Malgré leur jeune âge, ce sont de vraies manipulatrices, reconnaît-il sans la moindre honte, mais Josh est une proie trop facile. Je n'imagine même pas comment votre enfant va le faire marcher sur la tête.

La remarque de mon aîné me renvoie à mes propres interrogations. Je me suis posé cette question des centaines de fois depuis notre retour du Texas, après avoir rencontré le colonel Walker. Je sais pertinemment que mon compagnon a peur d'être comme lui, pourtant la scène qui se déroule à l'instant sous nos yeux me rassure pleinement. Josh aide Emma à passer l'aspirateur, tout en supervisant tant bien que mal Bridget, qui fouette avec ardeur le nouveau mélange.

— Je suis heureuse que tu me les confies pour le week-end, Oliver.

— C'est bien la première fois que tu me remercies de t'amener mes petits monstres, alors qu'Amanda et moi partons nous la couler douce au spa ! s'étonne-t-il.

J'observe Josh un instant et souris à mon frère.

— C'est très important pour moi, car cela veut dire que tu lui fais confiance, maintenant. Sinon, jamais tu ne m'aurais confié tes filles.

Il passe son bras sur mes épaules et m'attire à lui un instant.

— Tu deviens perspicace avec l'âge, puceron. Et puis, c'est une bonne leçon d'avenir… ça va lui donner un aperçu de ce qui l'attend dans quelques années, se moque-t-il gentiment. Les filles, Papa s'en va !

Mes nièces le dévisagent un instant, lui font un vague signe de la main et retournent à leurs occupations respectives. Je manque de m'étouffer en découvrant la mine déconfite de mon frère.

— Je rêve, elles sont déjà indépendantes, marmonne-t-il en quittant ma maison.

Dans l'encadrement de la porte, je le vois monter dans sa voiture. Amanda me salue de loin et ils font marche arrière. Le soleil est déjà couché, je suis les phares arrière des yeux jusqu'à ce qu'ils aient disparu au bout de la rue. Devant la maison, un véhicule que je n'avais pas remarqué jusqu'ici démarre en trombe et s'éloigne sur les chapeaux de roues dans la direction opposée à celle que vient de prendre mon frère. Dans sa précipitation, son conducteur manque de peu de perdre le contrôle en dérapant dans la neige. Impossible pour moi d'en distinguer la couleur exacte, je note seulement qu'elle est foncée. Un frisson désagréable me parcourt l'échine et, anxieuse, je referme la porte. Je souffle un grand coup pour me détendre, avant de rejoindre l'homme de ma vie et mes nièces dans la cuisine.

— Regarde, Zoé, Josh nous a entendues te parler du menu de ce soir, et il nous prépare des crêpes ! s'exclame Emma avec ravissement.

Mon compagnon me sourit et hausse les épaules. *Il s'est fait avoir comme un débutant*, pensé-je en lui souriant en retour.

— Bridget, tu viens m'aider à terminer d'installer la tente dans la chambre ? demandé-je.

La petite fille acquiesce, ravie, et me suit avec empressement. Aménageant les couvertures suspendues et les monceaux de coussins éparpillés sur le sol, nous prenons plaisir toutes les deux à bâtir un petit château. Emma nous rejoint bientôt pour nous donner un coup de main. Quand Josh apparaît dans le cadre de la porte, je suis agenouillée au sol avec les filles.

— Vos Altesses, le banquet royal est servi, annonce-t-il, pompeux, en désignant la cuisine d'un large geste de la main.

Mes nièces m'abandonnent à mon sort, échouée parmi les coussins et tentant de faire bonne figure. Josh n'est pas dupe, il sait parfaitement que si je reste agenouillée là, c'est parce que j'ai du mal à me relever ! Il vient m'aider et, une fois sur pied, je masse mon dos en grimaçant.

— Plus que deux mois, soufflé-je en posant mon front contre son torse.

Il dépose un baiser dans mes cheveux, quand un cri de triomphe résonne dans la cuisine. Nous sortons précipitamment de la chambre pour aller rejoindre les filles. Je m'arrête sur le seuil du salon et fusille Josh du regard.

— Quoi ?

— Tu as mis du chocolat sur leurs pancakes ? marmonné-je.

— Elles m'ont dit que c'est ce que faisait toujours ton frère.

— Josh, il est presque dix-neuf heures, quel effet aura selon toi cette dose de sucre sur deux gamines déjà survoltées de nature, juste avant d'aller au lit ?

Il se passe une main dans les cheveux en comprenant où je veux en venir.

— J'ai aussi mis des fraises et des bananes, avance-t-il pour sa défense. Et je t'en ai gardé.

Cette dernière phrase glissée à mon oreille me ravit. Je ne vaux pas mieux que mes nièces !

Pendant le repas, Bridget, du haut de ses sept ans et demi, nous annonce fièrement qu'elle a un Valentin. Josh manque de s'étouffer tandis que je ris sous cape.

Quelques minutes plus tard, je suis surprise d'entendre frapper à la porte de la maison et de voir Eli s'engouffrer dans l'entrée.

— Bonsoir ! nous salue-t-elle gaiement en retirant bonnet, écharpe et manteau.

Elle ébouriffe les cheveux des deux petites chipies à la bouche couverte de chocolat.

— Emma t'a fait le coup du chocolat sur les pâtisseries, à ce que je vois, se moque Eli en fixant Josh avec malice. Je te rassure, j'y ai eu droit moi aussi.

Ma meilleure amie et mes nièces s'observent un instant.

— Dis, tante Eli, c'est aussi le bébé de Josh qui est dans ton ventre ? l'interroge brusquement Bridget.

Comme Elisabeth est plus grande que moi mais tout aussi menue, sa grossesse est très vite apparue aux yeux de tous ! Et le chandail *Bébé à bord* qu'elle porte nuit et jour ne laisse que peu de doutes quant à la petite rondeur de son ventre.

Eli s'étouffe dans le verre d'eau que je viens de lui servir tandis que Josh vire au cramoisi, tant il se retient de rire en débarrassant le couvert, et que j'éclate d'un rire franc. Mon amie prend alors place devant sa nièce et croise ses doigts sous son menton.

— Tu crois que tante Eli pourrait aimer un autre homme que ton oncle Jason ? lui demande-t-elle le plus sérieusement du monde.

Bridget fait mine de réfléchir et lance un coup d'œil à Josh qui range la cuisine.

— Oncle Josh est bien plus beau qu'oncle Jason, conclut la petite sans la moindre gêne.

Josh a levé la tête vers nous en entendant parler la petite fille, il semble surpris et ému. C'est la première fois qu'une de mes nièces l'appelle ainsi. Très touchée également, je pose une main sur mon ventre proéminent en grimaçant, quand le bébé me donne un coup plus violent que les autres. Laissant Eli et Bridget s'adonner à leur débat afin de déterminer lequel des deux hommes est le plus beau de la famille, je bats péniblement en retraite à l'étage. Emma me suit jusque dans ma chambre. Lorsqu'elle découvre une valise ouverte sur le lit, une foule de questions défilent derrière ses grands yeux curieux.

— Tu veux m'aider à préparer les affaires pour l'arrivée du bébé ?

Elle acquiesce et saute sur le matelas. Machinalement, je lui tends les effets qu'elle place dans le bagage, de façon très ordonnée pour son âge. En me retournant, je ne suis pas surprise d'apercevoir Josh, accoudé au cadre de la porte. Eli doit sans doute toujours taper la causette avec sa nièce.

— Je suis chanceuse de n'avoir pas eu à endurer une grossesse aussi difficile que celle d'Elisabeth, avoué-je à mon compagnon. Je la plains de n'être toujours pas débarrassée de ces maudites nausées. Claudia pense que malheureusement, elle en aura jusqu'à la fin…

— Elle est forte, et puis on est tous là pour la soutenir de notre mieux. Après tout, c'est grâce à Eli que toi et moi sommes réunis aujourd'hui. On doit prendre soin d'elle !

Ses paroles me font appréhender une fois encore la place tellement importante que tient mon amie dans ma vie. J'ignore totalement où j'en serais si elle n'avait pas frappé à ma porte, ce soir-là.

— Tu veux bien aider Emma à terminer la valise ? demandé-je doucement à Josh. Je vais aller la voir.

Je quitte la pièce quand il m'interpelle d'une voix paniquée.

— On doit mettre quoi, là-dedans, au juste ?

— Regarde la liste, sur la commode, lancé-je en descendant. Les affaires du bébé se trouvent dans l'armoire de sa chambre.

En réponse, deux gros soupirs s'élèvent dans mon dos.

Nous passons une agréable petite heure devant un dessin animé avec les filles avant qu'Eli ne reparte. Sa voiture qui démarre sonne aussi l'heure du coucher pour mes nièces. Je sens que cette étape ne sera pas de tout repos avec la quantité de sucre qu'elles ont avalé au dîner !

Plusieurs fois au cours de la soirée, j'ai entrevu des phares qui parcouraient le salon de leurs faisceaux, avant de disparaître. Cela m'a semblé étrange, car ma rue n'est pas très fréquentée, surtout la nuit. J'ai fini par envoyer un texto à Dean pour l'informer de cette activité inhabituelle dans le coin et savoir s'il était informé de quoi que ce soit, mais il ne m'a toujours pas répondu. Je décide d'en parler à Josh dès que les petites auront été mises au lit. Je n'ai jusqu'ici pas voulu prendre le risque que l'une d'elles surprenne notre échange et s'en inquiète.

— Allez, les princesses, il est l'heure de gagner votre forteresse pour la nuit ! annoncé-je en me levant du canapé.

— Mais tante Zoé…

— Pas de mais, Bridget. Papa ne serait pas content de savoir que j'ai déjà largement dépassé votre couvre-feu habituel. Et puis, Emma est fatiguée.

Et moi aussi, me dis-je en étirant mon dos douloureux.

En effet, la cadette dort déjà sur le sofa. Josh la soulève doucement dans ses bras et nous emboîte le pas. Je tamise la lumière et ouvre les couvertures pour que Josh puisse déposer la petite fille sur la montagne de coussins. Bridget s'installe près de sa sœur et je rabats les draps sur elles.

— Bonne nuit, les filles.

— Bonne nuit, souffle l'aînée en bâillant.

J'éteins et suis en train de longer le couloir dans la pénombre en compagnie de Josh quand un épouvantable fracas de verre brisé retentit à travers toute la maison. Mon compagnon me fait signe de rester où je suis et avance prudemment, aussi silencieux et rapide qu'un félin. Les pleurs paniqués de mes nièces me font retourner vers la chambre :

— Tante Zoé !

— J'arrive, mes chéries, rétorqué-je en perdant Josh de vue.

Alors que je me hâte de les rejoindre, le bruit d'un moteur qui gronde me parvient depuis l'extérieur.

Chapitre 33

Josh

Je laisse Zoé retourner dans la chambre où se trouvent les filles et avance dans l'obscurité, les sens en alerte. L'adrénaline pulse dans mes veines, tandis que mes réflexes de combattant prennent le dessus et que je m'apprête à affronter l'ennemi au bout du couloir. J'allume sur mon passage et constate que les fenêtres du salon sont intactes. Je poursuis mon chemin pour entrer dans la véranda. Un courant d'air glacial m'y accueille. Un gros bloc de glace vive et des morceaux de verre brisé jonchent le parquet. Je n'ai qu'une seconde pour entrevoir la voiture qui s'enfuit à toute allure dans la rue. L'une des grandes baies vitrées est entièrement fracassée. Je manque de peu de mettre les pieds dans les débris. J'entends les voix inquiètes de Zoé et des filles qui approchent.

— N'entrez pas, il y a du verre partout ! lancé-je en guise d'avertissement.

Revenant sur mes pas avec précaution, je les retrouve dans le salon. Les deux petites filles sont agrippées aux mains de leur tante. Je referme la porte de la véranda dans mon dos pour que le froid n'envahisse pas la maison. L'affolement sur les petits visages de Bridget et Emma me serre le cœur.

— Ce n'est rien, les filles, le chasse-neige n'a pas fait très attention en passant et il a projeté un gros bloc de glace dans la fenêtre de la véranda, les rassuré-je afin qu'elles puissent retourner au lit sans inquiétude.

Je me dis que ce pieux mensonge nous évitera peut-être une nuit blanche…

— Vous devriez aller dormir ensemble à l'étage, conseillé-je ensuite à Zoé. Je vais réparer ça, j'en ai pour un moment et je ne voudrais pas que vous attrapiez froid à cause de mes allées et venues.

La jeune femme acquiesce et prend la direction des escaliers avec ses nièces. Quant à moi, je vais chercher balai, ramasse-poussière et poubelle pour débarrasser la pièce de ses débris dangereux. Avant d'y retourner, je passe chaussures, manteau et bonnet.

Pendant de longues minutes, je m'applique à récolter tous les éclats de verre qui gisent sur le sol, balayé par un courant d'air glacial. L'énorme bloc de glace dans la main, je finis de me convaincre qu'il est totalement impossible qu'un chasse-neige l'ait projeté jusqu'ici. C'était encore un acte délibéré. Et une fois de plus, la question de savoir si c'est à Zoé qu'on en veut ou à moi me traverse l'esprit. *C'est tout de même moi qu'on a tenté de faire rôtir comme un poulet*, me dis-je en repensant à l'incendie du camping-car. Mais c'est sa voiture à elle qu'on a emboutie…

Le grincement de la porte intérieure me fait pivoter sur moi-même. Zoé, vêtue de sa parka et de ses bottes, s'approche de moi.

— Tu as vu la voiture, toi aussi ? me questionne-t-elle.

— Oui. Enfin… je l'ai entrevue.

Elle vient se serrer contre mon torse. Je referme mes bras autour de son corps et pose mon menton sur le haut de sa tête.

— Je ne comprends pas, Josh. On a embouti et fracturé ma voiture, mis le feu à ton camping-car, et maintenant, ça… Pourquoi ? murmure-t-elle, inquiète.

— Je ne saisis pas plus que toi, ma belle.

Dans l'air frigorifiant de la nuit, nous restons immobiles quelques instants.

— Les filles vont bien ?

— Oui, elles dorment dans la chambre du bas finalement, m'informe Zoé. Grâce à tes explications, elles étaient rassurées et ont toutes les deux tenu à réintégrer leur château.

— Très bien. Reste à l'intérieur, je vais aller chercher un panneau de bois et des outils pour refermer tout ça.

Je peux sentir son regard angoissé dans mon dos quand je sors par la porte de côté. Je force un moment contre la neige qui s'est amoncelée au fil des semaines, puis me retrouve enfin dehors. Je m'enfonce jusqu'aux mollets dans l'épais matelas blanc pour gagner le cabanon. Là aussi, le battant est difficile à ouvrir. Je fais deux allers-retours afin de rapporter tout le matériel dont j'ai besoin. Quand je referme enfin derrière moi, je suis transi de froid, mais la véranda n'est désormais guère plus chaude que l'extérieur !

Zoé a sorti la poubelle de la pièce et elle range maintenant quelques-uns de ses effets de travail, descendus ici pour libérer la pièce du haut. Je vois bien que ça la démange de tout remettre en ordre.

— Viens là, soufflé-je en m'approchant d'elle.

Elle me fait face, la fatigue déforme son visage inquiet.

— Va dormir toi aussi, tu dois être épuisée. Et cette pièce est un nid à courants d'air !

— Tu sais bien que, sans toi, il me faudra une éternité pour trouver une position confortable avant de m'endormir, me fait-elle remarquer.

Avec son ventre proéminent, la pauvre a de plus en plus de mal à trouver le sommeil, la nuit venue.

— Essaie quand même, s'il te plaît. Tu as besoin de repos. Je viens te rejoindre dès que j'ai terminé ici.

Zoé opine à contrecœur.

— Je vais d'abord passer un coup de fil à Dean, m'annonce-t-elle. Je lui ai envoyé deux messages dans la soirée, car je trouvais qu'il y avait beaucoup de passage dans la rue. Je n'ai rien dit pour ne pas affoler les filles, ne sois pas fâché. On verra ce qu'il décide de faire…

Je lui vole un baiser en lui assurant que je comprends et l'escorte jusqu'à la porte. Tandis qu'elle monte pesamment les escaliers, son portable à la main, je referme le battant. Seul dans le froid, je m'active à trouver le meilleur endroit où fixer la grande plaque de bois que j'ai dénichée derrière la remise à outils. Une chance que mon épaule ne soit plus douloureuse, car il y a quelques mois de cela, j'aurais été incapable de bricoler quoi que ce soit. Muni d'un marteau, je glisse quelques clous entre mes lèvres et commence à river le panneau de manière à ce qu'il ne puisse pas être forcé.

Je remonte ensuite à l'étage, complètement lessivé, après être allé jeter un œil aux filles qui dorment à poings fermés dans leur forteresse de soie et de coussins. La poussée d'adrénaline et de stress provoquée par cet acte de vandalisme est complètement redescendue, laissant place aux endorphines. Dans la chambre, une petite lumière veille sur ma compagne endormie dans le grand lit. Zoé m'a gardé une place derrière elle. Je pénètre sous les draps et me colle dans son dos, me délectant de la chaleur qu'elle dégage.

— Tu es gelé, chuchote-t-elle d'une voix ensommeillée. Dean va faire passer une patrouille toutes les heures devant la maison et il viendra prendre notre déposition quand les filles seront reparties.

— D'accord. Rendors-toi.

J'appose mes lèvres sur sa nuque et ferme les yeux.

À la mi-février, l'épisode de la fenêtre fracassée est lui aussi derrière nous. Une nouvelle plainte a été déposée à la police, sans trop d'espoir qu'elle mène à quoi que ce soit. Mais au moins, le capitaine nous a promis d'organiser des rondes plus fréquentes dans le quartier. Tous les dégâts ont été réparés dès le lundi matin par un professionnel, ami de Malcolm, et son nouvel assistant, qui ont pu installer une nouvelle baie vitrée.

Zoé est épuisée et passe le plus clair de son temps à somnoler, incapable de dormir profondément. Ses parents nous apportent un soutien bienveillant de tous les instants.

Tout semble être rentré dans l'ordre, toutefois cette ombre angoissante plane toujours sur nous, tel un prédateur guettant sa proie. J'ai de plus en plus de mal à aller travailler en laissant Zoé seule à la maison, même si Caitlin passe souvent dans la journée pour s'assurer que tout va bien. Dean mène toujours son enquête avec l'acharnement d'un pitbull. Le frère cadet de ma compagne ne lâche pas le morceau, ce qui me réconforte. Je ne suis plus le seul à ressentir ce danger qui rôde autour de Zoé.

Aujourd'hui encore, la journée à la boutique me semble interminable. Une foule de retardataires, qui ont sans doute oublié d'acheter un cadeau pour la Saint-Valentin, se ruent dans l'échoppe afin d'y dénicher *le* présent unique, confectionné par Marie. Pour mon plus grand malheur, et vu l'afflux de clientèle, ma patronne m'a demandé de prolonger exceptionnellement les heures d'ouverture afin de satisfaire la demande. Je suis incapable de refuser, bien sûr, même si chaque seconde supplémentaire passée loin de Zoé me met complètement sur les nerfs.

Chaque fois que la clochette résonne, je sursaute. C'est ainsi depuis que j'ai aperçu cette voiture qui s'enfuyait à toute vitesse, le soir de l'incident dans la véranda.

La porte s'ouvre en grand, me tirant de mes pensées, et un livreur entre, encombré d'une énorme boîte.

— J'ai une livraison pour…

L'homme regarde sur sa feuille.

— Monsieur Walker, annonce-t-il.

— Oui, c'est moi.

Je passe de l'autre côté du comptoir et appose ma signature à l'endroit qu'il m'indique.

— Bonne journée, me lance-t-il avant de disparaître.

Je souris et me détends un peu en observant l'image sur le carton. Zoé sera contente, j'ai finalement trouvé la poussette qu'elle désirait tant, et elle arrive à point nommé ! Je fais glisser le paquet dans l'arrière-boutique et reprends mon poste.

Il est presque dix-neuf heures quand, le flux des clients s'étant enfin tari, Marie m'autorise à fermer boutique. Sur les trottoirs glacés, je pousse tant bien que mal mon colis devant moi tout le long du chemin qui mène jusqu'à la maison. Le blizzard qui souffle depuis des jours a fini par tomber dans l'après-midi, il fait un peu moins froid ce soir. J'effectue un rapide détour chez la fleuriste, surprise de me voir pénétrer dans son magasin avec ma grosse boîte.

— J'aimerais un bouquet de roses, s'il vous en reste ? demandé-je. Je sais que je m'y prends un peu à la dernière minute.

L'air contrit, la vendeuse secoue doucement la tête.

— Je suis désolée, il ne me reste plus une seule rose. Mais je peux vous faire une belle composition florale, si vous avez cinq minutes pour choisir ce que vous voulez, me propose-t-elle gentiment.

— Avec plaisir. Je peux laisser ça là ?

Je désigne mon fardeau, près du comptoir. Elle acquiesce avec un sourire. Nous gagnons les immenses réfrigérateurs où se trouvent toutes les variétés de fleurs qu'il lui reste. Guidé par les précieux conseils de la fleuriste, je me prête au jeu de constituer le bouquet parfait pour la femme qui m'attend à la maison. Il m'est encore étrange de penser que j'ai désormais un foyer. Que je n'aurai plus à reprendre la route ni à repenser au Texas. Oh, je ne suis pas dupe, Zoé voudra sûrement aller présenter notre enfant à Christa, un jour ou l'autre. Sans oublier ma petite sœur qui risque de débarquer un de ces quatre. Mais les années de cauchemar sont derrière moi, et ma maison, c'est ici maintenant.

Je suis sidéré par la vitesse à laquelle j'ai su m'adapter à ce nouveau mode de vie. Je me pose souvent la question de savoir si c'est ce que mon frère souhaitait quand il a volontairement déclenché les explosifs. Est-ce cette vie-là qu'il imaginait pour moi ? Que je trouve enfin une place qui me convienne, après tant d'années à fuir son fantôme ? J'aime à croire que oui.

— Tenez, m'annonce la fleuriste en sortant de l'arrière-boutique.

Elle me tire de mes pensées en me présentant un magnifique bouquet, unique, qu'elle prend grand soin de bien emballer pour que le froid n'abîme pas les fleurs. En reprenant ma route, je me dis que je dois avoir l'air d'un crétin à faire glisser la boîte sur la glace avec mon pied, tout en essayant de rester debout, mes fleurs dans les mains. La nuit est tombée désormais, et les trottoirs glissants ne sont que faiblement éclairés par les lampadaires, ce qui ne m'aide en rien.

Devant la maison, je pose le bouquet sur le colis et le saisis à bras-le-corps pour gravir les marches qui me séparent de l'entrée. Je toque avec la pointe de ma botte sur la porte… qui s'ouvre toute seule. Je fronce les sourcils en apercevant la mine surprise de Zoé en plein milieu du salon.

— Tu n'avais pas fermé à clé ? m'étonné-je en entrant.

— Si.

Elle réfléchit un instant.

— J'ai peut-être omis de remettre le verrou quand je suis allée chercher le courrier, avoue-t-elle après une seconde. Et la porte s'est sans doute mal fermée…

Je m'étonne d'un tel manque d'attention de sa part. Depuis l'incident de la véranda, elle a pris l'habitude de toujours verrouiller derrière elle. Elle-même semble douter d'avoir été aussi imprudente, néanmoins je n'ai pas l'occasion de pousser mon interrogation plus avant.

— C'est bien ce que je pense ?! s'exclame-t-elle d'un coup d'une voix suraiguë, en inspectant mon imposant fardeau.

Je fais tourner le carton pour qu'elle puisse voir l'image qui l'orne.

— Le modèle que tu voulais. Il m'a été livré aujourd'hui, lui expliqué-je, tout fier de moi.

Puis je lui tends les fleurs qu'elle s'empresse de déballer et de placer dans un grand vase. Son sourire me fait chaud au cœur.

— J'avais dit que je ne voulais pas de cadeau pour la Saint-Valentin, me gronde-t-elle néanmoins. Tout ça, plus le bracelet que tu m'as laissé, ce matin… C'est beaucoup trop !

Je me fige, soudain glacé. Tous les muscles de mon corps se contractent et mon cœur s'emballe sous l'effet de la panique.

— Quel bracelet ? Je n'ai jamais rien laissé, ce matin !

Stupéfaite, ma compagne me tend son poignet, et quand je découvre le bracelet de perles rouges fabriqué par Marie, celui-là même que j'ai vendu à un inconnu il y a plusieurs mois de cela, mes mains se mettent à trembler.

— Il y avait une petite boîte sur la table de la salle à manger, quand je suis descendue ce matin, m'explique Zoé.

— Ce n'est pas moi qui l'ai mise là.

Dans un mouvement de panique et d'incompréhension, elle retire précipitamment le bijou qui finit sa course à mes pieds, sur le parquet.

— Josh ?

— Reste là, d'accord ? Appelle ton frère et verrouille bien derrière moi.

Je ne lui laisse pas le temps de poser plus de questions. J'ouvre la porte à la volée et retourne à l'extérieur. *Quelque chose cloche*, songé-je immédiatement. La porte d'entrée n'est restée ouverte qu'après que Zoé soit allée chercher le courrier, en fin d'après-midi… Comment ce bracelet a-t-il pu atterrir dans la salle à manger entre le moment de mon départ et celui où ma compagne s'est levée ? Je suis certain pour ma part d'avoir bien fermé la maison à clé avant de partir.

Sans cesser de réfléchir à toute allure, je prends garde de ne pas glisser et fais le tour de notre habitation, analysant tout ce qui pourrait me sembler anormal. Des traces de pas récentes sillonnent la cour arrière… et quand j'arrive devant la véranda, le choc me glace le sang. Le battant est entrebâillé, une clé qui ne peut être ni la mienne ni celle de Zoé est toujours dans la serrure.

Les ouvriers !

Poussé par un sentiment proche de la terreur, j'entre à la suite des marques de chaussure encore humides et grimpe les escaliers sans faire de bruit. En provenance de la chambre du bébé, j'entends la voix angoissée de Zoé… et celle d'une autre personne qui lui répond.

Chapitre 34

Zoé

Exténuée.

Voilà où j'en suis à un peu plus de trente-deux semaines de grossesse. Je ne dors quasiment plus la nuit, malgré la fatigue, car il m'est impossible de trouver une position confortable. Je compte les jours qu'il me reste avant la date prévue pour la naissance de notre enfant. Quarante, exactement ! Pas que j'ai particulièrement hâte de me retrouver en salle d'accouchement, mais je n'en peux plus !

J'ai du mal à sortir du lit ce matin encore, et c'est en traînant les pieds que je gagne la salle de bains. J'ai l'impression de passer mon temps à vider ma vessie ! Je prends une douche rapide pour terminer de me réveiller et descends à la cuisine.

Tout est calme dans la grande maison. L'animation que la cohabitation avec mes parents m'offrait me manque, même s'ils sont toujours très présents. Et pourtant, j'aime aussi le fait que Josh et moi ayons désormais notre propre foyer.

Alors que je me dirige vers le réfrigérateur, mon regard est attiré par une petite boîte rouge posée bien en évidence sur la table de la salle à manger.

— Je lui avais pourtant dit, pas de cadeau, ronchonné-je en m'adressant à Drogo qui m'a suivie.

Je me saisis du paquet et défais avec précaution le nœud qui ferme l'écrin. Sous le couvercle, couché sur un nid de papier de soie, apparaît un sublime bracelet de perles rouges. Je reconnais aussitôt la marque de fabrique de Marie dans les mailles du bijou. Sourire aux lèvres, je le passe à mon poignet. Moi qui ai toujours détesté la journée de l'amour durant mon mariage, je ne peux plus en dire autant avec Josh. *Il rend tout plus beau dans ma vie*, songé-je avec tendresse. Je me sens un peu idiote de penser ainsi, je sais que l'on construit son bonheur tout seul, toutefois avoir quelqu'un avec qui le partager, je trouve cela fabuleux.

Comme je sais qu'il doit terminer plus tard aujourd'hui, je décide d'en profiter pour faire du rangement. Notamment dans la véranda. Josh s'assure que je ne fais pas d'efforts inutiles, ce qui inclut bien entendu le ménage, plus laborieux, de cette pièce. Or, depuis que les ouvriers sont venus remplacer la porte-fenêtre brisée, il règne un bazar sans nom dans mon nouveau bureau. Je vais donc commencer par là.

Il me faut plus d'une heure pour que tout soit à nouveau ordonné à mon goût. À un certain moment, alors que le bébé donne des coups et me pousse à prendre un peu de repos, un frisson me parcourt l'échine. Je hais cette sensation d'être sans cesse épiée ! Inquiète, je tourne lentement sur moi-même et observe les alentours par les grandes baies vitrées. Rien, comme d'habitude. Je secoue la tête.

— Tu es complètement folle, Zoé, murmuré-je à mon intention.

Mon raisonnement ne m'empêche pas de quitter malgré tout la pièce, mal à l'aise, après avoir vérifié que la nouvelle porte extérieure est bien verrouillée. Je ferme ensuite la porte de communication derrière moi et gagne le salon. Le désordre règne partout dans cette maison, ma parole ! Je m'active à tout remettre en place sans plus songer à autre chose. Je fais des pauses de temps à autre, ce qui me ralentit dans ma progression. Pourtant je suis satisfaite du résultat, en milieu d'après-midi, en constatant que tout est propre et bien rangé. De mon côté, je dois reconnaître que je suis lessivée. Je sors dans le froid pour récupérer le courrier et regagne en courant presque la chaleur de la maison.

Je profite alors du calme ambiant pour m'allonger sur le canapé. Dans un soupir de bien-être, je tire un plaid moelleux sur moi et ferme les yeux.

Mon sommeil est agité, une sensation de mal-être me réveille dans un sursaut. Le souffle court, la nausée au bord des lèvres, je me redresse difficilement et regarde autour de moi. La maison est vide, seul le silence répond à mon angoisse. Je me passe les mains sur le visage et tourne la tête vers la fenêtre. Le soleil a disparu et ma montre indique dix-neuf heures passées. Je me lève, épuisée d'avoir dormi, et m'apprête à gagner la cuisine. La porte de la maison s'ouvre au même instant. Je reste un instant stupéfaite, plantée au beau milieu de mon salon, en voyant apparaître Josh, un gros colis entre les bras. Seuls son bonnet, un magnifique bouquet et ses yeux dépassent de la boîte.

— Tu n'avais pas fermé à clé ?

— Si.

Puis je me rappelle être allée chercher le courrier et avoue sans trop y croire avoir peut-être omis de refermer correctement derrière moi. Je fixe toujours le carton dans l'entrée, curieuse.

— C'est bien ce que je pense ?!

Je m'approche et mon compagnon fait tourner la boîte sur elle-même. Quelle surprise de découvrir le modèle de poussette que je désirais tant ! Josh est tout fier d'avoir enfin pu le trouver.

Le bouquet qu'il me tend alors est superbe ! Je lui souris, profondément touchée par ce nouveau geste romantique.

— J'avais dit que je ne voulais pas de cadeau pour la Saint-Valentin, le sermonné-je quand même. Tout ça, plus le bracelet que tu m'as laissé, ce matin… C'est beaucoup trop !

À ma grande surprise, le visage de Josh blêmit tout d'un coup tandis qu'il me demande anxieusement de quoi je parle. Je lui montre mon poignet et il s'en saisit. Je sens sa main trembler, tous ses sens se mettent en alerte.

La bile me monte aux lèvres quand il m'assure qu'il n'est pour rien dans ce présent et je retire vivement le bijou, avant de le jeter au sol !

— Josh ?

— Reste là, d'accord ? Appelle ton frère et verrouille bien derrière moi, me lance-t-il avant de refermer la porte sur lui.

Je fais ce qu'il me demande et le regarde disparaître dans le noir tout en composant le numéro de Dean. Mon cœur bat à tout rompre dans ma poitrine, j'ai de la difficulté à respirer. Je sursaute quand Drogo dévale les escaliers en trombe, le poil hérissé et le souffle grondant. Je soupire. Il a encore fait une bêtise à l'étage ! En songeant que je pourrai sans doute apercevoir Josh depuis la chambre, je gagne lentement le premier après avoir laissé un message sur le répondeur de mon frère. Mes jambes me semblent peser une tonne.

Une fois arrivée en haut, j'aperçois une lueur provenant de la chambre du bébé. Je pousse la porte entrebâillée et pose une main sur mon cœur en découvrant Josh qui se tient dos à moi dans la pénombre, debout devant la fenêtre.

— Mais comment…

La silhouette se retourne et me sourit à l'instant où j'actionne l'interrupteur à l'entrée de la pièce. Ce n'est pas Josh, l'intrus porte seulement la veste de mon compagnon, dérobée le jour où on a embouti ma voiture.

— Bonsoir, mon amour, me salue l'inconnu de l'autre côté du berceau qui accueillera bientôt mon enfant.

Je reconnais soudain l'homme, grand et portant de petites lunettes, qui s'est présenté à mon cabinet, il y a des mois de cela. Celui qui était reparti en boitant de la mauvaise jambe. Je me fige dans l'embrasure de la porte.

— Je suis si heureux de te revoir, Zoé.

— Je suis désolée… je… je ne…

— James. James St John. Je travaillais à la clinique du docteur Shavez.

Mon sang se glace dans mes veines. J'esquisse un pas vers l'arrière, mais me fige quand l'étranger sort une arme à feu de sa veste.

— Non, non, non, me sermonne-t-il en faisant aller et venir son revolver de gauche à droite, le canon pointé droit sur moi.

Instinctivement, je protège mon ventre de mes mains, même si je suis consciente que cela ne servirait à rien s'il décidait d'ouvrir le feu. Je ne peux retenir le sanglot qui m'étouffe.

— Sais-tu tous les efforts et sacrifices que j'ai dû faire pour que tu portes enfin mon enfant ? m'explique-t-il alors à la manière d'un ami qui me confierait un grand secret.

Il tapote ses lèvres du canon de son arme et me sourit encore, se voulant sans doute charmant, alors qu'il est juste terrifiant.

— Non, je l'ignore, chuchoté-je dans l'espoir de gagner du temps.

— Je suis si heureux, Zoé. Tu n'imagines pas à quel point je suis heureux. Bientôt, nous serons enfin une vraie famille.

Je reste là, muette, ne sachant comment réagir. Paniquée au-delà des mots, je ne remarque pas le léger mouvement derrière moi. Ce n'est que lorsque Josh entre dans la pièce que je sursaute en hurlant de frayeur. L'arme se braque sur nous. Puis droit sur l'homme que j'aime.

Et le coup de feu résonne bruyamment dans mes tympans.

Le son meurtrier couvre mon gémissement de terreur quand je vois Josh s'affaisser lourdement sur le sol dans un râlement de douleur.

Et je hurle de nouveau à m'en briser les cordes vocales.

— Silence ! m'intime James, son revolver pointé sur moi.

La seule chose que je remarque à cet instant, ce sont mes chaussettes beiges, déjà imbibées du sang qui s'écoule du corps inerte de Josh.

Chapitre 35

Zoé

Je suis incapable de détourner mon regard du corps de Josh. Il ne bouge plus, allongé sur le flanc. À travers son épais manteau foncé, je ne peux malheureusement pas prendre la pleine mesure de la gravité de sa blessure. Les larmes dévalent mes joues sans que je puisse faire quoi que ce soit pour les retenir. J'espère seulement que Dean a eu mon message ou que les voisins ont entendu le coup de feu et mon hurlement, et que quelqu'un a appelé la police. J'aimerais tant que tout cela ne soit qu'un affreux cauchemar !

— Je ne te veux aucun mal, mon amour. Nous sommes enfin réunis, m'annonce James en faisant un pas dans ma direction.

Je recule vivement et mon pied heurte le bras de Josh.

— Pourquoi une telle attitude, Zoé ? Je t'aime. Depuis l'instant où je t'ai vue pour la première fois dans la salle d'attente du docteur Shavez.

Tout mon corps tremble, je n'arrive pas à contrôler ma peur.

— Je savais que tu ne voulais pas porter l'enfant de ton odieux mari. Sans quoi tu n'aurais pas eu besoin d'aide pour procréer, n'est-ce pas ? Tu étais si frêle et effacée à côté de lui. J'ai tout de suite su que nous étions faits l'un pour l'autre.

Le ton de sa voix me donne la nausée et la tête me tourne. Je tente néanmoins de contrôler ma respiration du mieux que je peux.

— C'est pour cette raison que cet enfant est le mien, Zoé. J'ai voulu te préserver. Dans le laboratoire, c'est mon sperme que j'ai mis dans les éprouvettes destinées à tes inséminations, m'avoue-t-il. Toutes les fois où tu es venue. Et quand ce maudit docteur s'en est aperçu et qu'on m'a licencié, j'ai volé les dossiers qui me tenaient à cœur.

Je me rattrape à la table à langer, car je manque de défaillir. Mon Dieu, comment est-ce possible ?! Je me souviens alors de ces initiales inscrites sur les rapports de laboratoire. *JSJ* ! Je me sens souillée. Violée à mon insu à de multiples reprises ! C'en est trop pour moi, mes jambes cèdent et je me retrouve à genoux dans le sang de Josh. Je vomis un flot de bile, manquant de m'étouffer. Comment tout cela a-t-il pu se produire ?! Et soudain, en analysant ses paroles, je sens l'horreur me submerger quand je comprends que je n'ai pas été la seule. Combien d'autres pauvres femmes y a-t-il eu ?

— Cela fait si longtemps que j'attends ce moment. Je t'ai épiée, jour et nuit, des mois durant. Je me suis même battu avec ce type qui pense être le père de *mon* enfant, le soir où il s'en est pris à toi dans ce bar miteux, crache-t-il en désignant Josh de son arme.

Il est complètement fou, songé-je. Il ne comprend même pas qu'il est techniquement impossible que mon bébé soit de lui. Il est dérangé. Rien de tout ce que je ressens depuis des mois n'était faux alors. Cette ombre menaçante qui planait sur moi existait bel et bien…

— Et voilà enfin le fruit de mes efforts récompensé, ajoute-t-il, sourire aux lèvres. Je suis ici, car ce soir, tu vas mettre au monde notre enfant. Il est temps !

Je sens la crise de panique me gagner quand il avance à nouveau vers moi, une seringue à la main. Seigneur, non ! C'est encore trop tôt !

— Rien de ce que tu dis… n'est réel, s'insurge à cet instant la voix rauque de Josh dans mon dos.

Sa main ensanglantée vient se poser sur mon épaule, puis mon compagnon se redresse avec difficulté pour venir s'asseoir dos au mur. La traînée rouge qu'il dessine sur la paroi immaculée me fait frissonner.

— Tu n'es qu'un pauvre type, articule-t-il péniblement. Un fou complètement paumé à qui j'ai foutu une raclée sur le parking d'un bar.

James pointe à nouveau son revolver en direction de Josh, mais cette fois, je me positionne entre eux, intimement convaincue qu'il ne me tirera pas dessus. Le dément laisse échapper sa seringue et contracte sa main libre en un poing serré. Ses jointures blanchissent et ses yeux se font assassins. Les doigts de Josh glissent dans mon dos. Je tourne la tête vers lui et constate qu'il peine à garder les yeux ouverts.

L'intrus, nous menaçant toujours de son arme, va fermer la porte de la chambre, puis s'arrête près du berceau qu'il observe un moment, avant de jouer avec le mobile que mes nièces ont fabriqué avec Josh. Il sourit et l'arrache brutalement pour l'envoyer valser contre le mur. Je sursaute et recule vers le corps de mon compagnon.

— Tu aurais dû brûler dans l'incendie ! Tu lui as fait du mal ! hurle James. Maintenant, je vais devoir finir le travail que j'ai commencé !

— Tu n'es qu'un idiot qui a jeté son dévolu sur des femmes sans défense. En plus d'être un impuissant.

Intérieurement, je prie pour que Josh se taise enfin et cesse de le provoquer. Tous deux assis sur le sol de la chambre, dans une mare de sang et sous la menace de son arme, nous sommes mal placés pour l'insulter.

— Tais-toi !

— Qu'est-ce que j'ai à perdre ? Je me vide déjà de mon sang, marmonne Josh. Sache néanmoins que, mort ou vif, cet enfant est et restera toujours le mien.

Dans mon dos, je trouve sa main. Une larme roule sur ma joue quand je constate qu'elle est glacée. Pourtant, il me serre faiblement les doigts en retour.

— La ferme, ou je t'abats comme le chien que tu es !

La colère gronde dans la voix de notre agresseur. De cet homme qui me terrorise à mon insu depuis que je suis revenue dans ma ville natale. Josh étouffe un rire douloureux. Je tourne la tête vers lui, déroutée par son attitude.

— Ce n'est pas de bol, alors... Tu aurais dû le faire plus tôt...

Dans un mouvement vif, l'ancien Marine me plaque au sol et la porte de la pièce s'ouvre avec fracas.

— Police ! Jetez votre arme et allongez-vous à terre, ordonne la voix puissante de Dean.

Mon cœur bondit dans ma poitrine et accélère encore. J'ignorais qu'un tel rythme cardiaque était humainement supportable.

— Jamais ! Ils sont à moi ! hurle James en pointant son arme sur nous.

Je ferme les yeux à l'instant où deux coups de feu résonnent dans la chambre.

— Par ici ! appelle mon frère.

Quand mes paupières s'ouvrent à nouveau, je tombe nez à nez avec le visage de James. Son corps inerte gît non loin de nous et une immense flaque de sang s'agrandit sous lui. Ses yeux sans vie sont fixés sur moi.

— Suspect à terre ! Faites monter les secours ! On a un blessé ici, ordonne Dean dans sa radio.

Je me retourne alors au ralenti et constate que les bras de Josh autour de moi sont immobiles. Il ne bouge plus, la tête posée sur le plancher. Je peine à m'agenouiller devant lui pour le secouer.

— Josh ! Je t'en prie, Josh ! supplié-je en pleurant.

Les mains de mon frère me tirent vers l'arrière.

— Zoé, laisse les ambulanciers s'occuper de lui.

Il me relève de force et j'enfouis mon visage dans son épais manteau. Là, entre le corps sans vie d'un bourreau tapi dans l'ombre et celui à peine vivant de l'homme que j'aime, je laisse éclater mon désespoir dans les bras de mon frère.

À l'hôpital, on prend le temps de m'ausculter une énième fois quand je me dégage avec agacement de l'infirmière.

— Je vais parfaitement bien !

— Zoé, elle ne fait que son travail.

Depuis le lit voisin, Josh s'exaspère quant à lui de mon comportement enfantin.

— On n'en serait pas là si…

— Si quoi ? Si tu ne t'étais pas fait tirer dessus ! m'exclamé-je.

Il roule des yeux avec impatience et redresse son matelas avec la télécommande.

— Si tu n'avais pas contrarié les ambulanciers en refusant leur assistance, termine-t-il calmement.

Je grogne, irritée par sa réponse.

— Tu venais de te prendre une balle, et moi, j'allais très bien ! Tu voulais que je fasse quoi ?! Que j'attende patiemment qu'on m'ausculte pour qu'ensuite, on vienne m'annoncer que tu étais mort sur la table d'opération ?!

— Je vais vous laisser, chuchote l'infirmière en quittant la pièce à la hâte.

Josh me dévisage, excédé lui aussi.

— Elle a traversé l'épaule, d'accord ?! Rien de bien méchant, Zoé.

Je meurs d'envie de l'étouffer avec son oreiller.

— Rien de bien méchant ?! Josh, j'ai cru que tu étais mort. Tu étais allongé sur le sol, inerte et glacé…

On m'a expliqué plus tard qu'il avait perdu connaissance suite à l'abondante perte de sang. Quand les secours ont envahi la chambre du bébé, j'ai refusé qu'on m'examine sur place et, malgré les menaces de Dean, je suis montée dans l'ambulance avec Josh. Rien ni personne n'aurait pu m'empêcher de grimper à l'arrière de ce véhicule. Personne n'a d'ailleurs tenté de s'y opposer. Face à l'état d'hystérie dans lequel je me trouvais, ils ont tous préféré faire profil bas.

En silence, Josh me tend sa main valide, car son bras droit est complètement immobilisé contre lui à l'aide d'une attelle. Je me saisis de ses doigts et les porte à ma joue. Ils sont chauds contre ma peau et je soupire de bien-être. Cela fait près d'une journée maintenant que je patiente avec lui dans cette chambre d'hôpital.

Mes parents sont descendus chercher de quoi manger. On toque à la porte, Dean et Jason apparaissent, avant de se figer, sourire aux lèvres, pour nous observer. Mon grand frère tient un lourd sac de voyage.

— Eli t'a préparé des vêtements, m'annonce-t-il en avançant.

— Merci.

Mon frère cadet quant à lui est en uniforme. Il est toujours de service. L'appel d'un de nos voisins au central de la police lui a été transmis alors qu'il était en patrouille, c'est pourquoi il est arrivé le premier sur les lieux. *Il a pris une vie humaine pour la première fois,* songé-je, le cœur serré, en revoyant le corps inerte de James St John.

— Je reviens de l'appartement que St John louait non loin du centre-ville, m'annonce-t-il. Une vraie chambre de fou. Il y avait des notes et des photos de toi partout sur les murs.

Dean passe une main dans ses courts cheveux avant de poursuivre.

— Il te traquait depuis près de deux ans. Il a été viré de la clinique du docteur Shavez pour comportement indécent avec des femmes venues consulter. On a retrouvé chez lui plusieurs dossiers plus anciens que le tien… Il a agi de la même façon avec elles, mais voyant qu'aucune ne tombait enceinte, c'est sur toi qu'il a focalisé son obsession. Ta grossesse aura suffi à le faire totalement basculer, je suppose… ajoute-t-il. Car on n'a pas vraiment de piste sur un quelconque passé psychiatrique. Oliver décrit ça comme un trouble obsessionnel.

Devrais-je me sentir heureuse que cet homme ait été infertile ? Que je n'ai pas eu à porter son enfant, même si je me sens toujours souillée ? Je n'arrive pas trop à savoir comment réagir à tout ça encore.

Josh a expliqué à l'agent qui a pris sa déposition, quelques heures après son retour du bloc, qu'il avait déjà vu le suspect devant mon cabinet et à la boutique où il travaille. J'ai ajouté qu'il était venu me voir un jour à mon bureau, mais que j'avais dû refuser de le prendre comme patient.

Mon regard se pose sur Josh et les larmes me montent aux yeux. J'entends Jason marmonner quelque chose dans mon dos, et mes frères quittent la pièce. Mon compagnon m'attire doucement pour que je m'installe près de lui sur le lit.

— Tout va bien aller, Zoé, souffle-t-il. C'est terminé, on va se remettre de tout ça. Ensemble…

— Je sais, acquiescé-je, incapable de contenir mes pleurs. Mais la chambre du bébé est foutue !

Josh ne peut s'empêcher de rire. Il se redresse en grimaçant et m'embrasse tendrement, avant de m'avouer :

— Je crois bien que mon épaule aussi.

Épilogue

Josh

J'étouffe un juron en la sentant broyer ma seule main valide. Bordel, comment peut-elle avoir une telle force ?!

— Je te déteste ! me hurle Zoé.

Je peux la comprendre, cela fait déjà presque huit heures qu'elle est entrée en travail. La sueur perle sur son visage rougi par la douleur et l'effort, et je ne peux même pas lui passer une serviette d'eau fraîche pour la soulager, car elle me retient par la main. Vêtu d'un affreux costume bleu qui me fait ressembler à un schtroumpf géant, je ne peux rien faire d'autre que l'écouter me jeter des insultes à la figure.

— Poussez, Zoé, ordonne tout à coup le docteur Mills.

Elle hurle de plus belle, et moi, je ne sens plus le sang circuler dans mes doigts. Entre deux contractions, je me penche un instant à son oreille.

— Alors maintenant, je vais te le demander.

Elle me dévisage sans comprendre.

— Zoé Andrews, veux-tu m'épouser ?

Une contraction plus tard, elle me fusille du regard.

— Je croyais que tu attendais la journée parfaite ?!

— C'est la journée parfaite, lui assuré-je.

— Je te déteste, Walker ! Jamais je n'aurais dû t'entraîner dans les toilettes de ce bar !

Elle me crache ces mots à la figure, juste avant que Claudia lui demande de pousser une dernière fois.

— Voilà, annonce la gynécologue.

Les infirmières attrapent une couverture et y accueillent notre enfant, avant de s'éloigner un moment. Claudia me regarde avec un sourire en coin.

— C'est quoi, cette histoire de toilettes ?

— L'histoire de sa conception, lui expliqué-je en désignant le petit paquet autour duquel s'affairent les infirmières.

Je fronce les sourcils, la pièce est trop calme. Zoé serre ma main. Épuisée, elle lève néanmoins la tête.

— Pourquoi est-ce que le bébé ne pleure pas ? demande-t-elle, paniquée.

Je suis dans le même état qu'elle. Je fais un pas en avant à l'instant où les premiers pleurs se font entendre dans la chambre. Une infirmière souriante revient vers nous. Elle tend le poupon emmailloté à sa mère.

— Félicitations, c'est une jolie petite fille, nous annonce-t-elle.

Devant le spectacle de Zoé, serrant notre enfant dans ses bras, je ne peux m'empêcher de ressentir un sentiment de plénitude totale.

— Une petite fille, murmuré-je en me penchant vers les deux femmes de ma vie.

— Tu peux choisir son prénom. Tu as gagné notre pari.

Des larmes de joie dévalant ses joues, Zoé me sourit. Du bout du doigt, je caresse le petit poing serré de notre fille.

— Ella, tu en penses quoi ?

— Ella Walker, souffle Zoé en hochant délicatement la tête. Ça me plaît.

Le docteur Mills nous sourit en notant l'information sur un petit bracelet rose, qu'elle vient clipser au minuscule poignet de notre bébé.

— Oui.

C'est à moi, cette fois, de regarder Zoé sans comprendre.

— Quoi ?

— Oui, répète-t-elle. Je veux bien t'épouser, Josh Walker.

Je reste un instant sans mot, puis l'embrasse dans un élan d'amour infini. Quand mes yeux se posent à nouveau sur mes femmes, je laisse une larme de bonheur rouler sur ma joue.

— Qui sait, le prochain sera peut-être un garçon, ajoute Zoé en me lançant un regard de biais.

J'éclate de rire.

— Je te promets que celui-là ne sera pas conçu dans les toilettes d'un bar !

— C'était plutôt pas mal, quand on y repense, me lance-t-elle avec un petit air grivois, avant de reprendre d'une voix douce. J'ai tant de chance que tu sois apparu dans ma vie, Josh.

Je la dévisage, ému, incapable de trouver les mots pour lui dire combien je l'aime. Les infirmières me délogent gentiment de ma place et me font sortir de la pièce pour s'occuper de la nouvelle maman. Dans ma combinaison bleue, je gagne la salle d'attente où toute la famille Andrews et mes amis attendent de nos nouvelles.

— C'est une fille ! leur annoncé-je fièrement en tapant dans la main d'Oliver. Une magnifique petite fille.

Mon beau-père me serre dans ses bras, n'épargnant pas mon épaule, et me chuchote :

— Tu peux être fier de toi, fiston.

Ces mots me touchent, surtout venant de Malcom. Le chemin pour en arriver là n'a pas été facile, toutefois nous avons su retrouver une certaine forme de complicité au fil du temps.

Je m'approche de Lucas et passe ma main derrière sa nuque pour l'attirer à moi. Il semble surpris par mon geste. Puis je lui murmure à l'oreille :

— Sans toi, je n'aurais jamais connu ce bonheur.

Il me sourit en retour. S'il savait combien ces quelques mots sont justes. Je ne pourrai jamais trouver le moyen de le remercier comme il le mérite de m'avoir donné un jour cette adresse qui a tout bouleversé. Je jette un œil aux gens qui m'entourent et une onde de bonheur me traverse. *Voilà où nous en sommes maintenant*, pensé-je. Chacun de nous a enfin atteint le bonheur auquel il aspirait tant.

Qui aurait cru que je trouverais la rédemption dans une petite ville perdue au fin fond de l'Alberta ? *Certainement pas moi*, songé-je. Pourtant, plus rien ne me ferait désormais quitter la famille avec laquelle je suis arrivé, celle qui m'a accueilli ici comme un fils, ni celle que Zoé et moi avons conçue avec courage, amour et détermination.

Elle est et restera cette lumière que je cherchais en vain dans les ténèbres.

FIN.

Mot de l'auteur

À la fin de ce troisième volet, j'aurais dû vous annoncer la parution du quatrième tome d'Alberta Road. Mais je ne le ferai pas et je vous explique ici pourquoi la saga se termine aujourd'hui.

Tout au long de l'écriture de cette série, j'ai vécu des choses extrêmement difficiles. Juste avant l'édition du premier volet, ma jument Sara est décédée soudainement, ce que je vous ai livré à la fin du tome deux.

Un an plus tard, je prenais la deuxième décision la plus douloureuse de ma vie : me séparer de mon cheval Thunder. Je lui ai trouvé une famille formidable qui désormais s'occupera merveilleusement bien de lui et qui l'aime autant que je l'aime encore. Mon état de santé m'a obligé à prendre cette direction. Pour Thunder, j'ai fait le meilleur choix, même si j'en ai le cœur brisé.

Il y a quelques semaines encore, je croyais dur comme fer que le tome quatre était indispensable à la saga, mais je me suis trompée. Depuis, j'ai accepté le fait que ce tome consacré à Josh conclut d'une façon magnifique – selon moi – la série. Et comme les aléas de la vie m'ont obligée à fermer la porte du monde qui m'inspirait ces romans, je me voyais mal la rouvrir, même par procuration.

Comme Abby, j'ai perdu la moitié de moi-même, et comme Josh, j'apprends désormais à me reconstruire. C'est pour cette raison que le chemin d'Alberta Road se termine ici.

J'espère maintenant que vous me suivrez dans mes prochaines aventures qui vous ouvriront un tout autre univers…

Remerciements

Tout d'abord, j'aimerais dire merci à toutes les personnes qui m'ont soutenue durant l'écriture de ce troisième volet. Vous êtes de plus en plus nombreux à me suivre, et cela me fait chaud au cœur. C'est quelque chose que je n'imaginais pas possible il y a un an de cela.

Il est encore une fois impératif que je remercie également mon fidèle compagnon et ma plus grande source de motivation, jour après jour, mon chien Cash ! Mais aussi ma famille, qui m'apporte son soutien avec amour et constance.

À toutes ces personnes qui m'ont dit : *avance, ne t'arrête pas. Tu vas réussir à t'en sortir !* Un grand merci. Doucement, lentement, douloureusement, mais sûrement… j'y arrive.

Merci à mes fidèles relectrices, Roselyne, Maelle, Marjorie, Elisabeth, Valérie et Claire qui a rejoint l'aventure d'*Alberta Road*. Qu'aurais-je fait sans vos commentaires et vos yeux de lynx ?! Kerberos, comme toujours, tu as su me pousser au-delà de mes dernières limites. Grâce à toi, je suis redevenue moi-même. Et Sissie, car avec toi, je peux être moi-même et cela n'a pas de prix.

Merci à ma correctrice, Sabine, qui m'a permis de trouver le ton juste dans ce roman qui diffère de ses prédécesseurs, tout comme l'histoire de Josh et Zoé.

À Virginie, ma graphiste, qui sait toujours trouver les couleurs parfaites pour donner vie à ce que j'ai en tête.

Sans oublier Brigitte, qui m'évite de balancer mon ordinateur par la fenêtre. Je t'en remercie infiniment !

Et merci à ceux et celles qui liront ce livre, la nouvelle histoire que je raconte entre ces pages.

Mychele S.

Découvrez un nouvel univers avec
le tome 1 de **Wild Rush**
et plus particulièrement l'histoire de
Lara et Baxter
dans : **Heavenly illusion**

Suivez l'auteur sur
Facebookwww.facebook.com/MycheleS.Auteur

www.ingramcontent.com/pod-product-compliance
Lightning Source LLC
Chambersburg PA
CBHW060402260626
47160CB00006B/2402

* 9 7 8 2 9 8 1 6 8 8 9 6 5 *